ハヤカワ文庫JA

〈JA1497〉

零號琴

〔下〕

飛 浩隆

早川書房

8703

Harmonielehre

by

TOBI Hirotaka

目次

零號琴〔下〕

登場人物

セルジゥ・トロムボノク…………特種楽器技芸士
シェリュバン……………………トロムボノクの相棒。第四類改変態
パウル・フェアフーフェン………大富豪
咩鷺《みさぎ》…………………………美玉鐘再建プロジェクトの総括責任者
菜綵《なづな》…………………………咩鷺の助手
バートフォルド
アドルファス
グスタヴァス
ファウストゥス
……………………技芸士ギルドの三（四）博士
ワンダ・フェアフーフェン………假劇作家。パウルの娘
峨鵬丸《がほうまる》………………………假面作家。ワンダの夫
フース・フェアフーフェン………パウルの息子
ザカリ……………………………フースの従者
瓢屋《ふくべや》…………………………楽器問屋。班団のひとり
鏑屋《かぶらや》…………………………假面問屋。同上
鳴田堂《なるたどう》………………………画家・造形師。同上
ヌウラ・ヌウラ…………………世界屈指の特種楽器奏者
鎌倉《かまくら》ユリコ……………………〈時艦新聞〉記者
マヤ………………………………假劇に参加する少女
クレオパトラ・ウー……………技芸士ギルドの最上格者〈三つ首〉のひとり

第三部（承前）

第二章

29

会見場近くにあるホテルのちいさな客室で、菜綵《なづな》は寝台の縁に腰掛けて、目の前の壁にある大きな鏡を見ている。

背の高いスタンドの灯《あかり》は部屋全体をほのぼのと照らし、彼女の簡素な下着姿をくまなく見せているが、さらけだされた腕も脚も腹にも、もちろん顔にも、刺客亞童《あどう》から受けた傷はなにひとつ見つけることはできない。菜綵は鏡に映るじぶんの左肩を見た。肩から腕へと、やがて鏡のこちら側の手元に視線が流れていく。両手に持ったもの。ようやく手元に返ってきた素焼きの假面《かめん》に。

泥王《でいおう》。

なんと大げさな名だろう――

菜綵はちいさく口元をほころばせ、胸の内で假面に語りかける。

――小さくて、何の飾りもなくて、

――それでもおまえは重要な假面なんだ。

――この大げさな名さえ、おまえの真価に比べたら小さすぎる。

菜綵は、假面が撓《たわ》むように、手に力をこめる。素焼きの假面に弾力はないから撓みはせず、かわりにさらさらした表面のすみずみまでいっせいに微細な線条が生じた。罅《ひび》ではない。

――おまえは、ほかのどの假面よりも、この世界のどの假面よりも重要なんだ。美縟五聯《びじょくごれん》でさえ、おまえよりも若造なんだ。

――だれも気がついていないけれど、それは仕方ない。この止め金を修理したのは峨鵬丸《がほうまる》だろうけれど、かれの目と知識をもってしても、この仕組みにさえ気づかなかった。

菜綵のこめる力は増し、はじめ模様か亀裂に見えた線条は、假面本来の構造に由来することがあきらかになる。素焼きの一枚ものとしか見えなかった假面は、燐寸《マッチ》の軸ほどの小さな六角柱の集合体であり、その単位部品の一本一本がにわかに立ち上がって、菜綵の手の中に立体的な構築を生み出す。

　菜綵が手にこめる力をわずかに変えるだけで、造形は次から次へと切り替わる。高い塔、鎧を着込んだ戦士、巨大な波濤を連想させつつ、もっと違う——人類が見たことのないものたち。轍《わだち》世界のどこにもない事物たち。

　ワンダやフースなら、ただちにパウルのお御籤《みくじ》と同じ原理を見出しただろう。そしてこちらはもっと放埓《ほうらつ》で、原初の力に満ち、それだのに精巧だ。

　——泥王、おまえの力は無際限《むさいげん》だ。

　口元には、はっきりとした笑みがうかんでくる。

　手の中の立体は、最初の假面の体積ではとうてい説明できないヴォリュームに育っている。育ち、育ち続け、手のふちからあふれ出し、客室の床を流れて四方の壁に届き這いのぼって部屋の内面を占めおえると、こんどは厚みを増していく。客室の容積が急激に圧迫され、高められた気圧が菜綵の片耳の鼓膜をやぶる。笑みが笑いに変わる。首をのけ反らせて笑い声を上げながら、とつぜん、手を離す。

　すると、大量の単位部品はこともなげに反転収斂《しゅうれん》して、あっという間にもとの泥王がそこに、手のなかに、菜綵の手元にある。

　一滴、血が落ちる。

耳からの出血だが、不死者にはくしゃみほどのダメージもない。

親指で血痕をぬぐうと何もかももとどおりだ。

泥王の力の総量は、菜綵もしらない。

ただ美縟五聯に引けを取らないことはたしかだろう。

泥王が秘めたこの可能性を、一瞥で見抜いた者が、たったひとりいた。泥王を菜綵にくれたのはその男だ。

彼のことを、だから菜綵は尊敬している。

慕ってもいる。

親指を唇に当て、菜綵は鏡に向かってその名をつぶやく。

パウル・フェアフーフェン、と。

第三章

30

「夜」が天穹《そら》を覆っている。

無数の星が輝いている。瞬かない光だ。

夜空全体がほんのりと青明るい。雲はない。晴れわたり、澄みわたっている。〈孤空《こくう》〉の中の夜空とは異なる、涼しく清らかな空だ。しかしどこか不穏でもある。歴史のいちばん最初の日がはじまる前の——民族の凄惨な歳月の開幕を告げるような。

青あかるい夜の、その下地に目を凝らす。

すると輝く星の背景にはより暗く、より小さな星が、ぎっしりと敷きつめられているのだとわかる。全天くまなく星を嵌《は》め込んでいるから、夜それ自体が発光していると見えるのだ。

その夜空へ向かって突き出すようにそびえる、木製の高い高い脚立のてっぺんで、腰に手を当ててふんぞり返る小柄な女性がいた。

ヌウラ・ヌウラだ。

「もう幾日もないんだよ……！　おまいたち準備はいいかい」

おおう、と応じるだみ声、野太い声、女の甲高い声がだだっぴろい室内空間のいたるところからわきあがり飽和する。一千人のカリヨネアたちは、きのうア空間をわたる巨大機に乗って到着したばかりで、朝めしもそこそこに大聖堂へとやって来て、いま荷ほどきをしているところなのだった。

「そうかいそうかい、しっかりおやりよ」

満足げにうなずくとヌウラ・ヌウラは脚立の上から四方をぐるりと見わたした。ゆうべ下見に立ち寄ったときには、まだ人間の大工たちは突貫作業の最中だった。工事のために外国からよびよせた大工たちは、この巨大な礼拝空間の中いっぱいに築かれた美玉鐘《びぎょくしょう》の操作卓の仕上げをしていたのだった。あたりには、まあたらしい木の香りが満ちている。一千一人分の演奏台をかたちづくる白木のかぐわしい匂いだ。

いかに巨大な大聖堂でも一千一人の演奏卓を収めるのは容易でない。棟梁たちの結論は、木造の巨大なひな壇を作ることだった。

四方の壁に寄りかかるように、木製の足場が組みあげられている。一段につき五十から百あまりの演奏卓を載せて、壁をぐるりと巡る。それが十数段。重量は想像を絶するものだが、外国から運び込まれた強靭軽量な木材によって、小揺るぎもしない構築が組み上がっている。

カリヨネアたちは、けさ早くくじを引いて自分の演奏台を決めており、荷物を背負って、蟻の行列のように順序よくはしご段をのぼっている。自席についた者はさっそく荷ほどきするやら、バトンの検分をするやら、動きやすい服装に着替え靴と靴下を脱いで足指を解放するやら、化粧に余念がないやら、木の椅子にドーナックッションを置くやら、チャルメラを吹きはじめるやら、七輪を出してお焼きをあぶるやら、そしてもちろん手っ甲の準備をするやら、たちまちその場をじぶんの仕事場に変えてゆく。

ヌウラ・ヌウラがこの半年血まなこになってかき集めた、輪世界最高のパーカッショニストたち。背丈も身幅も髪、肌、目の色もまちまちな一千人、そして脚立のうえにいるヌウラを加えて一千一人となる。

「ゆんべも言ったとおり、せーので鳴らすからね。心の準備よろしくね」

小柄な身体をひらりとひるがえすと、すべり台みたいな速さで脚立を降りていく。降りながら——

「磐記《ばんき》の連中をびっくりさしとくれ」

そこまで言ったところで床に到着した。

「ありがとさん」

「はいっ」

にっこりと答えたのは、赤いバンダナにデニムのオーバーオールという出で立ちの少女だ。大工の下働きで、ゆうべからヌウラになついていて、今日はもう仕事がないのにやってきて、脚立の足をおさえていてくれたのである。

「お駄賃だ。行きな」

ぴかぴかの大きな硬貨を一枚、親指ではじいて少女にやる。

「も少し居てもいいですか。聴きたいもん」

「ばかだねおまえは」ヌウラはあははと笑う。「鐘はここで鳴らすわけじゃないんだ。聴きたいんならお外へ行きな。彼氏も待ってるんだろ。そんだけありゃ梦卑《むひ》の最高級ステーキが三十枚は喰えるよ」

少女は顔を真っ赤にして礼を言うと、出口へ駆けていく。

ヌウラは見送りもせず、頭上の青あかるい夜を見ている。

その夜は、礼拝堂の天蓋布に映出《えいしゅつ》されている。星のひとつひとつは七十万個の鐘に対応しており、これから最終調整が始まれば、星々の配置と輝きは刻々と変化することになる。これは美玉鐘の演奏を司令するうえで必須のディスプレイ装置なのだ。それこそが天蓋布の本来の機能だ。はるか五百年前に磐記が開府したとき、すでにこの大聖堂はあり、天蓋布もあり、いまここに星々を映示するソフトウェアもあった。

ヌウラ・ヌウラは予感する。

あかるい夜空は、いずれ様相を変えていくだろう。黒と金に。

しかしいましばらくはこの偽りの、まだ歴史がはじまるまえの原始の夜空をみていよう。

「さあさあ準備はいいかい。お昼ご飯の前に片をつけるよ」


少女は、硬貨を握りしめて回廊を走る。

なんてラッキー。世界最高の演奏家たちとおんなじ空気を吸えた。そのうえお小遣いも！　躍り出したい気持ちを速力に変えて、ぐんぐん走って、ほんらいなら通用口から出るべきなのだが、硬貨で気が大きくなっているから観光客でごったがえす大理石張りのロビーを突っ切り、そのまま正門のど真ん中を通って大聖堂前広場へとまろび出る少女は、一瞬、目がくらむ。

あまりの光に。

黄金のかがやきが空気に満ちて、首都磐記はあらゆる影が一掃されたかのようだ。かがやきのみなもとは、いうまでもなく建物という建物にすずなりの鐘また鐘である。形状、サイズ、色合い、集合の疎密など、そのバリエーションはにわかには分類できないほど豊富かつ芸術的であって、品種改良のかぎりを尽くしたラン科の花々のようだが、ちょうどいま雲の切れ間から姿を現した太陽の光を受けて、いっせいに光を放っているのだ。

「マヤ!」

名を呼ぶ声が聴こえた。広場の中央まで駆けたところで、恋人が手を振っているのを見つけた。

その時だ、浮き立つ気分をいっそう燃え立たせるかのように美玉鐘が——真空管の中ではない、野外に置かれた真の美玉鐘が鳴りはじめた。

どれかひとつが、というのではなく、磐記内陣の五つの区画のそれぞれで、大きな組み鐘がまず音階を規則的に上がったり下がったりし、その取り巻きである中くらいの鐘が音階の中から旋律と和音を発見し、おおきくうねらせ、もっと小さな鐘が鳥のさえずりか色あざやかな刺繡の運針を思わせる修飾をほどこした。つぎに鐘たちは互いの役割を取り替えはじめ、それが集積することで、音の色数はどんどん増え、熟れた花束のように豊麗なひびきあいが磐記全体を包み込む。

ただ、あの音響体を形成するには至らない。

巨大サイズの楽器を一千一人が分担して演奏するのだ。まだまだ精緻な合奏にはなり得ない。それで良いのだ。これはヌウラ・ヌウラが書いたエチュードだった。首都にシャンパンの泡のような華やぎをたっぷり注ぎ、と同時に、本番に必要となる高度な技巧をさりげなく——臨界を超えない程度に——ちりばめた曲。カリヨネアと楽器の双方を仕上げていくための曲なのだ。

その音に背中を押されるような昂揚を覚えつつ、少女は勇んで広場をわたり切る。恋人は得意そうに新品の仮面をふたつ見せてくれる。ひとつはありふれた鋳衣《いい》。しかしもうひとつは芹璃《セリリ》だ。少女は恋人の首っ玉に飛びついてうれしさをぶつける。そして金貨を見せる。たがいに目を丸くしあった後、ふたりは額をつけてひとしきり笑い、それから楽しげに雑踏へまぎれていく。

31

エチュードの音は、日除《ブラインド》けを下ろした窓越しに咩鷺《みさぎ》の耳にも入っていた。陽光を完全に排除して、デスクの読書灯いがいの光を締め出していても、町全体を快くゆすぶる振動から逃れることはできない。

孤空の眉間に皺を寄せ、咩鷺は思い詰めた表情でデスクに広げた紙に向かいあっていた。鵞《が》ペンを執ってはみたものの、軸を握りしめる力が強すぎてペン先が震える。そこへエチュードが聴こえてくれれば、もう集中を保つのはむずかしい。とうとう一文字も書けないまま羽根をペン皿に放った。

握りしめすぎて曲がったペン軸を見て、小動物の首をへし折ったような嫌悪に咩鷺は顔をゆがめた。

過密スケジュールをどうにかこじあけ、無理やりおさえたホテルの一室で、大假劇《かげき》の〈口上〉の草稿をしたためようとしていたのだ。

咩鷺は口上役に指名されていた。

望んだわけではない。パウルの死後、大假劇に関する業務は咩鷺に集中し多忙を極めている。しかし、一方、口上役は生前のパウルに言い渡されていたことでもあった。というより、そもそも女優であった咩鷺が口上役に抜擢されたことが、現在の地位につながっている。

　口上は、詩人本人が書くしきたりだ。定番の演目はおきまりの口上があるからいいが、大定礎縁起《だいていそえんぎ》は絶えて上演されておらず、そのうえワンダが改造をほどこしているから、以前のお手本はない。また、破天荒《はてんこう》な演目では責任も重くなる。観客をしぜんに假劇の中に招き入れなければならないからだ。

　しかし顔色がけわしい理由は、口上の重圧だけではなかった。

　この数日、体調不良が咩鷺を悩ませていた。日に数度、前触れもなく、どこか一部の筋肉が強く収縮する。痛みも麻痺もない。ときに眼閃《がんせん》を伴うが、頭痛はない。

　思えば、徴候は鳴田堂《なるたどう》邸での会議のときからあった。しかし今日はひときわ調子が悪い。ただでさえ体調が悪いのに、この部屋に入る直前ロビーであの人物に出会ったのも悪かった。時艦《じかん》新聞の文化部記者は、美縟の歴史、美縟の過去について聞かせてくれと執拗に食い下がってきた。ずいぶん疲弊した。とてもよい文章が書ける状態ではない。

　ペンを握っていた右の腕を、左手でもみほぐす。筋肉はかちかちにこわばっている。

　外ではエチュードが鳴っている。気持ちが高まって当然なのに、ひどく平静でいるじぶんが不思議だ。

　と、腕をもんでいた手が止まった。

咩鷺の視線は放心したように、中空にある。

眼閃。

めまいがつむじ風のように平衡感覚を揺する。吐き気が波のように持ち上がる。咩鷺は、眼閃のなかに、たしかに燃える都邑を見た。長々と尾を引く啼泣《ていきゅう》が、たしかに耳で聴こえた。

孤空の内奥に仕舞われていた風景が、咩鷺の肉体に漏出したかのようだった。

咩鷺は、上半身をデスクに倒し、つよく押し付けた。耐えているうち、発作はやがて去った。エチュードは鳴りつづけている。その音が美しい、とようやく感じられた。身体のこわばりも消えていた。

すると、いつか聞いたことのある懐かしい唄のことばが思い出されてきた。ほんとうに長いあいだ忘れていた唄。いつ聴いたのか。子どものころ？　そんなはずはない。美綴びとは子どもであったはずがないのだから——。そこで咩鷺は思い直す。子どもであったことがいままで一度もないのだというのは本当か。じぶんはいつ生まれたのか。成熟した状態でこの世に現れたのか、そうでないのか、それすら記憶していない。

咩鷺はあたらしいペンを執った。この、だれが唄ったのかもわからない唄の文句をそのまま書き写してみよう、と。

これをそのまま口上にしてみよう、と。

32

中央登記所の地下、会議室を改装したリハーサル室で、菜綵とシェリュバンは殺し合いにも似た動作をくり返している。

菜綵が高く掲げた左手は一丁のタンブリンを持っている。そこから垂れ下がった五色のリボンが、はだかの上体を彩っている。菜綵の腕があざやかな半円をえがいてタンブリンを振り下ろしたときには、シェリュバンとの間合いを睫毛《まつげ》がふれあうほどに縮めていた。

身体の後ろにかくしていた短剣がすばやく繰り出され、シェリュバンの（こちらも半裸だ）脇腹をねらう――

寸前、菜綵を指先でトンと突いて、シェリュバンは大きく身を反《そ》らした。銀色の刃が、腹の上を通過すると、ばねのように身体を起こし、菜綵の上体をかかえて動きを封じる。

しかし左手首を拘束する前に、菜綵は手首を返してタンブリンで腿を叩いた。

とたんに虹のような光彩がシェリュバンの眼球の裏で鳴りひびいた。ひるんだ隙に、オイルを塗りこめた菜綵の身体がするりと抜け出た。シェリュバンはどうにかタンブリンを叩き落とし、布の沓《くつ》で踏みつけた。床は青い釉薬《うわぐすり》も美しいモザイクタイルで覆われている。壁には姿見の鏡が継ぎ目なくぐるりと巡らせてあり、荒い息をつく二人の姿を映している。シェリュバンは踏みつけたタンブリンをひょいと蹴り上げ、宙に舞う楽器を引ったくってわがものにした。

楽器の側面には、小さなシンバルではなく、美玉鐘の鐘体が並んでいる。これが虹の音響を作り出したのだ。

「ぼくだって鳴り物は得意だよ」

タンブリンの皮を指先でタップしはじめる。クルーガの路地で覚えたリズムが鐘体を震わせる。するとシェリュバンの周りに、音の構築がゆらめきはじめる。

假面のほそいスリットの奥で菜綵は目を輝かす。

ここ数日の特訓の成果だ。

ふたりは舞踊の稽古をしているのだ。

菜綵の提案はこうだった。

『旋妓婀《フリギア》』はたしかに外国からの輸入だけど、假劇の登場人物でもあるわけだから、シェリューも美縟の挙措《きょそ》、立ち居振る舞いを勉強した方がいいんじゃないかな。少しだったらわたし教えてあげられるし」

そして菜綵が題材に選んだのは泥王の舞いだった。この泥王は火種によって焼成された量産兵士の方ではなく、五聯の一角、紅祈《アカネ》の幕僚をつとめる戦士のことらしい。興味ぶかいことに、泥王は演目によって属性や地位ががらりと変わるのだ。

「大定礎縁起には直接関係ないけれど。たぶん参考になるよ」

菜綵は短剣を捨て、どこからか腕輪をふたつ取り出して両手首にはめた。

腕輪にはすずらんの花のように可憐な鐘体がひとつずつ取り付けてある。

殺気立っていた菜綵の動作が一変していた。腰の位置を低くし、すり足でゆっくりと左右に動く。両腕は二体の蛇のようにからんでは離れ、そのたびに涼しい音を鳴らす。所作のひとつひとつが甘く濃厚な性愛を表現している。

シェリュバンも、姿勢は高く保ちながらも、菜綵ときわどくすれ違うようにゆったりと歩きまわる。近寄っては離れ、目を合わせては顔をそらす。ときおりふたりは足を踏みならし、あるいはタンブリンと腕輪とを打ち合わせる。音の波紋がかさなって唸りを生じる。

ふたりはひと言も発しない。

音といえば、タンブリンと腕輪、ふたりの沓が青タイルをこする音、あとは息遣いだけだ。

この場面、シェリュバンは泥王を、菜綵は紅祈の奥方を演じている。すれ違いざま、奥方はうばいとられたタンブリンを叩こうとする。泥王はからかうようにタンブリンをひらひらと動かす。至近距離で身体を入れ替えているうち、ふたりは五色のリボンにからめとられ胸と胸をあわせて正対する。そしてまたぱっと離れる。気がつけば、楽器は奥方が奪い返していた。その腕があざやかな半円をえがいてタンブリンを振り下ろしたときには、菜綵は、シェリュバンとの間合いを睫毛がふれあうほどに縮めており、つまり舞いはまたはじめに戻っている。いつ果てるともなくこれを繰り返しているのだ。

泥王と奥方のあいだにどんないきさつや機微があるか、それさえシェリュバンは知らされていない。知らなくていい、と菜綵はいう。それは重要ではないのだと。ただ踊りの型だけを執拗に繰り返させられている。

もう五時間以上休みなしだ。第四類のシェリュバンでさえ息が上がりそうだが、菜綵は平然としている。刺客亞童と互角に戦った体力は、変わっていないようだ。

とにかくえんえんと繰り返すことが大事だ、と菜綵は言った。動作から枝葉末節が除かれ、つなぎめがなめらかになり、コンパクトに凝集していくのだと。

一回の舞いに要する時間は短くなり、しかし踊り手のゆとりは大きくなる。どんなに速い所作でも、その速さをじっくりと味わえるようになってくる。

「だけどシェリュー」しかし菜綵はこうも言った。「どこかで仕掛けてきてね」

「仕掛ける？」

「繰り返しに『破れ目』を作るのよ。わたしが油断しているすきに」

とん、と菜綵の胸を突き大きく反り返ると、繰り出された短剣が腹の上を通過していく。その一瞬、シェリュバンは片脚を胸もとにぐっと引きつけた。膝が菜綵の右手に当たり短剣は吹き飛んだ。身体をそのまま倒し、床に着くまぎわ、腕立て伏せの姿勢となるよう身体を捻《ね》じると、両腕の力を爆発的に解放する。

と――、
シェリュバンの身体は菜綵の頭上にあった。思わず口を開けて見上げる菜綵は、とつぜん虹色の光を頭の芯で感じ、尻餅をつく。

すとんと着地したシェリュバンの手のなかに、タンブリンはあった。

「えへっ。ちょっとパターンを破ってみた」

我慢しきれず言葉にしてしまう。すると菜綵は動きをとめた。

「すごいね、こんなに早くマスターするなんて」

「マスター？」

「いままでやってもらっていたのはね。ほんとうの舞いじゃないの。挿話や順序をすこし変えているし。難度の高いところを省いたり。

でも、いまシェリューーが踊ったやつ、あれ、ほとんど本当のやつだった」菜綵はシェリュバンの頬にキスをし、タンブリンを取り返した。「鳥肌立っちゃった」

「そうな……」

そこでシェリュバンは言葉をとめた。菜綵が抱きついてきたからだ。熱烈な抱擁ではない。もっと静かで緩慢で――

「もう内緒で教えちゃおうかな。あのね、わたしも大假劇に参加するよ。出演するの」

「え……」

「沈宮《ジンクや》を演るの。泥王の假面はしまっておかなくちゃね」

そして菜綵は名残惜しそうに腕をほどいた。

――まるで訣《わか》れの挨拶のようだった。

33

横たわる守倭《しゅわ》の巨体を目のあたりにして、地下工場の職員は一様に顔をこわばらせている。

峨鵬丸はしばらく前に姿を消していた。鐵靭《てつじん》の再起動を果たし、地下交通網を利用してひそかに磐記内陣近くにあるこの場所まで運ぶと、ようやく役目を果たし終えたという表情で去っていった。

あたりには、うっとりするような良い匂いが漂っている。はじめの頃の腐臭とは天と地ほどにも違う。花や薬草のエッセンスを高貴な女人の肌に丹念に塗ったときに立ち上るような香り。復活を遂げた守倭の体軀は、みずみずしい張りと輝きを取り戻している。

巨大な女身。

そして玲瓏と照り映える白銀の假面。

「あとは頼んだぞ」

峨鵬丸は退去するとき、それだけしか言わずに出ていこうとしたので、職員たちは驚いた。

「これからどうすれば。指示書は？」

「んなもんあるかよ。もう指示するこた無《ね》えんだから」面倒くさそうに耳を掻きながら、峨鵬丸は言い足した。「ほっとけばいいんだ。腹も空《す》かせてねえし、ぐあいの悪いところもねえ。しいて言っとくことがあるとすれば――何にもすんな、だな。邪魔になるだけだから」

「いえ、そうではなくて、假劇の出番がいつなのか、ここから出してどこへ行かせればいいのか、それが……」

「だから、邪魔しなけりゃいいのさ。合図なぞなくとも出番は心得ているよ。なんのために假面をかぶらせてると思っているんだ」

「しかしこの縛鎖《ばくさ》は」

守倭の四肢と体軀には太い鎖が幾重にも巻かれ、床や内壁にがっちりと固定されていた。

「あんな鎖、あいつが出ていく気になれば、饂飩《うどん》みたいに引きちぎっちまうよ。もういっぺん念を押しとくぞ。いいか、死にたくなかったら、あいつの邪魔すんな。絶対にな」

しかし職員たちは巨大な女体のそばから離れようとはしない。ここにいる方がまだしも安全に感じられるからだ。

この建物ひとつ分の幅を隔てて、もうひとつの建屋が地下で大假劇の準備に追われている。先ほど客人がおとずれて、数人の職員がその人物を案内していった。

あちらにくらべればこちらがずっといい。たとえ死ぬにしたって、あちらでひどい目を見るよりは、守倭にひと思いに踏んづけられた方がどれだけましかしれない。

単身やって来たその客人とは三博士であった。

地下への斜路が行き止まりになると、三博士は大きな身体でのっそりと李蒙《りもう》の外へ足をおろした。

「ここかえ」

案内役と連れ立ってクリーンルームを通過し、全身を白いスーツで密閉してエレベーターでさらに下降する。ひらいた扉から数歩進むと、かれらは広大なアリーナを見下ろす、バルコニー状の管制室にいるのだった。

工場のような設備はなにひとつない。建物の内部はただ、白とピンクがかったグレイで塗りわけられた、柱一本ないがらんどうの空間である。病院のような清潔感がある。

「これは？」

「まもなく、はじめます」

職員が応じる。

管制室と向かいあった壁の一部が、四角く口を開けた。一か所、二か所……。建物のスケールが大きいため小さな穴に見えるが、一辺が人の背丈の三倍はありそうだ。五つの開口部が、同じ高さ、等間隔に並んだところで変化は止んだ。穴の奥は暗くて見えない。

「あそこから出てきます。気をつけて。この窓に……」

言い終わる前に、職員は口をつぐんだ。右から二番目の穴、その奥の闇の色合いが変わっている。

「……この窓にぶつかってくる可能性もありますから。すみません。私も何度目かなのですが、まだ慣れないので」

続いて、その両どなりの穴の奥でも闇が――闇にしか見えない何かが動き出した。タールのように黒く、粘りと照りのある流れが、いきおいよく吐き出されてくる。

黒い流れの中には、金粉のような輝きが瞬いている。小さな、かがやく粒体《グレイン》。

流れはさらに勢いを増し、強弱をつけながら、開口部の断面いっぱいを使ってほとばしっている。清潔な床に厚みのあるたまりを作る。こんもりと盛りあがりながら、新しい流れに押されて床の中央部へと進んでくる。

いや、違う。

立って、あるいて、いるのだ。

三博士は、押し殺した呻《うめ》きをあげた。

まっくろな粘液の中から、同じように黒い、人の形をしたものが幾つも幾つも立ちあがり歩いてくるのだ。

金色の目をしている。

ようやく三博士の目にも見分けがつくようになった。亞童だ。黒い亞童だ。ふつうの亞童よりも矮化《わいか》されて、背丈は大人の膝あたりまでしかない、真っ黒な肌と金色の目を持つ亞童。

「生まれたてです。製造されたばかりです」

ここは、梦卑由来の生体素材を原料に、美縟全土へ供給する亞童の生産基地のひとつなのだった。

「あたらしいレシピで製造しているのですが、それだけでなく——見えますか、天井が」

三博士は身を乗り出し、上方に首をねじった。天井には、人の顔に見える模様が描かれている。

「峨鵬丸さんが作成したものです。あの天井はステム・フレッシュ由来の機能繊維で編んだシートで、いヽいヽいヽ一種の假面として機能しますいヽ」

「假面が——亞童に作用しとるのか」

漆黒の亞童たちは広いアリーナの中央に集まり、互いが互いの上をよじ登って、大きなかたまりをつくりはじめている。

建物にこれだけの収容力が必要だったわけが、ようやく三博士にもわかった。蝟集《いしゅう》した黒亞童たちは、ねばりある大きなかたまりとも、煮え立つ液体とも、わきあがる雲とも見える。押し合いへし合いする力が、ときおり意味ある動きとなる。たがいに合意しながら、力を揃えて立ちあがろうとする。もうその高さは管制室の窓とほぼ同じだ。

三博士は、吽霊《おんりよう》を連想した。至須天《しすてん》の天蓋布に映し出された、世界の素材。神々が生まれる前に、この世界に充塡《じゆうてん》されたもの。

亞童たちは——美玉鐘建造に使われた大きな手のように、假面の意図する形を作ろうとする。ろくろの上に壺をひねり上げていくように、天井めがけて、黒亞童の集積は紡錘形に伸長していく。その黒さといい、粒状の凹凸に覆われた表面といい、鰐梨《アヴオカド》の熟れきった果実によく似ていた。凹凸のひとつひとつが黒亞童だ。

「いままで假劇で使われてきた牛頭《ごず》とはまるっきり違います。無粋な骨組みもない。この怪獣は、百パーセント、すみからすみまで亞童でできています」

言葉こそ誇らしげだが、職員の顔は引き攣《つ》っているみたいだった。伝統ある鳴田堂の工房ではたらいてきた職員には生理的に受け付けないものなのだ。

やがて紡錘がすべての黒亞童を吸いあつめたとき、表皮の一部が丸くくぼんで深い穴を作った。

ボオオオオオオオオ……

霧笛に似た咆哮が空間をびりびり震わせ、管制室のぶあつい窓はゆがみ、波打つ。

三大牛頭、三大災厄を糾合《きゅうごう》して構成する〈大定礎縁起〉の最終敵、凴籃《ぼうらん》の第一声――産声《うぶごえ》だった。

34

深緑色の厚いカーテンを引くと、窓の外では、朝が夜を一掃しにかかるところだった。

鳴田堂はこの壮麗な、金一色の夜明けを眺めていた。窓の位置は大半の建物よりも高いため、古さびた石造りの街に突如として搭載された巨大楽器の、圧倒的な量感や連なりを（ほんの一部分ではあるものの）見ることができるのだ。

鳴田堂は窓を少し開けた。新鮮な風が入ってきて、ちらかった広間のよどんだ空気に動きが生まれる。班団《はんだん》は、目抜き通りに面したこの歴史あるホテルの上層の五フロアを数年前からおさえていた。いうまでもなく大假劇をそのただなかで心ゆくまで味わうためだ。

全世界からやって来る富裕な客人を迎えて、この広間ではここ数日、日夜を徹してパーティーが開かれていたが、昨夜は早めに——といってもほんの三十分ほどまえのことだったが——全員が寝室に引き上げていた。さすがに、しっかり寝ておきたいと思ったのだろう。

なにしろ、今夜が大假劇の本番なのだから。

朝日は尖塔の半ばまで下りてきていた。

ところどころで鐘がまばゆく光を放ちはじめ、見る間にそれが広がってゆく。窓ぎわに立つと清新な風が顔に当たる。鳴田堂には、それが黄金の光が押し寄せてくるように思える。

磐記開府以来、こんなにも荘厳華麗な朝はなかった。

しかし、輝きが強ければ強いほど、闇もまた深まるのだ。黒と金。このふたつはつねにつり合うほかない。これだけの黄金があふれているからには、磐記は、どこかに「黒」もまた匿《かくま》っていることだろう。

——地下に。

磐記の地下にあるもののことを鳴田堂は考えた。建都以来そこがくわしく調査されたことはない。しかしありとあらゆる假面の奥に「夜」があるように、磐記の地下には、この首都が作られたとき、その下に埋められたものがある。

昼過ぎまで、すこし眠るとするか——どうせ今夜は夜を徹したパーティーになるのだから。

鳴田堂は窓を閉め、カーテンを引いた。すると広間はすっかり暗くなる。

〈昏灰《グラファイ》〉の区域をつらぬき、内陣中央の大聖堂まで続く大通りは、両側にテントがぎっしりとならび、昼食や弁当、軽食や飲み物を売っている。昏灰にちなんだ黒灰色のテントだが、方々に花や吹き流しがあしらわれて、むしろ色鮮やかだ。その通りからすこし奥まったレストランの個室で、給仕は琺瑯《ほうろう》引きのココットから豚肉のポットローストを取り分ける。一方の席にはフース・フェアフーフェンがおり、向かいあった位置にはザカリがいる。

給仕が去るとフースはザカリの杯に白ぶどう酒を注ぐ。

「無理を言ってごめんね」

「滅相もない。勿体《もったい》ないことです」

ザカリは恐縮している。

「地球原産の食品は久しぶり？　ああ、そんなにかしこまらないで。梦卑に飽きてきたのは私のほうだし」

「そうではなく……これは陪席でなく、私を客人扱いされていらっしゃるようで」

「だってそうだもの。たいへんな無理をお願いしていてさ」フースは皮付きのジャガイモをほっくりと切って香り高いソースになじませる。「せめてこれくらいもてなさないと、きみのお父さんにも顔向けできない」

「いいえ、さほどたいへんな仕事とはおもいませんが。むしろ楽しんでいますし」

「そうかな。あとできっと文句を言うよ。『お話が違います！』って」

フースは顔の皺をたのしげに泳動させる。

「お安い御用ですよ。むしろ私ごときがあのお役目を仰《おお》せつかってよいのか」

「良いも何も、なんで苦労してあれに割り込んだと思うの。ザカリにやってもらうためだよ」

「むしろ私は、こういうときに若のおそばについているのが役目で――」

「冷めるからさ、食べよう」

すこし黙り、それから思い詰めたようにザカリは尋ねる。

「失礼ながら申し上げます。若は、私が邪魔だから大假劇のあいだ厄介払いなさるおつもりなのでは」

「だとしたら」

「身の安全をお守りするのが私の役目」

「だからこそ頼むんだ。私の護衛はだれでもできる。しかしあの役割はそうではない。なみはずれた身体能力が必要だ。だって——」

フースはカトラリーを皿に寝かせて言う。

「だって、ザカリにお願いするのは『零號琴《れいごうきん》の破壊』だからね」

フースが無造作に発した言葉に、ザカリは凝固し、反応できなくなる。だれが聴いているかもわからないのに、無防備に過ぎないか。

「しかもまだ私たちは、どうやったらそれができるのか、まるで見当がついていないんだ」

フースの口調は、自嘲のようであるし、面白がっているようでもある。

「なんなら私がやりたいくらいだけど、それは許されないだろう。だから、きみがやれ」

ザカリは苦笑し、肉を切りはじめた。

「そうそう。おなかをいっぱいにしておこう。忙しくなる。大假劇は日没と同時にはじまっちまう。何時間かかるかしらないが、つぎに食事にありつけるのは深夜かもしれないよ」

＊

技芸士ギルドから届いた包みを開けると、中からでてきたのはシルクの光沢を帯びた黒い上着だった——

支度部屋にはトロムボノクひとりだ。昼前に大假劇本部から差し入れられた弁当はゆうに三人前はある分量だったが、トロムボノクはあっさりと平らげた。チョコレートとオレンジのケーキ、何種類ものベリーをカスタードに埋めた甘いグラタンを二ピースずつ片づけ、長い棒状の飴をポキポキかじり終えると、ぐっすりと午睡した。起きて、シャワーを浴び、身支度を整えようとしたところで、クローゼットに包みが置かれているのに気づいたのだ。

袖を通すと誂《あつら》えたようにぴったりで——ではなくもちろん誂えたに決まっている——羽根のように軽く、えも言われぬ動きやすさがあった。袖のボタンは肘から手首まで一列についている。これを緩めれば、演奏用の手っ甲もじゃまにならない。おなじくお誂えの白いシャツとズボンもあった。新品の上着をいったん脱ぎ、愛用のよれよれの上着から、三つ首ホルンの襟章を付け替えて、すべてを身につける。

胸ポケットをさぐるとカードがあった。ひらくと〈三つ首〉のひとり、クレオパトラ・ウーの署名とメッセージが読めた。

――ステージ衣裳を送ります。もっとも誰もあなたのことは見ないと思うけど。裸で演奏するよりも動きやすい服であれば、大歓迎だ。続いてクレオパトラはこう書いていた。

――パウルに気をつけなさい。

言われるまでもないことだ。なにを、どう気をつければいいのか、それを書いてほしいものだ。

――それでは演奏がんばって。

折り畳んで胸に戻す。

三つ首のうち、面識があるのはクレオパトラだけだ。最後に会ったのももうずいぶん前だ。そのときトロムボノクはまだ三歳で、全身を補装具で支持されていた。

そのときの彼女の姿はまざまざと思い出せる。生まれながらに特種楽器の秘術をわがものとし、子ども時代に七つの世界を壊滅させた伝説の人物。トロムボノクに、技芸士になれと命じた人物。

「……あ？」

声が出た。

だれもいないこともあって、支度部屋に入ってからひと言も発していなかったのだが、つい声を出さずにはいられなかった。

「うーむ……」

いすに腰を下ろし、腕組みをして天井を見上げる。眉間の皺がみるみる深くなる。

「うーむ……うん、間違いない」

トロムボノクは確定的な判断を下し、沈鬱な声で絞り出すように言った。

「歯が痛くなってきた……」

＊

潜水夫のヘルメットを思わせる異様に頑丈な假面の、丸い目穴は太い枠でふちどられ、ぶ厚いガラスを嵌め込んである。口もとは四角く開いているが、細い金属棒が鉄格子のように並んでいた。

奇抜なうえにも奇抜な假面であり、雑踏の中でもひときわ異彩を放っている。

「みんな、こっちを避《よ》けてない？」

ワンダ・フェアフーフェンはおそろいの假面を着けた峨鵬丸に尋ねる。

「気のせいだろ。おまえがお忍びでうろつきたいというからわざわざ作ってやったんじゃないか」

「お忍びどころか悪目立ちしてるよ……特にそのホースが」

峨鵬丸の假面は、長大な鼻をカムフラージュするためか「鉄格子」の代わりに顔の中央部から太いホースが伸びていてそれが後頭部に接続されている。

「だいたいこれ、何の役柄」

「ダミーだよ」

「……なんですって？」

「〈美縟のサーガ〉にはおまえの新作も含めて、こんな役柄はない。空だ。空っぽの假面だ。きわめて限定された機能以外はな」

さすがにワンダは絶句して立ちどまる。

「あたしは台本作家よ。じぶんが作ったものを見ることができないなんて、あなた何を考えているの」

「俺はな、『おまえが何を考えているか』を考えていたんだよ。結論はこうだ――おまえは〈大定礎縁起〉については、もう、気が済んでる。おまえがほんとうに気にしているのは、その先だ。あの台本の仕掛けが発動したあとに『何が見えるか』だ。

それを見るためには、なあワンダよ、假面は邪魔になる」

「そんなわけないじゃないの。假面の連合を通さなきゃ見えるものも見えない」

ワンダはだんだん怒ってきた。

「おまえはわかっていないんだ。じぶんが何を書いてしまったのかを。あの内容をこの——」峨鵬丸は人が犇《ひし》めく広場、あらゆる屋根からぶどうの房のようにこぼれ落ちそうな鐘また鐘——を見わたして言った。「この環境で上演したとき、どうなるのか、見通せていない。

まあどっちにせよ、俺はこの鼻があるかぎり、假劇には参加できない。夫婦じゃないか、たまには付きあってくれよ」

ワンダがいよいよ本格的に怒ろうとしたとき、腹に響くふしぎな震動が二人のいる場所を、重たい風のようによぎった。

「おっ」

つづいて、さらに重い、身体をかすかに押してくるような響きが、海の波のように通りすぎていく。

広場には、短い沈黙とざわつきとがまだらに生まれては消え、消えては生まれる。

鐘だ。

エチュードではない。かといって本番でもない。

予鈴だ。

ふた呼吸置いて、地鳴りのような「圧」がやってきた。

身体が持ち上げられる感覚に、ワンダは、峨鵬丸の腕をぎゅっとつかむ。

「圧」がやむと、広場は騒然とした。しかしだれも恐がってはいない。

マヤは、これから来るものへの期待に、わくわくしている。芹璃の假面をつけていてもそれがわかる。

「いまのはきっといちばん大きな鐘だぜ」

恋人が耳打ちする。唇の感触がくすぐったい。

「うん」

今夜はオーバーオールではなくて、緑のストライプが入ったかわいいワンピース、白い靴、小さな四角い石をつなげたネックレス、おそろいのピアス。一生に一度あるかないかの夜だ。棟梁は大工にも下働きにも休暇を与えていた。

なにひとつ憂《うれ》いのない夜。

見上げる空は夕闇に侵襲されていく。

すてきだ、とマヤは思う。ふたりで大きなベッドに入り、薄くて軽いふとんをかぶるみたい。恋人の手が腰に回る。マヤは身体をそちらへ傾ける。

ふたりだけではない。

広場の群衆は、ひとりの例外もなくそれぞれに假面を着け、期待に胸躍らせている。美縟びとも、外国からの観光客も、報道の人間たちも。磐記内陣の五つの区画、そのすべての広場、すべての大通り、すべての路地に犇めき、笑い、口笛を吹き、手を鳴らして、本番の始まりを待っている。

ふたたび予鈴がなりはじめる。

高い音が、低い音が、
いつはてるともなく海岸に寄せては引く波のように、
くりかえしくりかえし磐記をなでさすっていく。

35

同じ時刻、とある場所。

室内。

空気はあたたかく、絨毯の上には柔らかな敷き物が何枚も広げられているので、裸足でいてもぜんぜん快適なのだった。

裸足とはつまり裸の一部分を指す言葉なのであって、すなわち班団が用意したこの広い更衣室で、今夜の主役を張るシェリュバンは、すっぽだかなのである。

お風呂上がりの湯気を立てながら、すっぽんぽんでのしのし歩いているのだ。

「ちょっと、もう。こっちが赤面しちゃうでしょ」バスタオルを広げて追いかけながら菜綵が叱りつける。「シェリューったら」

「ほんとう。あなたが羞《は》ずかしがってくれないと、わたしたちも張りあいがない」

咩鷺は、腕組みをして、野次をとばす。

「ねえねえ、どうしてそんなにぼくを追いかけんのさ。そんなことされたら逃げたくなるじゃない」

けらけら笑いながら、シェリュバンは決して駆け足にならない速度でたくみに菜綵のタオルから身をかわす。

「あと咩鷺さん、ぼく、羞ずかしがらないといけないんですか。咩鷺さんが喜ぶんならぼく、いっくらでも羞ずかしがりますよ？」

　へらず口をたたきながら、シェリュバンは小鹿のように跳ねて、背後から襲いかかる菜綵をつんのめらせる。その挙動。菜綵はれっきとした格闘体術のプロだが、それを平然とやり過ごしている。紙一重っぷりを楽しんでいるほどだ。

「あんまり菜綵を怒らせちゃ駄目よ。――ワンダに言いつけるから」

「うっ」

「ほんとに楽しみね、あなたのお下げ髪。リボン付ける？」

　それが駄目押しで、すこし動きが鈍った。その機をのがさず菜綵は獲物をとらえた。背後からバスタオルで覆い、おんぶの姿勢から両脚を回し、挟んで組み伏せる。頭が床に当たる音がごつんと響いた。咩鷺は「おお恐《こ》わ……」とつぶやいて黙する。

「……きゅう」

　うめきが止まるまで脚で締めつづけ、ようやく身体をほどいて菜綵は立ちあがる。

「お願いだから手間かけさせないでね。あ、お待たせしました。大人しくなりましたんで、あとはどうぞ」

　咩鷺のそばに控えていた数名の婦人がわらわらと前へ出てきて、ふたりを取り囲んだ。手に手に衣裳や化粧用具をたずさえて、みなとても嬉しそうだ。若い男子をひんむくのも悪くないが、着せ替えはなお楽しいのである。

菜綵はさらにぎゅっと締め上げて、贅肉ひとつないシェリュバンの感触を楽しんでから、ご婦人方に今夜の主役を引き渡した。

「活きがいいから気をつけてくださいね。跳ねますよ」

シェリュバンは磔刑台《たっけいだい》から降ろされた偉人のように抱えられた。もつれた髪にブラシが通され、胸から顔に化粧水があびせられ、二十個の爪がかたちを整えられ清められ、吹き出物やシミがないか全身くまなく（あらゆるへこみや皺をのばして）探査された。そうして長丁場の假劇でも髪型やメイク、着崩れが起きないよう、すみからすみまで制汗パウダーを（溶いて使うタイプの白粉《おしろい》そっくりだ）塗りこめる。

「あらら、ほんとにあったわ。これねー」

ご婦人方の声がはずむ。尾骶骨《びていこつ》のちかくに拇指《おやゆび》ほどの肉が盛りあがっている。もともと猫科ヒューマノイドとして創られた第四類の、尾の名残り。

「あっ、やだ。そこ触んないでください！」

意識もうろうとしつつ、むだな抵抗。

「だあめよ、ここはしっかり塗らないと。おばさんにまかしときー」

「前の方も可愛いけどね」

「可愛いけどね」

「ほら大人しくして」

「足の裏もよ」

あっというまに白塗り一式が仕上がると、ハンガーで吊り下げられて風干しされる。

「さあさ、お着替えお着替え」

「みんな頭に叩き込んでいるわね」

「旋妓婀！」

「旋妓婀！」

ご婦人らは掛け声とともに襷《たすき》をかけた。彼女らは假劇の「着付け社中」である。班団の旦那衆の奥様方だ。芝居はなにしろ彼女らの大好物であるし、着物や化粧にうるさいことといったらない。

「はじめての柄《きゃら》よ。気を引き締めていきましょう」

意味のよく分からない符牒をまじえつつ、假劇マニアの女たちは、思うぞんぶん餌食をいい、もふりはじめた。

菜綵は咩鷺の隣に下がり、息をととのえている。

「手こずったのね」

「くやしいですね。第四類にはかなわない。あれ、捕まってくれたんですよ？」

「でしょうね。常人が第四類を捕らえられるわけないもの。たとえ激怒していなくても」

「凄かったですか。ですよね」

「実はわたしも気を失っていたのだけれど」

パウルと菜綵が命を落とした、刺客亞童との一戦のことを二人は考えている。

「ほらほらほら」

「ほらほらほら」

奥方たちは手に手に化粧用の小さな刷毛《はけ》を持って、吊るされたシェリュバンの身体に発光微小片《パーティクル》を、くるくると刷《は》いている。旋妓婀の肌にラメのような輝きをもたらし、そしてフリギアにとっては仙力の象徴でもある微小片——。

「咩鷺さん。シェリューはあのとき、わたしの死体を見てますよね？」

咩鷺の表情は假面で読めない。

「そうね。だから田舎に連れて行ったの。ワンダにまかせておけば、いろんなものを見せてくれるだろうから。そうすればあなたに会ったときにさほど驚かないですむ」

だれかがシェリュバンの後ろに回り、髪をととのえはじめた。あざやかな手ぎわでメタリックブルーとプラチナゴールドのお下げが編みあがり、絹のリボン、螺鈿《らでん》の簪《かんざし》、七宝《しっぽう》のバレッタがかざられて花束のような色彩があふれた。

「そうですよね……見てますよね。やだな」

「本人に訊けばいいのに。『わたしの潰れた頭を見た？』と」

菜綵はにが笑いした。

「かもしれませんね。訊けばいいのかもしれない」

「〈泥王〉は返してくれたんでしょう」

「はい。手渡しで。まっすぐこっちを見て、『これを返せるなんて思ってなかった』って泣くんです」

「ごちそうさま。ご覧、でき上がったわよ」

花束のような髪型とは対照的に、肩から下は、黒と金の装いだった。のどから胸もとまでを出した黒の胴着、膨らんだ肩の襞、両手首までをぴったり覆う袖、そのすべてが黒。スパッツも、短いブーツも黒。ひざ下までのふわりとしたスカートも黒いが、その内のパニエは目もくらむ金。カフスも、胸もとのチョーカーも、みぞおちの部分に縫い取られた〈旋隊〉の紋も、すべてあざやかな金。

「ほらほらほら」

ご婦人方は大きな鏡を持ってきて、シェリュバンの前に立ててやる。そこに現れたのは、外国のテレヴヴィ・シリーズに生を享《う》けながらも、ワンダによって翻案され、假劇の中で生まれ直す戦闘仙女の晴れ姿である。

「……う」

「面白いわね」絶句する少年をながめて咩鷺が言う。「裸よりも物を着ている方が羞ずかしいんだ」

「無理ないかも……。でもあんなに赤くなったんじゃメイクも台なしだわ」

ふたりはくすくす笑いあったが、それは照れかくしだ。あんまり旋妓婀がきれいだったものだから、菜綵も咩鷺も一瞬言葉を失ったのである。

化粧は、唐草紋のような隈取りを用いた強烈なものだったが、それがシェリュバンの美貌と組みあうと、そこには不思議と可憐な美少女の顔貌が浮かびあがっているのだった。

はあ……、とため息をついたのは、まさにその化粧をほどこした婦人だった。

「冥利につきるとはこのことね。生きててよかった」

エメラルド色のポシェットを掛け、踵のたかいブーツを履くと、主役の出で立ちがととのった。

旋妓婀。黒と金を帯びた娘。

菜綵はシェリュバンのとなりに戻ると、手を差し出した。ここではあくまで商会の社員として、祭典のスタッフとして、出演者を案内するのが彼女の役目だった。

シェリュバンはすこし緊張している。だれが演じるのか分からない五聯と、これからいっしょに戦わなければならない。

部屋を出て、人でごった返す廊下を進む。大きな催しの裏方特有の、落ち着かない、ざわついた空気が支配している。

「ねえ——菜綵」

「そのメイクで見ないで、どきどきしちゃうわ」

「菜綵、ぼくは、さっきのおばさんの言葉が好きだな。お化粧してくれた人」

「そう？　なんて言ってたっけ」

「『生きててよかった』だって。おかしいよね。あのおばさんも死なない人なのにさ」

「……」

「きみも、生きててよかった」

菜綵は息を吸う。深く。

シェリュバンと話していると、じぶんが生きているのだと自覚できる。

その考えは、菜綵の胸をしめつける。

「そんなことより、コントローラーのおさらいでもしたら。そのポシェットの中でしょ、

〈守倭〉の操縦機は」

36

　美玉鐘の予鈴は、繰り返すたびに音が音の上に折り重なりあって、複雑さ、玄妙さをいや増していく。たとえれば水面に張った油膜にやどる虹のゆらめきであり、あるいはデカルコマニーやマーブリングといった技法だけが示しうる「不測の美」である。

　磐記の広場に集まった群衆は、極度の繊細さと堂々たる恰幅《かっぷく》をかねそなえた音響に聞き惚れるばかりだ。エチュードに取りかかった頃とは比較にならない完成度だ。一千一人のカリヨネアの技巧と感興はこれ以上ないほど研ぎ澄まされ、練り上げられ、はりつめた緊張に満たされつつ余裕綽々《しゃくしゃく》でもある。

「……」

　マヤも、恋人も身じろぎできない。それがなぜかとうまく説明できないでいたが――

「なんだか恐いわ」

　近くにいた小柄な老婦人がそう呟くのを聴き、ああそうだ、いま感じているこの感情は

「恐怖」なのだ、この音響はほんの予鈴にすぎないと知れば、この先に拓ける音の世界がどれだけのものになるのか空恐ろしく感じざるをえない。そういうことなのだとマヤは気づき、

「恐いですね」

老婦人に声をかける。

「そうですとも。――ねえあなた」

老婦人の向こうには、彼女の夫だろう。こぢんまりした体格の紳士がいて、妻の言葉にうなずいた。

「ああ、恐いね。しかしこの恐さは悪くない。未知のものだが邪悪な感じがしないからね」

へえ、とマヤは感心した。

そうか、考えてみれば、これはお祭りなんだしひどいことなんて起こるわけないや。

びくびくするのはやめよう、マヤはそう決めた。ぞんぶんに楽しもう。

「さあ、忘れないうちに着けてしまおう」

老夫婦は假面を取り出して顔にかぶった。まるで小鳥のつがいのような愛らしさだ。マヤは目を細めて、恋人によりかかる。

そのとき、ひときわ大きな音が、環を拡げるように磐記の空をよぎった。

全世界からあつまった見物人たちは、いよいよはじまりが近いと知った。

*

すこし前。

大聖堂にほど近い場所には、市庁舎と渡り廊下でつながった公会堂がある。公式の晩餐会が開かれる宴会場は、いまは人気《ひとけ》がなく、シャンデリアもすべて灯《ひ》が落とされていた。真空管の試験演奏のとき、直前のレセプションが行われたこの部屋の扉が、ピン、と軽やかな音とともに解錠され、ひとりの人物が入ってくる。いかにも趣味が良いジャケットとパンツは、ひとめで地球由来と分かる薄手のウール素材だ。そうおいそれと誰でも手に入れられるものではない。

男は手に下げていたバッグ――丈夫さと収納力をそなえた古典地球の往診鞄のような代物を床に置き、しばらく前からずっとそこにいた人物に声を掛けた。

「ファウストゥス。待たせたな」

がらんとしたレセプションホールの真ん中に、簡素なパイプいすが置かれ、そこで四人目の博士が――単体で――静かに待っていたのだ。

「他の三人はいないのか」

「あいつらなら、本部から持ってきた予備の身体にもぐりこんで出かけていったよ。三人が三人、べつべつの身体を持ってね。なんでもずいぶん楽しい趣向をたくらんでいるようだ。しかし私はここにいさせてもらう。きみの悲願がかなうかどうか、とっくりと見物させていただくよ」

入ってきた男――パウル・フェアフーフェンは首もとに巻いたスカーフを緩めてほほ笑む。

薄暗い宴会場の床の中央が明るくなり、天井に向けて一本の光の柱が立った。パウルはバッグから〈鵲《かささぎ》〉を取り出し、その光源の上に置いた。緑の鉱物片がまばゆく輝き、天井と床の中間に、平面映像がひろがった。〈鵲〉はパウルの財団が天文学的費用をかけて改造しており――きわめて限定的ではあるが――假面を装着することなく「假劇」が描き出す視界を見ることができる。假劇特有の没入感覚を、あたかも客観的な視覚像であるかのように取り出し、現実の風景にかさねて描画することができるのだ。

「悲願か。私が美嫋でやっていることは、悲願とまではいかないな。ほんの序の口だ」

ファウストゥスは、トロムボノクと見《まみ》えたときよりずっと明晰な調子で不平を言う。

「こりゃまたひどい言い草だ。きみが泥王の假面を入手してからというもの、ずっと付き合わされてきた私の身にもなってほしいものだ。美玉鐘再建の図面にしても、鋳衣の設計にしても、私がいなければここまでたどり着けたかもわからない」

「感謝しているとも、わが旧友よ。しかしきみほどの人物が、ただ私のためだけに骨を折ってくれたと信じるほど、自惚《うぬぼ》れているわけではないよ。かりに私に『悲願』があるとしたら、それはきみにとっても悲願であるはずだ。われら孤児共通の」

〈鵲〉の次に鞄から酒瓶とグラスを取り出したとき、予鈴の最初の一撃がレセプションホールに到達した。頭上のシャンデリアは微動だにしなかったが、華麗な装飾の中にその響きをたっぷりと含んだように思われた。ファウストゥスはグラスの一脚を受け取り、ルビー色の酒を目の高さに掲げた。

「それではパウル、われわれの畑の恵みに感謝を捧げよう。

〈ウーデル・ス生まれ〉に幸あれ。

そして今宵が楽しい夜になりますように」

＊

同じ頃。

「まさかひとりだとはな……」

〈真空管〉にやって来て、だれもいないと分かったときには、さすがのトロムボノクも呆れ果ててしまった。

「おい、ちょっと扱いがひどすぎないか」

しかし、ここで臍《へそ》を曲げ切れないのがトロムボノクの性格で、ぶつくさ言いながらも通用口を開けて館内に動力をともす。ぐずぐずしてはいられない。楽器を温めるのに時間がかかる。

しかしここで練習した経験があるのは、不幸中の幸いだ。トロムボノクは明かりをつけ表示盤をのぞいた。カリヨンのメカニズムはアイドリングされていたので胸をなで下ろし、壮大な吹き抜けの中、演奏卓へと上っていく。

「さてと……」

だれもいないのでひとりごとを言わないと間が持たない。楽譜を譜面立てに置く。一枚の白紙にきれいな円が描いてある。それだけだ。

静謐《せいひつ》な轟音で構成された、あの音響体をただひたすら、假劇がはじまってからおわるまで、鳴らし続けるだけ。

それが今夜、トロムボノクのなすべき、たったひとつのことだった。

三博士はいう。それこそが真空管の存在理由、それこそが真空管が置かれている真の意味なのだと。

「どうして俺だけがこんな役目を……」

ぼやくのは歯痛のせいもあるだろう。荷物をほどくと、トロムボノクは腕に巻くものを並べはじめる。

そこへ、予鈴の最初の一撃が届いた。

エンヴェロープの音響を遮断する機能は無効化されていた。むろん意図的にだ。予鈴の音はエンヴェロープを震わせた。一度震えはじめたエンヴェロープは容易には収まらない。しばらくして、より重く深い第二波が届くと、トロムボノクは足もとがぐにゃぐにゃと波うつような錯覚を覚えた。第三波が来たときには、トロムボノクはうんざり顔になった。

劇のあいだじゅうあの音響体を鳴らすだけで精根尽き果てるだろう。しかしそれさえ大した苦労ではない。繊細な音響体を保つためには外乱要素を――つまりエンヴェロープの震えがもたらす影響を完全に消し去らなければならない、ということだ。

「どうやって……」

自問するまでもない。

トロムボノクは、外乱を、つまり外から聞こえてくる鐘の音を、みずからが鳴らす鐘の音によって——逆相の音をぶつけることによって消し去るしかない。一千一人のカリヨネアが打ち鳴らす七十万個余りの鐘の音を。

そしてその上で、静謐な音響体を樹立しつづけなくてはならない。

予鈴はどんどん複雑さを増していく。

トロムボノクはしゃがんで荷物から水筒を出し、冷たい水をごくごくと飲んだ。小分けにして飲むつもりだったが、最後の一滴まで飲み干してしまった。假劇が終わるまで、もう、ものを口にする余裕はないだろう。そんな予感がした。

ぐずぐずしてはいられない。この予鈴も貴重な練習の機会だ。

口元をぬぐって立ち上がったとき、トロムボノクの目は、またしても、思考と意志をうかがわせないものになっている。歯痛のことさえ忘れたようだ。

左右の腕が剣のように一閃し、美玉鐘をあやつるバトンの列をひと撫でした。

すると、館内から予鈴のもたらす音がぬぐい去ったように消え、その上で、あの音響体が——完璧に調整された音響彫刻が真空管を満たした。

トロムボノクの演奏技術は、練習のときをゆうゆう凌いでいる。

しかし本番は——美玉鐘がその真の力を解き放つのは、これからなのだ。

＊

「あなたはここで待機しててね」

菜綵の声は緊張していた。いよいよ本番なのだ。部屋はやけにだだっ広く、明かりが抑えられて薄暗い。ぼくはここでひとりで待つことになるのかしら——シェリュバンはちょっと不安になる。

「そして、これを持っていてね。峨鵬丸さんが今夜のために作ったものよ」

手渡されたのは手のひらほどの平たい袋だ。美しい錦織《にしきおり》である。袋の口を開いて中をのぞくと、くしゃくしゃに丸められたレース地が見えた。

「下着？」

「一発ひっぱたいた方がいいのかな」

「あ……え？」

「あら、ほんとにわかってないんだ。思いやられるなあ」

キランキランの衣裳に身を包んだシェリュバンを、菜綵は上から下まで数往復眺めると、

「まあいいか。シェリューのこの姿が見られたんだから」

「ところで……ここはどこ？」

二十人程度の円卓会議ができそうなくらい広いだけではない。床の敷き物といい、灯具といい、壁や柱の質感といい、実に品良く高級なのだ。ふたりは窓があるべき場所に向かって立っているが、臙脂《えんじ》と深緑の厚いカーテンが下がっていてその外が見えない。

「シェリュー、わたしたちは公会堂の楽屋から市庁舎に移動したのよ。分かる？」

「うん」

「市庁舎には、賓客が手を振ったりするためのバルコニーがあるでしょう」

「そうなの？　あったかも」

「カーテンの向こうが、その、バルコニー」

「へ？」

「市庁前の広場には、もう二万を超える人が集まっている。みんながあなたを待っているのよ」

「ふへえ……」

「出番が来たら合図があるわ。わたしはもう行くね」

「うー……」

「仕方ないわね」

菜綵はシェリュバンのまぶたにキスをした。右、そして左。

「ここに、さっきのを着けてね。あなたの假面を」

「はあい……って、あれ假面なの！」

袋からレース地を取り出してくるくるひろげると、蝶のような左右対称の形になる。

それは〈なきべそのフリギア〉——これからシェリュバンが演じる役のお手本になったフリギアが、最後の任務に赴くときに戴冠したティアラのデザインを、峨鵬丸が假面に移し替えたものだ。

目元だけをおおう華奢《きやしや》な假面は、蜘蛛の糸で編んだかとおもうほど繊細なつくりである。右のこめかみからは黒の糸、顔の左からは金の糸、華麗なレース細工が両側から伸び、たがいにからまり合って編み目は線対称に、色はグラデーションになっている。見る角度によって渓流魚の鱗のような虹が躍り、また別の角度からは糸の立体的なからみあいが肺血管の模型のように克明に浮かびあがる。

「銘は——〈旋妓婀〉」

そのことばを聞きながら、假面を目の上に押しつけると、しなやかに、革のリボンが巻き付くような感触があって、ひとりでに装着が完成する。

旋妓婀の役柄がシェリュバンの内部で急速に立ちあがる。少年の四肢は、鼓動は、瞳孔と発汗は、劇の中に差し招かれていく。

没入はまだ来ない。

しかし遠くないこともわかる。

予感が満ちては引き、また満ちる。

それがきわまったときが出番なのだと、だれにも教えられることなくシェリュバンは了解する。

ふと気づくと予鈴の音はぴたりと途絶えている。

菜綵の姿も消えていた。彼女は〈沈宮〉となって劇へ身を投じるために、広場へと降りていった。


大聖堂前広場には、高飛び込みの跳躍台に似た特設の構造物が設置されている。

その天辺《てっぺん》に至る一直線のせまい階《きざはし》を登る人影を、大群衆が見守っている。

大きな蛾のように青白いドレスの長い裾を引きながら、はだしで、咩鷺は一段一段のぼりつめていく。

頂《いただき》に達すると台の先端に進み、臍の高さにある手すりに手をかけ、赤い半球状の目、柔らかな肉質の嘴を心持ち上へ向けた。
そして假面と融合した口腔の奥からことばが流れ出す。
口上が陳《の》べはじめられる。

かくして大假劇の夜がはじまった。

第四部

37

むかしむかしのそのむかし
〈夜〉がうまれるまえのこと
大きな島の真ん中で――

静まり返った大聖堂前広場に咩鷺《みさぎ》の声がひびいていた。
華那利《カナリ》の相続調整庁前広場、
芹璃《セリリ》の例規局《れいききよく》前広場――

假劇《かげき》の参加者に届けられる開幕の口上。

放送も増幅もない。静かに語る肉声だというのに、その息遣いは、広大な磐記《ばんき》のどこにいても聴きとれる。声は、假面《かめん》の連合を通じて、参加者ひとりひとりに配信されている。

——名もない巨《おお》きな鐘の木が
朝夕やさしく鳴っていた
梦卑《むひ》はその地にいたけれど
「ひと」の姿はまだ見えぬ

トロムボノクは真空管の中にいて、しかし卓越した耳で口上の気配をとらえ切っている。班団《はんだん》のお歴々は、奥様方とともに誂《あつら》えたばかりの假面をかぶりボールルームで聴いている。

路上のカフェでエールのジョッキをからにしたフース・フェアフーフェンは、テーブルに小銭を置くとゆらりと立ち上がる。黒の三角頭巾（それはサーガに出てくる死刑執行人の假面だ）をかぶって、華那利の広場に入っていく。そこには黒い巨石が据えられている。卵をさかさまに立てた形だ。その不安定さが観客の目を引きつける。

ある日ひとつの爆弾が
大きな声で歌ったよ
その歌声で世界は割れて
大きく傾《かし》いでいったとさ

用意しな――

そう声を掛けるまでもなく、配下の全員は準備万端で演奏卓についていた。ヌウラ・ヌウラは満足げに天蓋布を仰ぐ。その中の夜はあきらかに輝きを増している。ぎっしりと敷き詰められた光のひとつひとつは、假面の一々と対応している。假面の連合が活性化しつつあるのだ。

木下闇《こしたやみ》には五つの神が
ながい眠りをねむっていたが
世界が傾いで寝床がたおれ
しぶしぶ起きてあたりを見れば――

芹璃の広場。マヤと恋人は大階段で肩を寄せ合ってすわり、広場の中央を眺めている。

マヤは首に手をやった。うなじにぽつりと雨滴が当たった気がしたのだ。こすりとって手をながめると筆でひと刷《は》けしたような痕がある。

黒い雨？　そう思うなら上を見るべきだ。しかし手のひらから目が離せなかった。

しぶしぶ起きて（と咩鷺はリフレインを入れる）あたりを見れば
叶霊《おんりょう》どもが波となり
寄せてはかえし、寄せてはかえす

口上がはっきりと聴こえるのは假面のおかげだ。つまり録音不可能だろう。

大聖堂前広場で、鎌倉《かまくら》ユリコはそう判断し、鉛筆をいそがしく使って手帳に書き留めている。

口上が、おそらく人類の美縟《びじょく》到達以前の風景を語っている意味は何か——それがわからなくて、鎌倉ユリコは鉛筆の尻を嚙《しが》む。

思考の異常亢進《こうしん》を起こしてインスピレーションを得たいところだが、それはできない。

いていた。片眼鏡型だ。假劇と現実に片目ずつを差し出す。大假劇のすべてをあますところなく取材するために編み出した、それが彼女の秘策だった。

彼女に天啓をもたらす「目の力」を封じているからだ。鎌倉ユリコは特別な假面を着けて

寄せてはかえす吽霊どもは
牛頭《ごず》をつぎつぎ産み出した
これはならぬと五つの神が
さても世のため梦卑のため

吽鷺は自問している。朗々と暗誦《あんしょう》しているこの口上は、しかしほんとうにわたしが書いたものなのだろうか。

鵞《が》ペンを走らせた記憶はいまだ鮮明だ。

ではなぜ居心地が悪いのか。それはこの口上に吽鷺自身のことばはひとつもないからだ。俚謡《りよう》、諺語《げんご》、ざれ歌――長い長い人生のあいだに耳に入り知らず知らず覚えた片言隻句《へんげんせっく》を、思い浮かぶままに書きとめただけなのだ。

だから吽鷺は自問をやめられない。

この口上の作者はだれなのか。


黒い雨？

手のひらの墨痕は川魚のような形だった。頭部に当たる部分が、ちらちらと瞬いた。ちいさな二粒の目が金色に光っている。墨痕はなめくじのようにうねって手の外へ遁《に》げた。マヤは悲鳴を上げた。假面による粉飾だが、なまなましい動きと感触は魚そのものだった。

芹璃の広場に大粒の雨が降りしきる。点々と打たれる黒はつぎつぎに金色の目をひらいて、とかげのようにすばしこく這い、合流し、成長する。まるい頭部と胴と四肢をもつ一寸ほどの童子となり、走り跳ね壁を攀《よ》じ登り笑う。そしてまた小さな魚に分解して散る。

サーガ世界を、そして假劇を織りなすための素材が天から無尽蔵に降り注いでくる。

芹璃の広場。まもなくここでは大定礎縁起「〈梦疫《むえき》〉の段」が演じられる。


天蓋布の夜が昼とみまがう明るさとなった。

口上はまもなく終わる。假劇の開幕と同時に、最初の一打を過《あやま》たず放たねばならない。

ヌウラは全身を神経の塊にする。

梦疫、鐵靭《てつじん》、街食《まちぐ》いを
手に手をとって封じましょう
惗艦《ぼうらん》ともども封じましょう

咩鷺を照らしていた光が裁ち落としたように消え、すぐに倍の明るさで点灯する。

そこには咩鷺の姿はなく、櫓《やぐら》はむくむくと形を変えて、おとな十人前の背丈がある巨人が姿を現しつつあった。

大聖堂前広場。ここでは、〈鐵靭〉の段が繰り広げられることになる。

トロムボノクは目をひらき、立ち上がった。

フース・フェアフーフェンは、聞き覚えのある音楽の予感を感じた。

雲を踏んで空を往くような旋律。耳をそばだてても聴こえてこないが、空気はたしかにその震動を含んでいる。

とつぜん、黒い巨石が前ぶれもなく爆《は》ぜた。握りこぶし大の石が多量に撒き散らされた。

種。何の根拠もないがフースはそう確信した。

果たして、石を撃ち込まれた石畳は、動物の背のように上下し、波となって相続調整庁の石造りの建物に押し寄せ、双つの石灯籠を倒し正面の石階段を遡上すると扉は向こう側に開いた。また別の波は石組みの壁をでこぼこと這い登って建物全体を押し包んだ。灰白色であったはずの庁舎の外壁は黒く染め上げられ、がたがたになった石積みの隙間で金色の目がまたたいている。

黒い波は広場の縁を超えて、町全体に広がる。街が将棋倒しに黒変していく。

「〈街食い〉の段」が開幕した。

庁舎の石積みがおもちゃのブロックのようにガキガキと組み替えられ、建機の安定脚《アウトリガー》のような形をとって、地面に突き立てられた。同じものを何十と巡らし終えると、めりめりというものすごい音がする。

庁舎が地面から浮き上がった。いや、庁舎がそれ自体を持ち上げ――歩き出そうとしているのだ。

ちょうどそのときオープニングの主題曲が――音楽が空から降ってきた。

フリギア　フリギア　フリギア　フリギア

せかいをまもる仙女のおきて

鐘だ。美玉鐘《びぎょくしょう》が一斉に鳴り出している。

フースは、鐘のメロディに合わせて歌詞を正しく口ずさむことができた。広場にひしめく人びとの三分の一も唇を動かしている。「フリギア！」の主題歌はどの家庭でもだれかが歌えるファミリーソングだ。

フリギア　フリギア　フリギア　フリギア
手と手をつなぐ仙力は
愛と友情、勇気のちから

よりによって——大聖堂のカリヨネアたちはにやついていた。歴史的演奏の開幕がよりによって「ファミソン」だとは！

ヌウラ・ヌウラはすずしい顔で、片腕の先の最小動作でこの曲を弾いている。

ほら聴いてる？——ヌウラは心の中で真空管の男に呼びかけている。

トロムボノク、そろそろはじめるから、ちゃんとついといで。

そうして片手の動きを少しだけ変える。その効果は絶大だった。フリギアの主題歌に異質な和音とリズムが陥入する。音楽の中に入れ子状の音楽ができ、響きが複雑化する。カリヨネアたちがつぎつぎと——滝壺に飛び込むように——音楽に参入しはじめ、響きはたちまち磐記のすべてを包み込み、なおも巨大化していった頂点で、何百という雷《いかずち》がいちどきに落ちたかと思われるほどの大音響が轟きわたった。

一千一人のカリヨネアが渾身の力で叩き出したその音が、一秒ののち、ぬぐい去るようにかき消えた。

大半の観客は何が起こったかをまだ理解していない。

そこに「自ら思考する音響体」が成立したことを。

ヌウラの一統は、いともやすやすと無音の音響体を作り上げていた。驚くべき合奏の精度。しかしそれより驚嘆すべきなのは、轟々たる無音のなか、銀の玉をころがすような一本の旋律——フリギアの主題歌が、ひとすじ、さえざえと鳴りつづけていることだ。

実はそれは「一本の旋律」ではない。

美玉鐘の作り出す静寂は音の飽和が極まった状態であり、そこに音を付け足す余地はない。いま聞こえる旋律は、引き算で創られている。音の飽和、マスキングをわずかだけ緩和し、隙間を作っているのだ。

たとえるなら、均質な黒ビロードの一部だけをすり切れさせ、光にかざしたときに絵が浮かびあがるようにする、そんな離れ業。

一千人もの合奏でそんな精度が出せるはずはない。しかし、現に「フリギア！」の主題歌は、青空を舞う雲雀《ひばり》のようにかろやかに上下している。

なきべそかいてるひまはない
いそいで登校、着替えて装甲

トロムボノクはその驚異的な芸当にさえ苦もなく追随していた。

真空管の外で鳴り渡る「無音」を消すために、トロムボノクは一千一人が叩き出す数えきれぬ音のひとつひとつを打ち消しているのだ。

その代償に自意識を消失させられているといっても、彼なりに状況を把握してはいる。

主題歌はまもなく終わることも理解している。

旋隊組んで、髪編んで
駆け降りていこう、地下に！　地下に！
プリマの靴を鳴らして、さあ——

相続調整庁は、体側《たいそく》のアウトリガーを百足《むかで》のように使ってぎくしゃくと動きだした。広場出口の狭《せば》まったところに軀体《くたい》を捻《ね》じ込み、左右の建物を破壊しながら、自身も前後に細くなり、脚部は六本に再編成して太く逞しい脚になる。かくして堂々たる石造りの牛頭となる。

とうとう進路をこじ開け大路へ躍り出ると街食いは大きな口をあけて吼える。体内の部屋やホール、階段、吹き抜けを管楽器のような増幅装置として、ごうごうと叫ぶ。

かつてトロムボノクと菜綵《なづな》のひそやかな対話を取りつないだように、音響体は、情報処理装置としての性格を持つ。

同じように、庁舎――〈街食い〉の咆哮は音響体に呑み込まれ、解析され、複製され、配信されて、屋根という屋根に積載された七十万を超える鐘が、それを模倣した音を発した。

鎌倉ユリコは、この現象のもつ意味に気づき愕然となった。

假面の連合の中でだけ聞こえていた音が、美玉鐘によって現実の音にされている。假劇の内面が外に滲みはじめている。

フリギア　フリギア　フリギア
仙術核をかかえる星に
フリギア　フリギア　フリギア　フリギア
　まじょの時計がのりうつる

街食いの威容に圧倒されていたフースは、夕闇がしのびよる空をあかるい光が過《よぎ》るのを見た。

大きな弧をえがき広場の上を旋回して、ここへ、この場所へ飛翔してくるものがいる。

　生徒、先生、まじょ、先輩
　征途、聖戦、魔除、敗戦

　ドン！

　街食いの進路上、道路の中央で衝撃波が巻き起こり、そこにひとりの「人物」が立っていた。

ジョーゼット・クレープのワンピースは菜の花色でふわりと軽く、麦わら色の巻き毛は肩まで届き栗色のリボンが絡められている。瞳は蜜に浸けたダークチェリー、唇には溶けたチョコレートの艶。

少女は両腕を翳《かざ》した。レース編みかと見えた肘までの長手袋は、飴細工だ。その素材が目まぐるしく流動すると、左手に一挺の弓、馬手《めて》には弓懸《ゆが》けが生成されている。

目にもとまらぬ速さで矢が掛けられたと思った時には、街食いの頭部は焼き立てのパイを砕くように四散していた。矢はそれでも破壊力を失わず、街食いの体軸に添って直進し、牛頭の前半分は完全に吹き飛ばされてしまった。

華那利！　咩鷺の声が響きわたった。孤空《こくう》はまだ口上役を務めている。

お菓子！　孤空に応えてどこからともなく群衆の声がとどろく。

続いて二の矢を掛け、弓を引き絞った姿勢で少女は見得《みえ》を切る。

「わたくしは人呼んで〈お菓子のフリギア〉。そして美縟五聯《ごれん》のひとり、華那利でしてよ」

38

鎌倉ユリコは驚倒した。

ひとりの「人物」が、フリギアのふたつ名と、神の名をともに名乗っている。

シリーズ中盤に絶大な人気を誇った〈お菓子のフリギア〉、本名ポップ・エクレア。そして言わずとしれた強弓《ごうきゅう》の使い手、華那利。フリギアと番外の奇怪な混淆《こんこう》。

（はあ〜、もうたまらんわ）

鎌倉ユリコは鼻血が出そうになる。

お菓子は次々と射掛けながら間合いを詰める。街食いはなすすべもなく崩壊していく。

そこで鎌倉ユリコは眉をひそめる。

簡単すぎない？

と、とつぜん横殴りの爆風にさらされた。

一瞬の空白ののちに我に返った鎌倉ユリコは、空の高みから仮劇を俯瞰《ふかん》していることに気づいた。吹き飛ばされた無数の瓦礫《がれき》も空に浮いている。

そして華那利もくるくると吹き飛ばされているのだった。

何がどうなっている？

　鎌倉ユリコは片目をつむる。すると裸眼に映る現実の中では、自分は街食いが登場する前の、広場にまだいるのだと分かった。これは假面の連合が描出する情景なのだ。そうとわかれば（取材しながら）楽しめばいい。

　高みから見ると、大路には庁舎三つぶんもあるクレーターができていた。考えてみれば、相続調整庁は街食いの一端末にすぎない。矢を射掛ける距離までおびき寄せ、華那利を爆殺するつもりだったらしい。

　華那利は吹き飛ばされながら、激怒している。

「しっつれいねー！」

　そう叫ぶと両手で中空をぎゅっとつかみ、不可思議な力で制動を掛けた。スカートのフレアが遅れて追随する。

　おうおう、これぞお菓子だ！　鎌倉ユリコはそう叫びそうになる。

　空中制動は彼女の十八番《おはこ》だ。そしていつも「失礼か、そうでないか」が判断基準だ。「失礼なこと」をした者はただではすまない。

　華那利は動き出す。頭を下にし、宙に浮かぶ瓦礫をつぎつぎと後ろに蹴って下向きに加速しつづける。歓声、口笛、拍手。ギャラリーたちは知っている。華那利の「矢」は、かならずしも形ある弓から放たれるとはかぎらない。見よ――背後の上空には数十本の鏃《やじり》が待機していた。瓦礫を蹴って得た運動エネルギーの一部は、鏃たちに蓄えられている。いつも背中に必殺の鏃を置く。それが華那利の流儀だが、

「くだものナイフ！」

切れ味鋭く放たれた声で決め技を唱えた。鏃が一斉に解き放たれる。お菓子はまた自身に制動する。この減速分が鏃をもう一段加速する。華那利の神力とポップの仙術がマージされた鏃。真っすぐに、あるいはサーカス的に蛇行しながら、クレーターの奥に潜む気配めがけて殺到する。

命中――することはなかった。

不穏な気配に振り向いたお菓子は信じられないものを見た。何十という建物の屋根だ。街並みがひとつ、上下逆さまに落ちてくる。

いつのまにか眼下では街の一角が消えていた。

「きゃあああ！」

両腕で支えられるはずもない。街は華那利を下敷きにした。広場のあった場所に、倒立した街がめり込んでいる。

いや、もうそこには「広場」も「街」もない。巨石が撃ち出した種は華那利の地区の石という石を黒く上書きしており、街を構成していた石材は、石の形を保ちながら、龍の鱗

のように渦巻き、起伏し、何十という街食いの端末体を生み出しつつあった。

絶望的な場面だな。フースがその先の展開を読めないでいると、

「おおい、助けに来たぞう！」

声が上がった。真っ赤な野球帽をかぶったちびすけが、倒立した街のかたわらにいた。黒のTシャツにはど派手な赤のロゴ、膝までのスポーツパンツもスニーカーも真っ赤だ。帽子の目庇《まびさし》をくいっとあげると、少女の低い鼻にはご丁寧にも絆創膏が貼ってある。


紅祈《アカネ》！　孤空が呼ぶ。

そばかす！　群衆が叫《おら》ぶ。


少女は肩に担いだ赤バットを構えると、思うさまスイングした。一撃でさかさまの街は消し飛んだ。シリーズの比較的初期、古典地球の運動競技を仙術と見立てた「スポーツ・フリギア！」の一番人気、〈そばかす〉ことベイビィ・ローズは、甲高い声で叫ぶ。

「さーさー、とっとと片づけちゃおうじゃないの！」

埃にまみれたお菓子が、咽《む》せながら姿をあらわした。

＊

　そのすこし前。

　黒い雨が降りそそぐ芹璃の広場の大階段で、恋人の腕にしがみつくマヤは、眼前にみるみる芹璃の大庭園がひらけてゆくのを見ている。

　大定礎縁起、梦疫の段。

　なだらかでふくよかな丘陵。さらさらとそよぐ草は黒みがかった緑。背の高い木々はのびやかにたたずむ。白い珠《たま》で造られた四阿《パヴィロン》には麗しい花びらを散らした象牙のテーブルがあって、スパイスを効かせたお茶の香りがただよっている。その軒先で苦々しげに腕組みをしている芹璃は、どんぐりまなこ、だんご鼻、げじげじ眉毛の女だった。迷彩服に頑丈なブーツを履き、バンダナを鉢巻きに締め、きついウェーブの黒髪がひと房、鼻先で揺れている。ずんぐりした体軀で、迷彩服の胸、腹、尻太股はぱんぱんだ。

　ここでもやはり、孤空と群衆が名を呼ぶ。

　彼女こそは〈密林のフリギア〉こと、ジェネット・V。

野性味あふれると言えば聞こえがいいが、正確には中年のおっさんのような容姿で、それゆえもっともセクシーと呼び声が高い。玲瓏優婉《れいろうゆうえん》な芹璃とのイメージの落差がめっぽう痛快だ。

大切な庭園を汚された芹璃／密林は、腕をほどくと、大量の鋳衣《いい》を——まさしく文字通り草のように——地面から叢生《そうせい》させた。もやしのように細い黒衣の兵士たちは、号令一下、地面にはいつくばると、その口をぽっかりと真円に開けて、一心に雨を食べはじめた。まるい口を地面につけて、雨の眷族《けんぞく》を片端からずるずると吸い上げてしまう。

マヤは目を丸くして見とれている。気味悪いけど小気味いい。このまま食べ尽くしてくれたらいいのに——と思ったとき、

「……なんだ？」

ここではじめて密林はしゃがれ声を出した。胸ポケットからひしゃげた葉巻き《シガー》を引き出し、皺を伸ばして口の端でくわえる。喫煙がみとめられたただひとりの仙女ははっとして、鋳衣に警告を飛ばす。

雨たちは遁走《とんそう》をはじめた。平たくなって草の葉の間をすりぬけながら偽足を同胞に差し延べ、面積と厚みを増やし、やがて鋳衣には呑み尽くせない大きさに育つ。

鋳衣たちにも異変が起きた。

雨を食べてふくらんだ鋳衣の腹の内側から、黒い刃物がぬっと突き出された。刃はくるくると旋回して果物の皮を内側から剝くように鋳衣たちを裏返す。中から出てきた雨は遁走し、またもや合流して、巨大な——水羊羹《みずようかん》を思わせる半透明な姿をとってふるふると震えている。

しかし密林はこれを一瞬で制した。

四阿がみしみしと軋《きし》む。草原の葉は嵐の翌朝のように倒伏《とうふく》する。空気が重くなったかのようだ。途方もない「圧」が上から掛かり、雨は扁平になる。身動きできない。

密林は平気な顔ですたすた雨に歩み寄る。庭園全体にかけていた圧を雨の上に結集させる。封じ込めが成功すると思われたまさにそのとき、雨の集合体ははじかれたように無数の雨滴に分かれた。

密林の強靱な肉体は雨滴をはじき返す。が、直後、蒼白になり前のめりに倒れた。

全身が引き裂かれるようだが、痛みはない。激しく律動しながら、氷のように静かでもある。ただ確信だけがあった。このままでは死ぬ。

雨はまた集まり、ふくれあがった。その一角が腕のように長く伸びる。密林を叩き潰すために。

腕が振りおろされ、密林は目をつむった。

二秒待って、何も起こらないので目を開ける。

「あんたらしくもない。なに、そのざま」

霊器〈跋刀《ばっとう》〉を右手に提げ、押し殺した、ほとんど無声音の台詞を吐いたのは――

昏灰《グラファイ》！

截鉄《せってつ》！


墨で濡らしたような刀を持つ五聯といえば、昏灰の他にはいない。しかしその出で立ちは〈截鉄のフリギア〉だ。はじめ色物扱いされた「ニンジャ、フリギア！」が名作と言われるまでになったのは、ひとえにこのプリマの魅力による。

そばにはすっぱりと切り落とされた雨の腕が蠢《うごめ》いている。

「やれ助かった」

「さっさと立て。とっくに治っているくせに」

昏灰は漆黒の長刀を斜めに払って雨の粘質を振り飛ばした。彼女の姿は一振りの銘刀にも似た、流れるような長身だ。男物の着流しのキモノは、どのディテイルも紙を截《き》ったような直線と鋭角の構成で、全身すべて黒の階調でととのえられている。

密林は身体を起こした。すでにダメージは払拭《ふっしょく》されている。たったあれだけの間に皮膚の下の全組織を溶解し再構成して、梦疫を体外に排出していた。

「おっと……」密林は耳の穴からシガーを引き抜いた。「こいつまで混ぜちまうところだった」

累々と横たわる鋳衣の屍《かばね》は十万体ではきかないだろう。それがゆらりと、まるで吊るしの背広のように立ち上がった。雨に――梦疫に冒された鋳衣は密集陣形の壁となって迫ってくる。

「こりゃあ手こずるぞ」密林は苦り切った顔でいった。「というか、勝つ気がしない」

截鉄は、口の端を古釘のように曲げて――その微笑が彼女の人気を支えている――ふたたび刀を抜き払う。

＊

ふたつの場面で同時進行する目まぐるしい展開に翻弄されながら（假劇の観客は磐記のどの場所にいようとそのすべてを同等に体験できている）、フースは假劇の起源について考えている。

大假劇の外題《げだい》が〈磐記大定礎縁起〉である以上、これらの挿話には、この国が美玉から美縟に変わった時代に起こった出来事が、なんらかの痕跡を残しているはずだ。美縟びとは「忘れた」と思い込んでいるがそうではなく、假劇という形で記憶しているのだ。

だからこそワンダは「地下にあるものを暴く」と明言し、その手段として番外を選んだ。

どのような舞台芸術でも、見飽きた演目が、斬新な新演出でその本質をつかみ出されて面目を一新することがある。しかしこと假劇に限っては、原理的にほぼ不可能なのだ。演者も観客も假劇に参加するには、假面の連合に取り込まれるしかない。假劇の支配に服しながらその假劇じたいを転覆することの困難さ。それがこの五百年間、美縟を安定させ、しかし膠着《こうちゃく》させてもきた。

だからこそワンダは「別の物語」を呼び込んだ。しかしそれだけで、假面の連合を揺るがすことは可能だろうか。

ワンダのことだ、なにかもうひとひねり考えていることだろう。

それはたぶん――フースは「フリギア!」にあまりくわしくない自分をもどかしく思う――〈なきべそのフリギア〉に関係するのではあるまいか。

39

その少し前。

咩鷺は、口上を終えて台を降りていた。とはいえ、劇が終わるまで役目からはけっして解放されない。

詩人の任を解かれていないので假劇が終わるまでは事務仕事に戻らなくてよい。つまり観客と同じ立場で假劇を心ゆくまで楽しめるとも言える。儀礼のマントを外すと身体が軽かった。雑踏にまぎれると、人いきれの温度や假面の連合の親和感がしみ通ってきた。身体が温まる。嘴の内側があでやかに充血してくる。

待機は続いている。そして必要があれば、詩人の役目に戻り、假劇の要請に応じて言葉を発する。いつ何を語るべきかは假劇が教えてくれるし、詩人はいついかなる時でも假劇のどのような細部も明晰に観察することができる。

振り返ると仮設の口上台は、巨大な〈鐵靭〉に姿を変えていた。そして大聖堂前の広場は、沈宮《ジンク》の巨大な宮殿の内部空間に変じている。假劇によって現実世界が粉飾されているのだ。

貝、あるいは歯を思わす硬い素材でできた円蓋が、万という群衆も含め天地をすっかり包み込んでいる。乳白、鉛白《えんぱく》、雪白《せっぱく》——豊かな白の階調に彩られ、巻貝を内側から見たようなながめ。ダイナミックな曲線が幾重にも重畳《ちょうじょう》した構造美に魂を奪われるようだ。上下四方どちらを見ても大小の渦巻きで、見当識を失いそうになる。

そんな渦の死角から二体、三体と鐵勒が姿をふやし、十体になったところで六角形の陣を布《し》いた。頭部には指紋のような渦がひしめいてそれが目鼻のように見えるが、同じ模様はひとつもない。

陣形を組みおえたところで鐵勒はぴたりと動きをやめた。

沈宮の存在を認めたためである。

假劇をよく知りよく楽しむことにかけて、班団の右に出る者はいない。

至須天《しすてん》大聖堂に近いパーティー会場に集まった班団のお歴々は一喜一憂しながら假劇の進行を楽しんでいる。瓢屋《ふくべや》も鏑屋《かぶらや》もここまでの展開に大喜びだ。神や英雄の友情を性愛に読み替えるのはがまんならないが、男神を女性化するのは満更《まんざら》でもないらしい。

ご都合主義も甚だしい、と鳴田堂《なるたどう》は思い、しかし本音では自分もそうなのだとみとめてもいる。

いま大聖堂前広場は沈宮の宮殿となり、鐵勒が集結しつつある。

ワンダがこだわる「地下」は、首都や美縟の地中を指すと同時に、「歴史の過去の方向」をも意味しているのだろう。遺跡もそう、化石燃料もそう、埋葬された死体だってそう。地下とは、かつて地上に存在していたものの謂《い》いなのだから。

番外に登場する三大牛頭のうち、もっとも現実味があるのが鐵靭だ。実際に戦争で使用されその残骸が今も各地に残される、現実の兵器にして、発掘された過去。

しかし鳴田堂はむしろ鐵靭の頭部に浮かぶ模様の方が気にかかる。

假劇の中の〈鐵靭〉は、もしや現実の鐵靭だけではなく、何か違うものをも示唆しているのではないか？

だれしもが〈沈宮〉に抱くイメージは木彫りの像のようなあたたかみである。

いま鐵靭の前に立つ沈宮は、意外にも通念そのものの姿だ。

たっぷりとした着衣は、五聯の中でもっともふくよかな身体の線をまろやかにぼかす。微笑を浮かべる頰の肌の白は、この空間のどの白とも違い、生きた人間の肌特有の内側からあかりが差してくるようだ。静かな気韻《きいん》。すべてが沈宮そのものであり、どのフリギアを帯びているかはまだ分からない。

鐵靭の前衛、三体の顔にうごめく同心円がぱっと発光し、それぞれの中心からまばゆい

光条が放たれる。八岐《やまた》の光線が沈宮ただひとりに集中し、だれもが閃光と爆炎を予期して身がまえたとき、

沈宮の着衣が内側からひるがえると、その下でなめらかに動いたのは、数えきれないほどの腕なのだった。

沈宮！　咩鷺は高らかにその名を読む。
するとこれに「群衆」が応じる。
千手《せんじゅ》！　と。

腕は光条をはじくだけではなく、受け流し、方向を変え、掌中で反射させ、丸め、餅のように捏《こ》ねあげたものを鐵勒に投げ返した。前衛の三体は爆砕され、気化した超高速のガスや破片でさらに二体が寸断、ないし焼殺された。

千手はなにごともなかったように最初の姿勢に戻っている。一瞬動いただけで五体の鐵勒が葬られた。かりに最強のフリギアをひとり選ぶならそれは千手を措《お》いてない。

そして、千手にはほかのプリマと一線を画す美がある。それは青磁の花瓶のような均整と静けさであり、なるほど沈宮の品格につり合う仙女はほかにない。

いまの声は？

咩鷺は訝《いぶか》る。私の——孤空の声に応えているあの声、假劇が始まってから執拗につきまとうあの「群衆」はいったい何者の声だろう。


「フリギア！」に親しんだ者には千手の登場は格別の意味がある。

鎌倉ユリコは感激のあまり目にいっぱい涙をためている。

今夜の主役となる〈なきべそのフリギア〉とともに、まじょの大時計のカウントダウンを止めたのはほかならぬ千手であり、全シーズンの最後のシーンにたたずむのは千手ひとりなのだ。

お菓子、そばかす、密林、截鉄、そして千手。

このメンバーは、対まじょ戦に編成された決死隊の顔ぶれと同じなのだった。

鐵勒の陣形は動きを止めていた。沈宮は落ち着き払った態度で足を踏み出す。しかし沈宮の白堊《はくあ》の都が灰燼《かいじん》に帰すことはだれもが知っている。これで終わるはずはない。

なんだいこれは……

重くなってる？

ヌウラ・ヌウラはバトンを叩きながら違和感につきまとわれていた。

重いのはバトンの機構ではない。音響体じたいを重く感じるのだ。

打鍵と発音がかすかにずれ、音のコントロールが甘くなっている。

――だれか重しでも乗っけてるのかい……。

ヌウラは眉をひそめて天蓋布を振り仰ぐ。そこに表示されているのは、假面の連合の様相だ。目立った変化はない。假劇じたいは重くも軽くもなっていないのだ。

じゃあ――ほかに誰かあたしらの足を引っ張ってる奴がいるってのかい？

危険な気配でも感じたのか、沈宮が立ち止まる。

次の瞬間、「力の束」としかいいようのないものが沈宮に激突した。五体の鐵勒がいっせいに発したさまざまな攻撃をはじくには、無数の手でもまだ足りなかった。千の手は次々無力化された。手首から切り飛ばされた手があり、橈骨《とうこつ》と尺骨《しゃっこつ》をまとめてつぶされた腕があり、逆向きに叩き折られた肘があり、一瞬で炭化した上腕もあった。失った手が百を超えたところで、千手は苦痛に耐えかねて叫んだ。

つねに完璧な防御の裡《うち》で生きていたがゆえにダメージに耐えられないこと、それが弱点だったのだ。

気づけば、五体の鐵勒は沈宮と同じ等身大となって至近距離にいた。

頭部の模様はすっかり変化している。同心円は微小の点にまで縮小していて、点描画のように「鐵勒の顔」をなまなましく描き出していた。サーガに登場する神々の顔だった。

そばかすとお菓子は力を発揮できないまま身動きもできない状態にされていた。

弓矢も火球も、一定の射程距離を置かねば効果が出ない。街食いはそこに付け入った。お菓子とそばかすの立っていた石畳がばねじかけのように四散し、空中に放り出されたふたりを黒化瓦礫が密集包囲した。岩のすきまに押し込まれたようなもので、バットを振り回す空間も弓を引くゆとりもない。瓦礫は厚く紅祈の最大火力でも外への出口を一瞬で作るには足りない。

石はぎしぎしと圧密度を高めている。このままでは圧殺される。

咩鷺は詩人としての目を芹璃の領土に向けた。

そこでは、密林と截鉄が鋳衣の大群に取り囲まれているのだった。

密林が創造した（追加も含めると）十四万体にも及ぶ鋳衣は、体内から切り開かれたあと生きているとも死んでいるともつかぬ、あいまいな存在となって、上空から見えない糸でつり下げられたようにふらふらと押し寄せてくる。マリオネット、はたまた縊死体《いしたい》。

截鉄の黒い刀身は微粒子の影を伸ばすことでどんなに大きなものも切ることができる。しかし雨はゲル状の質料であり斬撃は通りぬけるだけで、それどころか衝撃はなぜか刀身から逆流し昏灰の両手をずたずたにしていく。

「斬れないものはいかんともしがたい」さしもの截鉄もうめく。「すまぬな」

ずたずたの鋳衣たちはひとつながりになって、帯状に持ち上がる。想像を絶する形へと変わって行く。

密林は咥《くわ》えていたシガーをつまみ、地面に放った。截鉄は刀を鞘へとおさめた。

ふたりの視界は鋳衣に覆われて真っ黒になった。

とつぜん咩鷺は路上に崩れ落ちた。尋常でない倦怠感に立っていられなくなったのだ。詩人である咩鷺のもとには、大假劇の三つの場面からたえず鮮烈な感覚が押し寄せている。ある程度は覚悟もし備えもしていたが、ワンダの手が入ると、サーガ原典とはまた別種の迫真性が出る。はげしく消耗するのも当然だ。

途切れがちな意識に声が過っていく。

フリギアの名を叫んでいた群衆の声。

そしてもうひとつ。なんだろう、とても聞き覚えのある声だ。


開幕からここまで、五分。

意識を極限まで抑えられたトロムボノクの表情に、はじめてかすかな変化が起きた。鐘の音でも群衆の声でもない、しかし聞き覚えのある声が、耳朶《じだ》に触れてはまた遠ざかる。ささやかに引っ掻き、浅い傷を残す。

もはやマヤは呆然と眺めるだけだ。いま芹璃の上空に見えているものをどう表現すればよいのか。

十万体以上の鋳衣の肉が、肉絲《ほそぎり》にされ簾《すだれ》状に編まれ、それがつらなった帯が、斜めになって竜巻のようにぐるぐると上昇していく。梦疫はすっかり様相を変え、いまは肉の簾を編み上げるための膠《にかわ》や筋となって竜巻自体のなかに繰り込まれている。

芹璃や截鉄は影さえ見えない。

五体の鐵勒、その十本の腕に組み伏せられて、千手は身体が自由にならない。

華麗な運動能力を誇る菜綵は、しかしその本領を発揮するでもなく、ワンダの筋書きに歯向かわず、たんたんと台本の状況を演じつづけている。

といって、千手という役柄が無感情、無抵抗なのではない。むしろ逆だ。玲瓏完璧でどこか静的な千手の内面には、はげしい感情が渦巻いていることを「フリギア!」のファンならば知っている。仙女のふるさと、旋都《せんと》きっての名家に生まれ大切に育てられた千手は、傑出した才能があるのに仙女奉公へ出されることもなく、その能力を死蔵しかかっていた。しかし、かがみのまじょが引き起こした騒動が、千手を自由にした。その両親の死という形で。

千手は、復讐のため決死隊に加わろうとし、そこで〈なきべそ〉に出会う。反目と和解を経て、千手はすべてをなげうってでも、なきべそのために戦うと誓う。

その千手がいま、假劇の台本に足を取られ、鐵勒に組み伏せられている。どれだけ身をよじり踠《もが》いても、逃れられない。屈辱、あせり、自らの不甲斐なさへの怒り、感情の混乱が極大に達したとき、鐵勒の一体が、ぬっと沈宮の顔を覗き込んできた。

鐵勒の白い顔は、千手そっくりだった。

白い微細な同心円による点描画で描き出されていたのは、じぶん自身の戯画だった。恥辱、と感じるべきだったかもしれない。

しかし沈宮が――千手が感じ取ったのは恐怖、この恐怖に直面しつづければ自らが破壊されると直感したほどの恐怖だった。

だから素直に救いを求めた。

「たすけて！」

菜綵は、沈宮は、そして千手は、旋妓婀《フリギア》を喚《よ》んだ。

「たすけて、旋妓婀！」

沈宮の声を聞き、咩鷺は焦燥に駆られた。いよいよ大假劇の主役が登場する。これまでの劣勢がそこで反転する。ワンダの仕掛けが発動する。

咩鷺やフースのたくらみは、まだ動き出していない。首尾よく動くのか見届けなくてはならない。

ふたたび襲いかかる倦怠感に耐えながら、咩鷺はよろよろと大聖堂へ足を進める。

鐵靭と千手とが戦っている場所。

天蓋布と演奏中枢のある場所。

そして鳴田堂の畢生《ひっせい》の作品が待機している場所へと。

聞こえる――聞き覚えのある声が、だんだん大きくなってくる。
もうすぐ、それがだれの声かを思い出すのだ。

たすけて、旋妓婀！

――菜綵の声が届くのと同時に、シェリュバンは待機場所から消えていた。

ついに出番を与えられたシェリュバンは――そして〈なきべそ〉は窮地に追い込まれた五聯のもとへ急ぐ。

「いま行く。待ってて」

自らが発する声よりも速く、自らが巻き起こす風よりも速く、シェリュバン――と〈なきべそ〉の混成体、いや、ワンダ版假劇番外のために創出されたキャラクター、旋妓婀は、いっさんに駆けていく。

40

赤い火がふたつ、宵やみを駆け抜ける。戦闘色。シェリュバンの目。

その目を覆うしなやかな革帯は〈旋妓婀〉の假面。

松明《たいまつ》のように躍るのはメタリックブルーとプラチナゴールドの髪、火の粉を散らしたようなきらめきは、絹のリボン、螺鈿《らでん》の簪《かんざし》、七宝《しっぽう》のバレッタ。黒の胴着とスパッツ、金のパニエ、紋様の縫い取り。

いまやシェリュバンは、この假劇のために新造された役柄〈旋妓婀〉であり、黒と金のドレス、装身具とがひとすじのきらめきとなり疾走している。市庁舎のバルコニーから四階分を飛び降り、そのまま石畳を駈けに駈け、かるがると跳躍して建物の上にあがるとそのまま屋根の連なりを斜めに横断していく。二色の髪が残像の帯を曳きながら向かい風になびく。ほかの登場人物と違って、シェリュバンは実体現実においても常人を超える身体能力を発揮できるのだ。

屋根屋根にひしめく膨大な鐘。それを渓流の飛び石を踏みとばすようにつぎつぎと越えていくうち、宙高く浮かぶ黒い影が見える。釣り鐘形のようなあるいは卵のようなシルエット。十階建ての建物にひとしい巨大さだ。黒い瓦礫を結集して、それはシュルレアリスムの城のように一塊の岩山となって空にある。

「お菓子さん、そばかすさん……！」

シェリュバンは自分の口が動いて、〈なきべそ〉が仙女の名を呼んだことを自覚した。

なきべそとシェリュバンはまだ完全に乳化してはいないが、まったくの別人でもない。たがいが何を考えているかじゅうぶんには理解していない。すくなくとも意識の表面で、互いの声を聞いたり思考を読みあうことはない。

しかし旋妓婀はぐん、と加速した。それはなきべその意志だろう。なきべそとシェリュバンはこの身体を共有している。反目も齟齬《そご》もなく、ふたりはなめらかに連携しながら、超絶のポテンシャルを持つ第四類の身体能力を疾駆する。

「お菓子さん、そばかすさん、すぐ行きますから」

同じ頃、大聖堂ではヌウラ・ヌウラたちが恐慌状態に陥っていた。

ほんの数分前まで、音響体はやや「重い」と感じられる程度だったのに、いまや演奏の続行さえ危うい。バトンの重さも鐘体のレスポンス低下も、奏者の身体が悲鳴を上げるほどで、合奏への乗り遅れやフライングが続出している。いまは音響体の安定性そのもので吸収しているが、それにも限度がある。静寂の音響体を維持するには超絶的精度の合奏が前提だ。嵐の中の帆船の上で、カードの城を築けるわけもない。

負荷の原因はまだ判らない。ヌウラでさえ音響体を維持するのに精いっぱいで、だれも手が回らない。しかし――検証はできないにしても見当はついている。

大假劇の規模があまりにも大きすぎて、假面の連合だけでは手が回らなくなっている。おそらく運営側は大量の観光客すら（班団がもくろむ「国外進出」などではなく）假劇のリソースとしてかき集めたふしがある。

それでも（あるいはそれがゆえに）足りない計算資源を、この、静寂の音響体に、微弱な知性を持つ鐘のネットワークに、押しつけている。街食いの吼え声を鐘が現実の音として鳴らしたのを皮切りに、じつはいま音響体は——観客たちは気づいていないが——假劇が現実に施す「粉飾」の多くを請け負っているのだ。「共感覚」を利用して。

しかし、ヌウラは汗みずくになりながら悟ってもいる。これは片務的な関係ではない。音響体もまた假面のネットワーク、相対能でつながる世界を求めている。

旋妓婀！

旋妓婀！

旋妓婀！

「群衆」の声がひときわ大きく爆発した。孤空に合いの手を入れていた声。実体がどこにいるのか、よくわからない声。そう、この正体不明な声も負荷だ。

すでにひとり、ふたりとカリヨネアが倒れている。精根尽き果てたのだ。

しかし脱落した連中も、演奏を続けている。本人は人事不省で指一本動かしていないが、ヌウラの耳にはたしかに聞こえる。倒れた当人の演奏が続いている。一体どういう仕掛けだろうか。

ヌウラは、ようやくこの国の、容易ならざる不気味さに直面する。


旋妓婀は、宙に浮かぶ瓦礫城の側面を、斜めにぐるぐると駆け上がっていく。いともやすやすと、手も使わずに。そしてまばたき四つのあいだに頂点に達する。

「そばかすさん――！」

どこからか取り出した短刀を逆手《さかて》に握って振りおろす――一瞬で引き抜き、うしろに下がる。切っ先があけた小さい穴から赤い光がするどく伸び、その周囲が急激に加熱される。

そばかすの――紅祈の息吹だ。

旋妓婀が駆けあがってきた斜めのルートに沿って、輝点が無数に開いていく。駆け上がりながら、穿《うが》ち続けていた穴だ。点と点と点がつながり輝線となって白熱し、一か所が溶融するとあとはあっけなく崩壊する。

凝集を失った瓦礫は、ばらばらになりながらもまだ宙を泳いでいる。

新鮮な石炭を積み上げたような、溶岩流が冷えた後の景色のような、インクまみれの鉛活字みたいな角柱を乱雑に投げ出したような、そんな暗く重い背景を背負って、少女がひとりすっくと立っている。

燃え上がる赤のスタジアムジャンパー。赤珊瑚《さんご》の玉をはめこんだような眼の核心には金色の瞳が笑っている。ジャンパーの背では花と鳥の刺繍が朱と金で舞い、しかし野球帽も短パンもスニーカーもそのままだ。鼻のまわりのそばかすも。

旋妓婀は胸がいっぱいになったらしく、ちょっと黙り込んだ。「あしたもフリギア！」

最終回以来の再会なのだ。

「泣くな泣くな。しかしまた会えるとはなあ」

「お役に立てて……感無量です」

「あいよ」

そばかすは、背中に差していた赤バットを抜くと、あたりに浮遊する瓦礫をひと薙《な》ぎで吹き飛ばした。

「やられっぱなしでは済まさないよ。ついといで」

「はいっ」

「わたくしを忘れてるんじゃありませんこと」

ふたりの頭上にお菓子が浮いていた。人に見下ろされるのが大嫌いなのだ。

「あらあ、ずいぶん様子が変わったこと」

お菓子のいうとおり、華那利の地区は、最前までの石の乱舞はどこへやら、三和土《たたき》のように締め固められた大地がどこまでも無味乾燥に広がっているのだった。街食いは身体の一部で作った檻でお菓子とそばかすを足止めし、その隙にどこかへ移動している。

まるで番外の筋書きの裏返しだ。原典通りならば、それぞれの戦場を離脱した五聯が、一か所に結集し態勢を立て直す。しかしここでは牛頭が先回りしている。

「急がないといけないようですわね」

お菓子の表情が切迫した。行かなければならない場所、その前に立ち寄るべき場所は三人とも知っていた。

「でもその前に、ほらなきべそ、あんた大事なこと忘れてんじゃないの」

「えっ」

「ぼやっとしていてはいけませんわ。あなたのそのポシェットになにが入っているとお思いですの」

「あっ、すみません。すっかり!」

忘れていましたと謝りながら、旋妓婀は二つ折りの端末をぱくんと開き、親指をせわしなく動かした。

巨大ロボを喚び寄せるリモコンのキーを。

守倭《しゅわ》が、首を擡《もた》げた。

地下大空間に雌虎のように横たえていた体軀、一気にそのすみずみまでが精気に満たされ、馨《かぐわ》しい女の体臭が風となって技師たちに押し寄せた。

あふう……あくびをしながら守倭は上半身を起こした。それだけの動作で気温が確実に上昇した。峨鵬丸《がほうまる》の言葉どおり、守倭が身体をぶるぶる震わせただけで、数十本の鎖は饂《う》飩《どん》のようにちぎれた。技師たちはあわてて管制室に飛び込み、ぶあつい扉に閂《かんぬき》をかけた。

全裸の巨人は白銀の假面だけを着けている。卵形の顔のりんかく、茹で卵を埋め込んだような二つの目。鼻梁から頭部に向けて、幅の狭い隆起がひとすじ通っている。単純でありながら時代を超えた造形だ。

裸身の膚は内側に光をともしたように照り映える。雄大な四つの乳房、なめらかな腹とたけだけしい陰毛、神殿の柱のような腿、厚みのある背中には黄金の滝のように髪が流れる。

守倭は咆哮する。

ジエエエエ――――!

この声を合図に、地下空間の壁のパネルがつぎつぎスライドした。けたたましい金属音とともに、奥からあとからあとからあとから転がりでてくる。スクラップ塊は爆発的にほどけ、弾み、圧縮される前の形を取り戻す。守倭の身体に攀《よ》じ登り取りつき素肌を覆っていく。技師たちはこのようすを呆けたように見とれている。いま見ているのは假劇に粉飾されているのではない。まぎれもなく実体現実なのだ。

ふたたびの咆哮。

機械たちは、平たいタイル状のプレートをいくつも成形し、なめらかなボディスーツとなって彼女の肉身《にくしん》を外からぎゅっと包み上げる。体内に挿入された機械は内部で微細構造を展開し、守倭の組織を代替し、あるいは筋肉や器官に混じりあって強化する。

またたく間に鐵靭の体組織と機械とが繋ぎ目なく一体となった兵器《ロボ》への移行が完了した。曇りひとつなく磨き上げられて白金の色に輝き、四つの乳房の中心にはエナメル質の彩色で同心円状の紋章が描き出され、その真ん中で青く静かな光が燃えている。黄金の髪は自らの力で波うつように浮遊している。構えているのは円形の盾と長大な槍。

これが正真正銘の現実だとようやく呑み込んだ技師たちは、それでも疑《うたぐ》り深くながめている。この地下空間から出ていく通路はないのに。

と、守倭は上を見た。深くふかく息を吸い――

ズアッ！

天井へ向かって衝撃波を発した。

丸くりぬかれた天井を通して、夜空が見えた。

守倭は軽く身をかがめると、跳《おど》りあがってその高さを超えた。大地を揺るがし着地すると、そこは磐記中央駅の操車場だ。

今夜、すべての列車は止まっておりひとけは途絶えている。

「――――!」

假面が覆う守倭の耳に旋妓婀の指令が着信する。

守倭はひとつ大きくうなずくと、その声が命じる方角へ流麗なストライドで走りはじめる。

旋妓婀のいる場所へ。

41

白堊の天井を突き破り、黒い石材が大量になだれ落ちてきた。がけ崩れのように何もかもなぎ倒す力の解放――であると同時に、石塊《いしくれ》のひとつひとつの抛物線《ほうぶつせん》までもが完全にコントロールされている。

どうどうと落ちる石はたがいに打ち合って欠け毀《こぼ》れ、純白の空間をもうもうたる黒の粉塵で汚していく。山積みになることなく、平たく広がって、沈宮から陣地を奪っていく。

千手は五体の鐵勒に組み伏せられ、ただそのありさまを見守ることしかできない。彼女はいまや五組の腕《かいな》を残すのみ。鐵勒は容赦なく千手を圧《お》し潰しにかかる。

千手は暗みそうになる目で、鐵勒の肩越しに上を見ている。破壊されたドームの穴を透かして夜空が見えている。はるか遠く、闇よりなお黒いものが渦巻きながら近づくのが見えた。梦疫によって編成された、鋳衣の肉の竜巻きだ。

大定礎縁起のクライマックスは、沈宮の居城で繰り広げられることになっている。鐵勒、街食い、そして梦疫。牛頭の集結が完了するまえに、できるかぎりの抵抗をこころみなければならない。その一心で千手は死中に活を求めた。賭けに出たのだ。

白い顔と互角に組みあっていた腕からすっと力を抜いた。両手が相手に握りつぶされるのをそのままにし、残る力をすべて真横にいた一体に振り向けた。力の均衡が崩れ、そこに生じた隙に乗じて、ようやく包囲から逃れ出た。これで二組の腕を見捨てた。逃れた勢いを利用して不意に間合いを詰めると、残る三組の腕の掌底で鐵勒たちをしたたかに打った。打突《だとつ》をまともに受けた二体は粉砕された。この時点で力は完全に底をついた。

防御のために身構えて前を向く。

千手は、目を疑った。残る三体の姿は消えていた。安堵などしていられない。どこに行ったのか、次に何が起こるのか。

空気に異様な震動が満ちている。

あたり一面に散らばった石のかけら——街食いの力を宿した破片たち。震動は石たちが発している。

千手は、心の中で旋妓婀を呼ぶ。

早く。いますぐここに来て、と。


しかし、旋妓婀は梦疫の中で、無限循環に繰り込まれていた。

簾のように編まれた鋳衣の竜巻のその内部を延々と走りつづけているのだ。

そもそも旋妓婀は、密林と截鉄だけでなく、あわれな鋳衣たちをも救おうとしていた。

だからこそお菓子、そばかすとともに竜巻の中に身を投じたのだ。しかし竜巻の内部は想像を上回る錯綜ぶりだった。平たい肉の帯は竜巻の外縁だけではなく、内部空間をからみあった腸《はらわた》のようにぎっしり埋めており、そのすべてが猛烈な速度で動いていたのだ。いったんどれかの帯に立てば、はじまりもおわりもないベルトの運行の上で、永遠に走りつづけるしかないのだ。

三人は、簾を編んでいる細長い腱を要所要所で切り、それによって竜巻全体を崩壊させるつもりだった。しかしこのように密集した空間では走る姿勢を保つだけでも困難で、気を許して転倒すればすぐさま竜巻中心の、高密度の領域に送り込まれてしまうだろう。おそらく密林たちもそこに囚われている。

お互い声を掛ける余裕もなく、三人は必死に駈けている。なんて滑稽なシチュエーションだろうか――そう思った瞬間、足下がやわらかく崩れた。梦疫がみずから結合をほどいたのだ。竜巻内部を転がり落ちるあいだに大量の肉片が付着し、それらは意志あるもののように蠢いて、天竺編みのような伸縮性と体組織特有の結着力をあわせもつ、強靭な構造を織りなす。いくら暴れても、刃物を使っても抜け出すのは難しそうだった。

と、同時に、梦疫の毒を注入された感覚があった。

旋妓婀は毒が体内で作用を拡げるようすを冷静に観察した。無数のつめたい点が身体の中に生まれ、それらがひややかな音を奏でているような感覚――その音が体内に充満したとき、この身体を支える生命活動が全面的に停止する。

「これって、音楽?」

旋妓婀はつぶやき、ふと我に返って戦慄した。

ぼくは死ぬの？

ぼくが今やっているのは、ただの音楽とお芝居ではないの？

なのにいきなり殺されちゃうの？

まじなの？

42

――まじなの？

旋妓婀の声、その混乱と恐怖は假面をかぶったすべての客に聴こえた。

鎌倉ユリコはこの言葉を鉛筆で書きとる。

梦疫の本質は「音楽」だ。

急いでそこに書き添える。それは假劇の中の梦疫のことを指しているのか。それとも過去のこの国で、実際に猛威を振るった正真正銘の梦疫もそうだったのか、と。

――まじなの？

トロムボノクにもこの声は届いた。

シェリュバンが発した肉声は音響体の中に保持された。音響体がとらえた音ならば、すべてトロムボノクは把握する。

シェリュバンの声は戦《おのの》いていた。トロムボノクにしては珍しいことに、その震えを宥《なだ》めてやりたい、と思った。

声の主の苦しみを軽くしてやりたいと意欲し、意志した。

巨大なチェンバーと引き換えに自発的な意思を抑制されていたはずだった。

にもかかわらず、たしかにそこには意図があった。

トロムボノクは、梦疫の音楽を直接解決するすべを持たない。何をどうすればよいか、だれにもわからない。

だから、トロムボノクはかれにできるたったひとつのことをはじめた。


假劇に本質的な変化があらわれはじめた、フースははっきりとそう認識した。

大きな湖の目立たない一角に薄氷がはったようなものだ。それ自体は小さな事象だが、いずれ湖全体の凍結を予告する。だから本質的なのだ。

旋妓婀が、梦疫の本質を（おそらく）正しく言い当てた。それが、假面の連合と音響体を通じて観客に配信された。

　おそらく、大假劇は、ウォーミングアップをしているのだ。何か重大なことを語ろうとしているのだ。語るべきことは山のようにあるはずだ。シェリュバンの口を少々借りるくらいでは、真実を語り尽くすのに何十年かかるか分からない。

　フースは脂汗を垂らしながら必死で考えをめぐらす。

　大假劇はなにをしようとしている？

　そう自問して、フースは自分の正気を疑いたくなる。

　ねえザカリ、私はどうかしてしまったんだろうか。

　私は今、大假劇を主語にしてしまった。ただ劇でしかないものを、意思のある存在みたいに考えるなんて。


　――まじなの？

　そうつぶやいてみて（シェリュバンは）自分がばかなんじゃないか、と思った。

　あったりまえじゃないか。

　物語りの途中で登場人物が危機に瀕するとき、その人物はほんとうに危ないに決まっている。

かりにその先助かると決まっていても、その場面を何百回繰り返したとしても、危機はそのつど全面的で圧倒的なものとして立ちはだかる。だから毎回、全力で危地を脱しなくてはならない。

物語りの意味はそこにある。いや、そこにしかない。

旋妓婀の両目にまた戦闘色が灯る。どうしても千手の——菜綵のいる場所へたどり着かねばならない。

梦疫の音楽は身体のさまざまな部分を分断し、心身の統一感を奪っていく。痛みはない。ただ、ある瞬間、とつぜん死を迎えるだろう。予感ではなく確信だった。

旋妓婀は彼女をつつむ鋳衣の網に爪を立て、それを引き裂こうと無駄なあがきをする。いかに第四類の力でもこの組織結合力はやぶれない。

すると、自然と涙がふくれ上がる。

これは（シェリュバンは気づく）〈なきべそ〉の涙だ。

御神本螢《みかもとほたる》は——〈なきべそのフリギア〉は、まだ右も左もわからない。

そもそも、ここはどこだろう。先輩仙女さんはいる。みんな〈まじょの大時計〉と戦った最高のメンバー。でも「あしたもフリギア！」の世界ではない。あちらでは最終回をやり遂げ、なすべきことは果たし終えた。

一方で、ここでの役割はまだ分からない。おろおろしながら、まわりの流れにあわせて（假劇って何？）先輩たちと暴れている。このひとの身体を借りて。

シェリュバンという名前のようだ。ほっそりと小さく、人間ばなれした力があり、きれいでいじらしい男の子。

わたしがここにいるのは、このひとに助力するためなんだろうか。なきべそは、かつて「フリギア！」の最終回で〈まじょの大時計〉に対してやったようにシェリュバンを洞察する――まだこのひとはわたしの仙力を十分につかっていない。たくさんしてあげられることがあるだろう。

でも、このひとの孤独にはなすすべもない。

そのことに気づいたとき、なきべそは自然と涙を流していた。

旋妓婀の涙がふくれるさまを観客が見守っていた。まるい涙の玉が次から次へと大きくふくらみ頬をつたって落ちる。それは彼女の二つ名の由来となった涙だ。

大假劇の見物人たちは、その涙を見て悟った。

「フリギア！」全シリーズ最大のスター〈なきべそ〉がこちら側に――假劇の世界に姿を

あらわそうとしているのだと。

（シェリュバンは）螢が自分のために涙を流してくれているのだ、と知った。ぼくの涙を借りて。

体の中では、小さな音楽の島がたくさん動いている。ひとつひとつは精緻でかわいらしいが、死をもたらす音楽だ。鼓動や代謝を意思の力で止められないように、その音楽も止めることはできない。

そのときだ。

梦疫の網を引き裂こうとするシェリュバンの動きが、一瞬、止まった。

なにかが——音楽が聞こえた。

梦疫の音楽ではない。

陽気な笑いと推進力に満ち、しかし実は哀切な喪失を歌っているこの旋律を、ぼくは弾いたんだ。

これはぼくが弾いた音楽だ。

旋律は中間部に入り、やさしいなぐさめを語り掛ける。

旋妓婀は、そのときどんなふうに指を動かしたかを思い出せた。楽器の名はウーデルス。

即興にまかせて弾いた部分まで、そう、このとおりだった。

場所は――クルーガ。

この音楽を鳴らせるひとといったら、ひとりしかいない――

旋妓婀は手をカギのように曲げ、ありったけの力を籠めた。

とうとう網の一部が裂けて、爪先がその中へもぐり込んだ。

旋妓婀は鋳衣の血にまみれながら、外へ這い出そうとする。

――セルジゥだ。

その時だ。

なきべその涙、ウーデルスの旋律、シェリュバンの感傷、それらすべてをなぎ払って、強大な破壊力が突発的に陥入してきた。シェリュバンはもみくちゃにされながら、網が大きく撓《たわ》んだ隙に、力まかせに引き裂いた。やみくもに動いて、気がつけば破れ目から這い出せて、旋妓婀は自由になっていた。

鋳衣の竜巻は崩壊しつつある。外周が大きく切り裂かれ、構造を維持できなくなったのだ。

「ようこそ。間に合ってよかった」

旋妓婀は挨拶を送った。

ほかの四人とともに、シェリュバンはその巨人の手の上に乗っている。

「ありがとう」

なきべそはシェリュバンの挨拶に自分の声を重ねた。

「ジエエエ……！」

耳をつんざく声。

黄金の髪、四つの乳房、青く燃える心臓。

ようやく守倭がやって来たのだ。

43

守倭によって引き裂かれた鋳衣と梦疫の組織が、大聖堂前広場にざあざあと降りそそぎ、街食いの黒い石を濡らしていく。

その情景をながめながら、鎌倉ユリコは、大假劇にふたつの筋書きが重ねられていることを忘れないよう、自分に言い聞かす。

假劇番外こと磐記大定礎縁起では、美縟五聯が沈宮の居城に集結し、巨大神像〈五聯《ゴレン》社《シャ》〉に乗り込んで牛頭の最終形〈忩鑑〉と対決、これを地鎮してその上に首都磐記を建立する。

一方、「あしたもフリギア！」の方はどうか。

ここまでで五聯にオーバーラップして登場したプリマたちは、最終エピソード「まじょの大時計」に登場するメンバーだ。

主人公、御神本螢は成績びりの劣等生でありながら〈なきべそのフリギア〉の称号を授けられ、最強旋隊のプリマをつとめるよう命じられる。〈なきべそ〉がおっかなびっくりで率いる旋隊は、旋都の地下に進入し、まじょの大時計と対面する。

おそらくそこでふたつの筋書きが合流するように、ワンダは台本を書いているだろう。〈忩鑑〉と〈大時計〉をかねそなえた存在が登場する。

そう。その存在はまだ、まったくこの假劇に姿を見せていない。

鎌倉ユリコは、全神経を（左右で別の世界を見ながら）研ぎ澄ます。

何ひとつ、書き落とさないようにしなければならない。虚構と幻惑を幾重にもかさねたこの場で、信じられるものといえば紙と鉛筆だけなのだから。

おおきなバルーン・グラスにワインを注ぎくるくると回して香りを楽しむと、唇のあいだにしみ込ませる程度に口にする。

「悪くないわね」

ワンダ・フェアフーフェンはそう言うと、グラスの残りをひと息にあおった。両頬をふくらませて空気と攪拌《かくはん》すると喉の奥に送り込む。

「鉄格子を外せば飲食も問題ないもの。あんたはまあ、そのホースをつけときなさいな」

大聖堂前広場まぢかの大路から通りを三つ奥に入ったところ。ふたりは道路端に出されたテーブルに陣取っている。おつまみ——梦卑のチーズやシャルキュトリー、果物を盛り合わせた銀皿には手をつけず、ワンダはグラスを三杯四杯と立て続けに空ける。テーブルには空のワインボトルが数本立ててある。假劇が始まってからの十五分でワンダが空けたのだ。

峨鵬丸は妻に何かを言おうとして、やめた。ワンダには聞こえないからだ。頭部が前後にくいくいと動いている。彼女はこのダミーの假面に仕込まれたイヤホンで假劇に聞き耳を立てているのだ。

「悪くないね。これは悪くない」

登場人物の台詞や叫び、牛頭の咆哮、建物が崩れる音から、鋳衣の合唱、果ては五聯や仙女が繰り出す技の効果音まで、あらゆる音が聴こえてくる。假劇への完全な没入が避けられ、しかし、進行状況が分かるようにしたのだ。

ワンダはご満悦だ。なにもかも計算通りに進んでいることがまた心地よいらしい。

「いいね、い……」

ふっと声が途切れた。峨鵬丸はいやな予感がした。

「なんだ？　此奴《こいっ》は……」

ワンダは押し殺した声でそう言うと、どんと拳骨をテーブルに落とす。銀皿がわずかに宙に浮き、水平に半回転した。何ごとかを耳にしたらしい。

「おい、落ち着けよ」

「これが落ち着いていられますかって！　昏灰……なんでそんな」

ワンダが立ち上がった拍子にたくましい両ひざがテーブルの天板に嫌というほどぶちあたった。

ワインボトルは将棋倒しになり、銀皿は地面に落ちてわわわんと躍った。

「こうしちゃいられない。あたしが手塩にかけた旋隊が、ぐっちゃぐちゃにされちまう！」

守倭の手の上で、旋妓婀は四人の仙女と手短に久闊《きゅうかつ》を叙《じょ》す。

会話を通じてなきべそはようやく状況を把握する。

ここは「フリギア！」の世界ではない。別の世界の、別の物語の中であることを。にもかかわらず、仙女のプリマとして呼び出されていることを。

「やはりそうだったんですね。でも……わたしたちがお邪魔していてもいいんでしょうか」

しかし、オリジナル版のシナリオライターは関わっておらず、ひとりの女性の旺盛な妄想力で二次的に造形されていると知ると、

「じゃあ力ずくで引っ張ってこられたということなんですね」

状況が分かってなきべそは落ち着いてきた。

「でもね」

お菓子が重要な情報をつけ加える。これから千手を入れた六人で、〈まじょの大時計〉（のさらに厄介そうなバージョン）と戦う必要があることを。

「……じゃあ」

しばらく考え込み、そして――

「ここは、『最終回』が放送された世界だけれど、これから『最終回』を迎える……ここはそういう場所なんですね？　なんだかわたし、お盆に帰ってきたご先祖の気分です」

「縁起でもないこといわないの」

お菓子がぴしゃりと決めつける。

「そうかな？　むしろ光栄かもしれん」

葉巻きのけむりを吐いて密林が言う。

「この、一族郎党が再会する感じ、いいよね！」

陽気なそばかすが盛り上げようとしても、

「……」

截鉄はいつも無口だ。

すべては「フリギア！」の頃と同じ。つい昨日も会っていたみたいな平常運転。かれら全員を手の上に乗せ、守倭は大きなストライドで首都を横断する。あっという間に大聖堂が見えてくる。磐記内陣の核心、假劇ライブラリの拠点、演奏中枢の所在地。

守倭とプリマたちを迎えて、鋳衣を着けた無数の観客が歓呼を叫ぶ。

鋳衣！

鋳衣！

鋳衣！

声は、同期と離散を繰り返しながら、重みとかたまり感のある音で、どうん、どうんと広場の空気を揺さぶる。大きな拳固がこの世界を裏側から突き上げているようだ。

守倭は、いつの間にか巻き貝の内側のような沈宮の居城の広間に歩み入っていた。広間では、三体の鐵勒が元の巨大さを取り戻し、こちらに向き合っている。

一体の鐵勒が、手のひらに乗せてこちらに差し出して見せているのは、千手だった。意識はないようだ。

さあ、双方がどう出るか？

假劇に参入している全員が固唾《かたず》を呑んで待——待たせず、旋妓婀は、いやシェリュバンは一瞬の躊躇もなく守倭から飛び降り、いっさんに駆け出す。

残る四人は（仕方ないな……）とあきらめ顔で、巨人の左右の肩に分かれた。

守倭の空いた両手には、次の瞬間、魔法のように長槍と盾がある。


旋妓婀の内面では、シェリュバンと御神本螢の内面の「乳化」がある程度進んでいる。それぞれが消失したり、化合して別物になったわけではなく、かといって容易に分離するでもない。シェリュバンという溶液があり、そこに螢が微粒子となって散在している。そして螢もまた独自に思考し、感情する。だが全体を統計的に観察すれば、旋妓婀という人格があるのと実質的には違いがない。そんな状態だ。

その中で、螢は、状況が理解できないまま引っ張り回されているのが不満だ。鐵勒は、まともにやって勝てる相手ではない。

無鉄砲なこの少年にわたしが何か教えてやれるだろうか。まじょの大時計と対峙した経験？

あれは大変な戦いだった。いま巨人の肩に乗っている四人も皆死んで、最後の場面で立っていられたのは千手だけだった。つまりわたしもその場面にはいられなかった。

あの戦いをもう一度たたかうのなら――なきべそは強く思う――もう、あんな終わり方はごめんだ。

いまわたしは最終回の「その先」にいる。

と同時に最終回を「もういちど」生きてもいる。

わたしがここにいる意味は何だろう。

わたしがここにいる値打ちは何か。

自問しながらなきべそは疾走する。鐵勒との勝ち目のない闘いへと。

44

全速力で走りながら、シェリュバンは深呼吸をひとつする。常人にはできない芸当だが、自分を落ち着かせるためではなく、挨拶として送ったのだ。旋妓婀を分かち合う相手、なきべそにだ。

菜綵が助けを求める声を耳にして假劇に飛び込んだとき、あるいは宙に浮かぶ瓦礫を駆け上がったとき、シェリュバンの身体に満ちたのは無限の万能感だった。それは第四類の戦闘力だけでなく、なきべその——史上最強の名も高い仙女の——未知のポテンシャルをわがものとして感じられたからだろう。

しかし、挨拶の返事すらない。

じゃあまあ……とりあえずひとりでやるしかないか。

シェリュバンはぴたりと疾走を止め、すたすたと歩きはじめる。

戦法も勝算もない。どうやったら菜綵のそばまでいけるかさえ分からない。

歩きながら、身中にいるはずの〈なきべそ〉の力について考える。大假劇の稽古の合間には、しっかりと「フリギア!」の勉強もさせられた。そこで目を開かされたのは「〈なきべそ〉の凄さはその真の能力がわからないことだ」という指摘だった。

螢は新入生のころから、プリマの秘術をそばで見物するだけで、たやすくわがものにし自在にあやつれた。はじめは使い方が下手だったために、周囲にはただのドジとしか思われていなかったが、そうではないらしいと分かってきてからも、その能力は「他人の能力をコピーする」ことだと誰もが（当の本人も）考えていた。

真実が判明したのは、シリーズも終盤に入ってからだ。螢は仙術のコピーをしていたのではなかった。基礎能力があまりにも高すぎるので、どのような仙術もたやすく覚え使いこなせただけだったのだ。他の仙女が血のにじむような特訓で得た能力はすべて、螢にとっては息をするようにたやすいことだった。

シェリュバンはそこに期待していた。千手でさえ倒せない鐡勒も、なきべその規格外の仙力があれば勝てるんじゃないか、と。しかしこうも思う。なきべそはまだ假劇と完全に馴染んではいないだろう。時間がかかるかもしれない、と。

なんどか深呼吸をし、さりげないプロポーズをくりかえす。それがシェリュバンの手管なのだが――返事なし。

シェリュバンは足どりをゆるめず、てくてくと鐡勒へ歩いている。

そして、口笛を吹きはじめる。

「？」「？」「？」

守倭の肩の上で、ほかの始祖神／フリギアたちは首をひねる。

なぜ口笛？

遠のきそうな意識を取り繕いながら、咩鷺は、大聖堂の内部を進んでいる。目と鼻の先には演奏中枢の置かれた礼拝の間の大扉があり、半開きになっている。胸騒ぎをいだきながらそこへと近づく。

そうだ……、わたしたちの切り札はここにある。

咩鷺はフースや鳴田堂と結託し、ここに大仕掛けを仕込んでいた。地下に大量の黒亞童《あどう》を待機させていたのだ。

いや、もうひとり協力者がいる。峨鵬丸だ。

かれは自分でも気づかず（いや、うすうす感づいていたのか？）わたしのために新しい假面を作ってくれた。

扉の隙間から礼拝の間へと咩鷺は入る。

壮大な空間は、白木で築かれた演奏壇に上の上まで埋め尽くされ、一千一人のカリョネアたちが壮絶な演奏を繰り広げている。

しかしそれには目もくれず、咩鷺は天蓋布を見あげた。

詩人である咩鷺は、沈宮の宮殿に三大牛頭が集結したことを知っている。あれらは假劇が描出したイメージに過ぎない。物理的実体をもつ守倭——ワンダの傀儡《かいらい》を圧倒するには、こちらも相応の対抗策を講じる必要がある。そう、守倭を食ってしまえばいいのだ。

役者としても。

ことば通りの意味でも。

天蓋布の模様が描き変わりつつあった。

峨鵬丸の描いた、假面の紋様に染め上げられていく。

凶鑑の假面だ。

口笛のふしは、ウーデルスの旋律だった。守倭がやって来る直前、梦疫にからめとられていた時に聞こえてきた音楽だ。

セルジュが鳴らしてくれたんだ。

ぼくが假劇の中でひどい苦境に陥ったことも、いま旋妓婀として戦っていることも、セルジュには見えて（あるいは聴こえて）いる。

巨大な鐵勒に、ひとりで、手ぶらで喧嘩を仕掛けようというときに、これ以上心強い伴奏はない。

「じゃ、行くね——」

その最後の音節の余韻が消えるまえに、旋妓婀は沈宮を横たえた鐵勒の手の上に降り立っていた。目をみはる大跳躍。旋妓婀が高く振り上げた手は、どこから取り出したのか、長い錐《きり》を握っている。

「お……」

密林がどんぐり眼《まなこ》を開いたときには、旋妓婀は千手を横抱きにかっさらって、そのまま跳んでいた。錐は鐵勒の手首の経穴《けいけつ》にふかぶかと刺さり、手首から先の運動能力を一時的に無力化している。

囮《おとり》だ。

旋妓婀は菜綵をお姫さま抱っこした姿勢でまっすぐに落ちていく。

千手の頭部の口が耳まで裂け、トラバサミのようなギザギザの歯で旋妓婀の喉笛にかぶりついた。

なみの仙女ならここで絶命していても不思議ではない。しかし旋妓婀の肌に傷はついていない。この囮は、マトリョーシカのように内部に沈宮／菜綵をとらえている。だから破壊はできない。旋妓婀はかぶりつかせたまま、自身の姿勢は変えずただそのままに落ちつづけ、両足で地面に激突した。全身に衝撃が走り、そのあともういちど足元からじわじわとダメージが上がってきて頭から抜けるまでたっぷり一秒、そしてひと言。

「重い……また一段と」

「な……」

旋妓婀に噛みついたまま——つまり口ではない部分で——囮は声をあげた。

「なんですって！」

それを聴いた旋妓婀はにやりと笑い、千手を抱いたまま真後ろへと大跳躍し、守倭の右肩へと飛び乗った。

古代人形演劇の〈ガブ〉を思わせる囮の頭《かしら》が内部から破壊されていく。ゆで卵の殻を内側から叩いたような細かいひびが入り、べろりとめくれて、千手の顔が出てきた。

「ふう……」

自力で外に出てきた千手は息をつくと、

「ひどい！」

旋妓婀をにらみつける。

これは「フリギア！」最終回の、数少ない、微笑をさそう場面をそっくりそのまま再現したものなのだった。囮に閉じこめられ無力化されていた千手は、なきべそのひと言にカチンと来て、意識を取り戻す。旋妓婀が「また一段と」をつけ加えたのは、これが二度目であることを意識している。

「ひどい……けれど、助かったわ。ありがとう」

にっこりする千手を、旋妓婀は物もいわずぎゅうっと抱きしめる。このとき、菜絲に対するシェリュバン、千手に対するなきべその感情が重ねられた。しかし、

「もういいわ、下ろして」

千手は旋妓婀の胸に手を当てて、そっと抱擁を斥《しりぞ》けた。その動作に違和感を覚えつつ、旋妓婀は腕をほどいた。

「さあさあ、いよいよですわ」

お菓子が手をもみ合わせる。ヴァニラと茴香《ういきょう》の良い香りがする。

截鉄は鞘を返し柄《つか》に手を掛けた。

三体の鐵勒は、既にその場にいない。磁力を失った砂鉄の巨人のように、四肢の末端から小さな——大人の腕半分くらいの——肉片に分割されごうごうと崩壊していた。

その流れがあたりに散乱していた大小の黒い石材——街食いを呑み込み、さらにゲル状に流れる梦疫と混ざり合う。

密度、粘性、硬度——まったく様相の異なる三つの物質が混練されて、次元の異なる強度を獲得しようとしている。

「さあ、お出ましになるぞ」

　密林がシガーを耳の穴に仕舞う。

　そばかすはバットをジャンパーの背中に差す。刺繍の焔が赤熱する。

　千手は、残り少ない腕を点検する。

　落雷のような閃光が假劇空間をサージする。過大なエネルギーの波が二度、三度あたりを撫でていき、假劇空間の描出がみだれる。

　旋妓婀と五聯は、一瞬、露出した現実の風景を見た。

　大聖堂前広場に、守倭は、おどろくほど假劇空間と同じ姿で立っている。

　そして広場一面にひろがり、あふれかえり、泡立っているのは、黒い亞童だった。

　いったいいままでどこに格納されていたのか、気が遠くなるほどの数の亞童が、磐記のいたるところからわき出ていた。金箔の小片を蒔いたような目を光らせて、手と手を結び足をからませて、大小さまざまな群体をこしらえながら押し寄せてくる。通りを進んでくるものがあり、下水の穴から噴き出してくるものがあり、屋根屋根から壁伝いに——鐘を抱えて——降りてくるものもある。小構造同士がさらに手を繋ぎ、大構造と大構造が合流して大きく、高く、組み上がっていく。

　強大無比の守倭と同じく、堅牢な物理的実体を持った、最後の敵が至須天大聖堂前の広場にできあがっていく。

鋳衣！
鋳衣！
鋳衣！

観客の熱狂が大きな波となって、音響体をゆるがせる。

いや、音響体は微動だにしない。だから声の持つ力は音響体の中に応力としてたくわえられ、予測不可能なカタストロフの栄養となる。

その力がすべて、いま礼拝の間にいる詩人の假面に集中している。音響体のひずみが假面の連合を経由して〈孤空〉を軋ませる。

侵襲型假面はあるじの肉体を蹂躙《じゅうりん》する。假面と顔の接合面、内部に浸潤した假面の組織、これらの境界に白濁した泡がぶくぶくと湧く。

咩鷺はついに倒れる。

しかし――

すべては予定どおりだ――咩鷺はほほえむ。

わたしが思い描いていたとおりだ。

床に張られた石をつきやぶって、黒い濁流が噴出する。

異常に気づいたカリヨネアたちがこちらを見て口々に叫ぶ。

もう遅いよ。

もう遅いんだ。

濁流は演奏壇を這い登っていく。演奏卓もカリヨネアたちも黒亞童に呑み込まれる。

世界最高の音楽家たちを侵襲し、その音楽的知性とチェンバーを相対能で取り込んでいく。

一千一人の音楽家たちに演算させるのだ。

悋鑑を。

まじょの大時計を。

ヌウラ・ヌウラは、演奏壇を信じがたい速度で伝い登ってくる黒亞童の奔流にことばを失った。

なるほど、ここは磐記全体を制圧するのに最高の場所だ。

美玉鐘の演奏中枢であり、磐記のあらゆる場所に通じる地下管路網の中心であり、そして——ヌウラは天蓋布を見あげる——すべてのサーガのライブラリもここにある。皆が悋艦の出現に気をとられているうちに、假劇の中枢を征圧してしまうつもりだったのか。

しかし何もかも思い通りに行くと思ったら大間違いだよ。

ヌウラは自らも呑み込まれる直前、自身の演奏卓だけに装備されたボタンをぐっと押し込んだ。


鎌倉ユリコは現実と假劇を同時に観ながら鉛筆でメモしつづけている。

いったんは広場一面を分厚く覆った黒亞童たちは、守倭と向かい合う位置に集合し、組体操の極限のような立体構造を築き上げていく。

黒い卵の表面は、アヴォカドの外皮にも似た小さな凹凸でびっしりとおおわれている。それを仔細に見れば、これまで假劇をいろどってきた何千何万という牛頭の似姿《フィギュア》なのだ。

これは牛頭のあらゆる可能態を内包した黒と金の万華鏡だ。

守倭は盾と槍とを構えて臨戦態勢に入る。

そのとき——


仙核！　詩人の声が響きわたった。

すると群衆がこれにこたえて、

仙核!

と和する。


鎌倉ユリコは、フース・フェアフーフェンは、恋人にすがりついたマヤは、
そして五聯と旋妓婀は、眼前に忽然と切り開かれた光景に圧倒される。

ワンダの作り上げた作品世界の中核に、詩人のあざやかな笑いごえがたなびく。

旋妓婀——いや、シェリュバンは戦慄する。

遠く真空管の中で、トロムボノクも戦慄する。

笑いごえだったのか。

咩鷺の假面、夜の最奥部で聞いた鳥の啼泣《ていきゅう》は、いまこうして聞き返してみれば、笑い声以外のなにものでもないのだった。

45

巨大な純銀の球を中心部まで彫り抜いてつくりあげた、数百層にもわたる透かし彫りの

ような音の様相。

真空管での試験演奏で、ヌウラ・ヌウラが作り上げた極限の音響体を目に見える造形に移しかえ、その構造の中心部に身を置いて周囲を見渡すことができたなら、それがいま、フースや、旋妓婀や、五聯の面々がまさに目撃しているものだ。

ただしその構築は黄金と漆黒とで組み上げてある。

あるいはそれは「フリギア！」のクライマックスに登場した、仙核をつつむ旋都の地下大空洞のようにも見える。

至須天大聖堂前の広場で対峙していた守倭と忩鑑を、とつぜん取り囲んだこのながめは、假劇に参加する群衆の声に応じて出現したのだった。

幾重にもかさなる球体はおのおのが独立した速度と方向とで動いている。ある層は磨《す》り上げた墨汁を湛《たた》えた硯《すずり》のように凪《な》ぎ、あるいは優雅な黒猫の背中のように繊細なけば立ちがそよぎ、またある層は金環食の中央のように溟《くら》く、その全体が見事な調和の総体となって微速度で回転している。

球殻の内側から、無数の顔がこちらを見下ろしている。それは客席だ。オペラハウスの階層状のバルコニーのようであり、その席にひとりひとり假面を着けた客が座っている。

かれらはしきりに歓声を上げ、笑い、やじを飛ばしながら、構造の核心部を注視している。

ぼくたちは観客席に取り囲まれているんだな――位置関係を頭に入れ、シェリュバンは視線を凾鑑に戻す。

大假劇そのものを具象化したようなこの大空間の中心にいるのが、漆黒の卵、凾鑑だ。それはサーガのすべてを凝縮した球体であり、同時に〈まじょの大時計〉を美縟の美学に翻訳して假劇の中に実体化したものでもある。

最終エピソードは五回にわたり放送された。

その一部始終を、なきべそはついいましがたのことのように思い出せる。

仙核はある日、かがみのまじょに支配権限をうばわれた。

それだけでなく仙核の内奥部はまじょによって巨大な時限爆弾に変質させられており、これが作動すれば旋都を含む数光年の時空構造が陥没し、ア空間に貫通する可能性が高いという。その影響は旋都の周辺にとどまらず、輸世界ぜんたいに災害を波及させるおそれがある。爆弾の作動を止めるための近道はなく、外側から順に――大時計を構成する三百六十もの異なった時間に分け入っていくしかないのだ。

かくして最後の望みを託されたなきべそ旋隊はまじょの大時計に降下した。

大時計もまた多層の球殻で構成されており、それぞれの球殻表面には平坦な渦模様がぎっしりとひしめいていた。一見、限りなく平面に近いが、実はその中に奥行きのある世界を内蔵している。旋隊のメンバーは渦にダイブしそれぞれの内部世界に入り込み、つぎつぎと時限装置を解除していった。

最初の区域に進入したなきべそはそこで展開される情景に驚いた。

それは「あしたもフリギア！」第一シーズン〈光の旋隊〉の第一話、〈赤いフリギア〉の誕生譚そのままだったのである。螢は、なぜか〈赤〉の人と一体になり、青く発光する球体に身を包んだ敵と激闘を繰り広げるのだった。

三百六十の意味が明瞭になった。それは、劇場版やまだ見ぬ最終回をも含めた、「フリギア！」全シリーズの話数を足し上げた数字だったのだ。この場面がテレヴィで配信されたときに子どもたちが受けた衝撃といったらなかった。過去全話の名場面を、あたらしい作画で描き起こし、一回の配信の中に圧縮してめまぐるしい奔流として流したのだ。

しかし、なきべそ旋隊にかかる負荷は桁外れだった。

これまでの「フリギア！」全話を、みずからの心とからだでもういちど生き直すことにほかならないのだから。身体がばらばらになりそうな激しい戦闘があり、知力を絞り尽くす頭脳戦があり、好意を抱く友人との無念の別離があった。聖人ぶった先輩から嘲《あざけ》りと辱《はずかし》めを受ける回があり、信頼を寄せる後輩を心ならずも裏切るエピソードもあった。なきべそたち六人の仙女は、果てもなく続く消耗戦をくぐりぬけながら、この趣向に、いくつかの別の意味が託されていたことにしだいしだいに気づいていく。それは「かがみのまじょ」とは何者であるか、ということだ。

そうして最終局面にさしかかると、新たな困難さが加わった。核心部を取り巻く最後の十数話は——当然のことながらいま配信されている〈なきべそのフリギア〉自体だったのだ。截鉄は截鉄を、そばかすはそばかすを演じ直さなければならない。このとき仙術のハウリングが発生することは、誰も予想ができなかった。仙術の自家中毒に、疲弊していた旋隊のメンバーはつぎつぎと屈し、生き残って大時計の核心に至れたのは、なきべそと千手のふたりだけだった。

そして当然のことながら最終回では時間が完全に一致する。そこには回顧すべき過去はない。演じている最終回の「いま」そのものの中に飛び込んでいかざるを得ない。

なきべそは、ふるふるっと頭を振って、意識を現在に向けた。

そうやって、とにもかくにもわたしは「最終回」を生き抜いた。

生き抜いて生き抜いて、そうして考えうる最大の犠牲を払って「最終回」を終わらせた。

だのに、いままた最終エピソードを最初っから繰り返すって、それはさすがに——あんまりなのでは？

同意を求めようとしてとなりの千手を見、はっと息を呑む。

艶やかな笑み。ついぞ千手から見たことのない表情だ。

なきべそは、いやな予感がした。彼女には、劇がほんらい想定しているのとは別の思惑が混ざり込んでいる。台本作家ですら予想していない要素が。それはとても邪悪で、似たものが思いつかない。

なきべそは、しぶしぶ認めないわけにはいかなくなった。どうやらわたしはもういちどつらく苦しい「最終回」を生きなければならないらしい、と。

なきべそは、戦術を変更した。前回と同じルートは通らない。まずはそこからだ。

「ぐずぐずしてられないです。最大の戦力で行きます」

その意味はひとつしかない。守倭の出番だ。

46

「最大の戦力で行きます」

旋妓婀の声に応じるかのように守倭のモードが変わる。假面が正中《せいちゅう》から左右に割れ、顔の両側にまでしりぞいた。むきだしになった白い頭部には、暗い六つの眼窩《がんか》が縦二列にならんでいる。パウルや菜綵が死亡した事件で使われた牛頭の頭部だ。

「悪趣味よね、ワンダさんも」千手——菜綵が肩をすくめる。「わたしたちに、あの窖《あな》に入れって」

それが、五聯と旋妓婀の操縦席《コックピット》なのだ。

「じゃあまず、わたしね」

千手が、続いて残りの四人もつぎつぎ身を躍らせ、殿《しんがり》の旋妓婀が加わる。眼窩には簡素なシートがあるだけだ。操作は別の方法で行わなければならない。まずはこの機体に認証してもらわなければならないのだ。

「致し方ない」

めずらしく截鉄がつぶやいた。慚愧《ざんき》の念に堪《た》えないとでも言うように。しかしワンダは原典のこのくだりを修正していない。

全員が前を向き、ややはずかしげに——しかし決然として声をそろえた。

「合身《がっしーん》！」

まるでそれが擬音であるかのように、守倭の假面は正中線で勢いよく閉じた。

これにより、五聯と旋妓婀だけを包む、もうひとつの假面の連合が形成される。神格《じんかく》の境界がゆるやかになる。旋妓婀はこの状態を快適と感じた。守倭をどう動かすかという合意は無意識のうちに形作られ、ストレスなく、自分の身体の続きのように、槍をかざし、盾をあやつれる。といって六者の個別性は損なわれない。すぐとなりで動く気配はまぎれもなく沈宮だ。旋妓婀は自分の身体能力と守倭の法外な力が調和できると信じられた。これなら、いける。

鋳衣！

鋳衣！

鋳衣！

歓呼の声はますます大きい。

とうにそれは観客の声ではなく、劇の一部となっている。あるときは詩人の声と一致し、あるときはずれることで、劇に積極的に意味や音や色彩を添加していたのだから。古代演劇の、さもなくば古代「歌劇」の合唱隊《コロス》。

その声に背中を押されるような気分で、守倭は、大假劇を背負って立つ六人はずしんと地響きを立てて一歩踏み出す。

旋妓婀は――なきべそは、大時計／㕣鑑の表面を凝視する。

そこにかがみのまじょの面影を探している。

あたしかい？

記憶の淵から、声がまざまざとよみがえる。世にもまれな美声に強いディストーションをかけたような、忘れようにも忘れられない、まじょの声。

そうかい、あたしに会いに来たんだね。世界でいっとうつよい仙女が。

それならとくべつにおしえてやろうか、あたしのことを。


大聖堂のカリヨネアたちが黒亞童に呑み込まれたことで、いちばん大きく影響を受けたのはトロムボノクだった。

それまで音響体を支えてきた超絶技巧の大集団がまるごと消失したのだ。

この転換は、ほとんど何の前ぶれもなく起こった。ヌウラ組の音響体をひたすら無化する作業に没頭していた。その手応えが消えた。新しい打撃がとつぜん途絶えたのだ。美玉鐘の仕組みそのものは問題ないようだ。

――ヌウラ組の演奏途絶は、また一段、トロムボノクを覚醒させずにはおかなかった。真空管内を無音にすることに専心していた、その制約から一気に解放され、思考の自由が戻ってきた。

そしてトロムボノクは事態の重大さに気づく。ヌウラ組が新しい音を叩かなければ、音響体は減衰していくだろう。演奏続行するとすれば、自分がやるしかない。さいわい、これまで音を消しつづけていたから、カリヨネアたちの演奏はすっかり覚えている。

そのとき、演奏卓の正面に灯っていた用途不明の光の色が、緑から赤へと変わった。

（ヌウラ・ヌウラ？）

根拠もなくそう思った。

（切り替えたのか……？）

トロムボノクは、試験演奏でヌウラがはじめにどの音を叩いたかを思い出し、最低音のバーを叩いた。

すると——真空管の中ではなく、外の鐘が鳴った。

（なるほど……）

トロムボノクは呆然とした。

本当にやれというのか。

これからいよいよ頂点を迎えようという假劇の音響体を、たったひとりで担えというのか。

＊

「この眺めもすばらしく壮麗だが、なんといってもこれだけの融合チェンバーが形成されるのは空前ではないかな」

ファウストゥスはやや大げさな調子でパウルに向かって言う。

たしかに、いま美縟では巨大規模の融合チェンバーの団塊がいくつもできあがっていた。もともと假面の連合とは、その相対能を利用して、あるじのチェンバーを便宜的に融合させるものだったから、美縟は融合チェンバーを作りやすい土地だといえる。大きく分けて団塊はみっつある。

圧倒的に大きいのは「假面の連合」そのものであり、假劇の中では、旋都中心部のバルコニーで叫ぶ合唱隊として形が与えられている。かつてないほど多量の鋳衣が着装されたため、相対能や想像力が均質化されたことが巨大化を可能にした。これが假劇の根幹を支えており、残る二つはこの対抗軸として存在している。その一方が守倭。守倭と五聯、そして旋妓婀によって構成される。人数としては極小だが、それは問題ではない。かれらはワンダの尖兵として假劇自体に風穴を空ける役目を負っている。そしてこの六人は――ファウストゥスは苦笑する――特にそのうちの三人は法外なチェンバーを持っているのだから。

　そして最後のひとつ。短時間で急速に発達してきた忩鑑の勢力、カリヨネアたちだ。そのチェンバーが一体になる効果はもとより、その音楽的知性、大聖堂に蓄えられていた假劇のライブラリが相乗的に働けば、ゆうに假面の連合にも対抗しうるだろう。そこにヌウラ・ヌウラの巨大チェンバーが加わる。

「まったく、たいしたものを作ったな、パウル・フェアフーフェン」

　ファウストゥスの言葉を称賛と受け取ったか、パウルは肩をすくめる。

「それはどうかな。なんのヴューワーもなしに、チェンバーの分布を感じ取れるあんたの方がよほど化けもんだ」

「おたがい褒めあってりゃ世話はないが……おや？」

　ファウストゥスはいぶかしげな声をあげ、しばし沈黙した。必死で何ごとかを検分しているようだった。

「なあパウル、これはどういうことだ？　演算空間が円柱状に――現在から過去をつらぬく軸に添って引き伸ばされているんだ。それにつれて時間方向の分解能が上がっていく。このままだとこの音響体は、時間に対して対称でなくなっていくぞ」

「それで何か困ることがあるか？」パウルは言い放った。「分解能が上がれば、ものごとがこれまでよりも仔細に観察できるんじゃないかね。美玉鐘の音響体は、ノートの一行に一ページ分の文章を重ね書きしてあったようなものじゃないか。一行ずつ離してページ全体に広げてやって、はじめて何が書いてあったか分かるというものだ」

ファウストゥスはしばらく考え込んでから、一気にまくし立てた。

「この巨大なチェンバー――計算資源を総動員して、おまえは忩鑑の中に書き込まれた『過去』にさかのぼるつもりか……！　サーガと假劇に形を変えて語り継がれてきた真実をもとの姿に復号し、あの怪物に『自白』をさせようというんだな」

パウルは答えない。含み笑いをし、顎をなでている。


「……というわけよ」

この伽藍の実体が巨大チェンバーであること、守倭と忩鑑は伽藍の中にありつつも、独立したチェンバーの団塊を作り上げていること。お菓子は得意げに講釈を終えた。

「ならもう猶予はないですね」

旋妓婀は――とりわけなきべそは――きっぱりと言った。

「だってこの音響体は観客やカリヨネアさんたちや、それからセルジゥの生身を使っている。体力の限界がきて假劇が崩壊するならまだましで、死者が大勢出るかもしれない。限界を超えてチェンバーを働かせられる羽目になったら」

すでに守倭と昝籃は至近にあり、ワンダの台本はその中へ突入していくことを求めている。

昝籃を彩る黒と金の渦模様にはさまざまな形が浮かび、影絵となって飛び交っている。假劇に登場した何百何千という牛頭のシルエットが、きらめく金地を背景に躍る。守倭の前方カメラから分配される視覚像でとらえながら——

旋妓婀は回想している。

大時計の核心部にいて、なきべその到来を待ちかまえていた、かがみのまじょの声を。

いいいいいいいいいいいいいいいいいい、

それならとくべつにおしえてやろうか、あたしのことを。

老女の踵のように硬くしわがれた、と同時にぬれぬれとした艶を帯びた、かがみのまじょの声を。

47

そもそもかがみのまじょとは何者か。

熱心な研究者らによれば、その名がはじめて登場するのは、全シーズンの折り返しからしばらく経った二百十話だという。

とはいえ、その時点では、雑踏のモブが立てる声の中に「鏡がね……」「魔女が……」というフレーズが途切れ途切れに聞こえる程度だった。都市伝説の切れっぱしのように登場したまじょは、すこしずつ出現する場所を増やしていく。背景の看板、ショーウィンドウ、雑誌の表紙、テーブルのコースター、そういった小道具にそれらしき図案（容姿も体形もさまざまだったが）が登場し、まもなく書物の背表紙や張り紙にも「かがみのまじょ」という文字が見いだされるようになる。興味深いのは、当時のスタッフにいくら尋ねても、「だれかの明白な意図はなかった」という答えだったことだ。「鏡」も「魔女」も口から出まかせのアド・リブで、それを面白がっただれかが別のエピソードで起用し、ふざけて再々利用した者がおり……こうした行為をくりかえしているうち、実体のない〈かがみのまじょ〉は徐々に重みを増し、いつのまにか取りのぞけないものになっていく。目ざといマニアは次の登場を待ちわびつつ、第一シーズンにさかのぼって「伏線」を漁りはじめる。第百六十二回に登場したパン屋は実はまじょのやつし身ではないか、いやそれをいうなら第二十回のサーカス話で印象的だった女道化師からしてすでにあやしい等々。

こうした無責任な感想が製作者を呪縛し、かくして作り手と受け手がある疑念を共有するに至る。

「フリギア！」シリーズはそもそもかがみのまじょを描くことが使命なのではないか。もっと極端に言うと――〈かがみのまじょ〉は、自らを現前化するために「フリギア！」シリーズを生み出したのではないか。

それは「疑念」なのだ。作り手にも受け手にも確信がない。それを決めるのは彼らではない、ということだ。

そして記念すべき第二百五十話ではっきりとその名が登場する。

織物と染色を題材とした〈綾なすフリギア〉のシリーズの中で、主役たちが手作りのファッションショーを開催することになる。若い見習い職人たちの楽しいお祭り。しかし当日の朝、ショーのタイトルが「かがみのまじょ」に変えられていたのだった。看板も、ポスターも、プログラムブックも、ことごとく。ショーの掉尾《とうび》を飾る一着の衣装が、だれも作った覚えのない、ミッドナイトブルーの夜会服にすり替えられていたのだ。

異常な緊張のもとショーは進む。

このシーズンのプリマはお針子からモデルに転身しようとする〈絢《あや》〉。彼女は意を決して夜会服をまといランウェイに出る。事情を知る客席は固唾を呑んで静まり返り、音楽だけが賑やかにやかましい。

黒と見紛《みまが》うほどに青いドレス。いっけんサテンに見える生地は軽く躍りながら、きらめく光の粒を析出する。それは星の配置。斜めに横切る黒い帯は〈轍〉を表す。

「はじめまして、あたしはかがみ。かがみのまじょだよ」

会場に音声が流れる。ついに、まじょが声を持ったのだ。

「どうやらあたしのことを気にかけてくれているようね。ありがとうね。でもさすがに気づくのが遅すぎやしなかったかね。『フリギア！』の最初からずうっと、あたしはこの世界に見え隠れしていたよ。画廊の絵の額の浮き彫りの中に。靴と石畳が立てるコッコッという音の中に。秋の晴れた空にかかるすじ雲の模様の中に、いつだってあたしの肖像が紛れ込んでいたんだ。あらゆるシーンの、あらゆるカットに」

観客がどよめく。旋隊は臨戦態勢に入る。

「大事なことを言っとこうかね、あたしは仙女なしでは存在しえない。そして仙女もあたしなしには存在しない。あんたら仙女がこの世に出現するとき、あるいは善なる仙力を行使するとき、かならずそれにつり合う『負』の仙力がこの世界に積み増される。それがあたしさ。正確に言えば、この世界のいたるところに積み置かれた『負』の仙力を『擬人化』したものがあたしさ。いやいやだめだよ。血眼になって探しても、あたしがどこにいるか、わかりゃしない。だってあたしはただの『擬人化』された抽象概念なんだからさ」

しかし、純白のランウェイを歩きながら、絢は背後にかがみのまじょの存在を、その視線を感じる。

「いままで『フリギア!』には何百という仙女が登場したろ。だけどあたしはひとりだ。あんたら全員につり合う『負』の仙力の総和があたしなんだもの。あんたらが派手に仙力を使えば使うほど、あたしの方には、使い切れないほどの力がたまっているんだ」

不穏な響きが声にみなぎり、それが物理的な量感となっていまにもあふれてくる予感に捕らわれて、ショーの会場は悲鳴に満ちた。ランウェイの端まで来た。最後の一歩の力をずらして、絢は振り向きざま、腕に巻いた針山から抜いた必殺の針を、視線のみなもとへ向けて射出した。ガラスの砕ける音がして照明が何基か壊れた。それだけだった。

まじょの笑い声が舞う。しわがれた声で。あるいは豊満な声で。

「年季が違うんだよ。あたしはさ、この世界に仙術が誕生したときに分かれた『世界の残り半分』にいるんだ」

声が不意に遠くなる。いままで聴こえていたその声が、実ははるか遠くから何百枚もの鏡を反射させて差し掛けられていた光であり、鏡の一枚が向きを変えてしまったために届かなくなった――そんな印象を残して声は途絶する。

緊張がほどけ、絢は崩れ落ちる。

かくして、かがみのまじょは、じぶんがこの「フリギア！」シリーズの陰の主題であることを宣言した。しかし意外にも〈綾なすフリギア〉は、シーズン終了まで、まじょを一切登場させぬまま、楽観的なハッピーエンドで（仕事と恋の両立！）幕を閉じる。次のシーズンもまじょの姿はもちろん、声が聞こえることもなかった。まじょの名は、たいていは登場人物たちがかわす議論の中に出てくるだけになった。

しかし仙女たちは、なにをするにもまじょを意識せざるをえなくなった。自分たちの一挙手一投足がこの世界の裏側に「負」の仙力を積み上げているのだ、と思うと心穏やかではいられない。

だからこそ、ごくまれにまじょが登場する回は忘れ難いものとなった。たいていの場合、まじょはなんの予告もなくストーリーに闖入《ちんにゅう》し、仙女の人生を左右するほどの災厄を引き起こすと、高笑いを残して気まぐれに姿を消す。この繰り返しが視聴者に刷り込むのは「恐怖」だ。いつの日か、かがみのまじょは手に負えない災厄として全面的に登場するだろう、そのときは決して退場せず、徹底的に猛威をふるうだろう。そうして、いままでのどのプリマを思い浮かべても、まともにまじょの相手ができるとは思えなかった。

そして最終シーズンの後半、かがみのまじょをめぐる言葉が急速に増殖する中、仙核の篡奪《さんだつ》が発覚する。

いや――そもそも篡奪ではなかったのだ。

かがみのまじょは、彼女じしん言明するとおり仙力そのものと切っても切れない関係にあった。

かがみのまじょは最初から惑星旋都の中心に、仙核の内奥部に住まっていたのだ。

＊

守倭は忩鑑を攻めあぐねていた。守倭に装備されたあまたの攻撃手段を使い尽くしても――槍も、盾も、両前腕を交差させて迸《ほとばし》らすスプラッシュ光線も、装甲の胸部から発する超高温の熱線も、最外層をただよう影絵模様をかき乱すだけだ。

内奥へ進め、なきべそ旋隊が大時計の中を進んだように。シナリオはそう命じている。

最後の手段を試すときが迫っていた。

「なにぐずぐずシとるんじゃ、シェリュー、早うセルジゥを呼べ」

「……」

虚を衝かれて、シェリュバンはぽかんとした。

今ぼくが聴いたこの声って。この声って。

「この声って」

「四の五の考えんと、セルジゥを呼べいというのに」

「三博士《マギ》ちゃん……グスタヴァス!?」

声の主は、お菓子なのだが。

「え。え。ええーっ？」

「気づいてなかったのか」

そばかすの位置にいるのはバートフォルド。あきれ声さえ辛気《しんき》くさい。

「ちょっとでも頭を使ったらどうだ。役柄はそれを担うアクターが必要だ。だれなんだろう、とは思わなかったのか？　私らを假劇に出してくれるという条件で、ここにきたのだ」

そして密林が——アドルファスが言う。

「もしやおまえは、トロムボノクが単独で真空管に籠もらされていたわけを理解していなかったのか」

「え、え、えーっと……」

シェリュバンは目をぐるぐるさせている。

「さっきからトロムボノクとヌウラの役割は入れかわっとるんだよ」

クルーガの音楽。

「ヌウラたちのチェンバーは忿鑑の団塊に呑み込まれた。一千一人分の仕事をこなしとるのはトロムボノクだ。いいか？　パウルがあの表六玉《ひょうろくだま》をここへ呼んだのは、まさにこの時のためなんだぞ。さあ、トロムボノクを呼ぶんだ」

三博士の声が競い合うように重なる。

「いまならやれる。守倭と忿鑑の拮抗状態をやぶるにゃ、トロムボノクの力が必要だ。やつを呼べ。こればっかりはおまえの声でなきゃいかん！」

「で、でででで」シェリュバンの舌がもつれる。「でもなぜぼくなの」

＊

咩鷺は留学中にワンダに假劇と假面を教えて熱狂させたが、その一方で、ワンダに紹介された「あしたもフリギア！」にすっかり夢中になった。中でも最高だったのは（多くの人と同じく）最終エピソードだが、咩鷺が愛したのはなきべそではなく、かがみのまじょだった。フリギア全体を通してもかがみのまじょくらい不当に扱われた存在はない。咩鷺はそこに強く魅かれたのだ。

さて、かがみのまじょがそもそもの始まりから仙核の中にいたのであれば、まじょの力の源泉は仙力であったのだろうか。

正確にはそうではない。番組に登場した仙女学校の教師から説明を聞くのが早いだろう。

仙力は「無」から取り出されます――教師はそう説明している。

私たちの世界の基底層、あらゆるものの根源にあるのはなんでしょう。それは「無」です。私たちのいのちである〈仙力〉は、この「無」から取り出される善きものです。世界の根源にある無の中には「善性」が眠っており、私たちはそれをとり出し、駆使して仙女の善行を行うことができるのです。この原理こそが仙女の正義の無謬性《むびゅうせい》を保証しているのです。

教室でだれかが手を上げる。

先生、無からたとえば「1」を取り出したら、同時に「マイナス1」も生じるのでは？

そのとおりです。仙力の創造とは「分離」を行うことと同義です。

では先生、仙力を揮《ふる》うたびに、私たちは無から善性を分離しているのでしょうか。そのとき「マイナス1」を――つまり「善でないもの」を作っているのですか。

震え声の問いに、心配することはありませんよと教師は笑顔で応じる。

いいえ、そうではありません。仙女ひとりひとりはそうした作業に携《たずさ》わりません。私たちは仙核の結晶格子に蓄積された仙力を配信されているのです。

ではだれが？

生徒の問いに教師は——毎年この瞬間が教師にとってのクライマックスなのだ——すこし息を整えてから答える。

かがみのまじょです。

教室に声無き悲鳴が満ちる。

無から仙力を——善性のみを取り出すにはどうすればよいか。善性以外のすべてを取り除くことができれば簡単だ。善性だけが残るのだから。それを行うのが、かがみのまじょだ。〈かがみのまじょ〉とは、世界の基底層で不断につづく物理的な現象——無から善性以外のものを分離する過程をいう。
フリギア研究家にいわせれば、その設定自体、無尽蔵な〈行ってしまった人たち〉エネルギーに依存するわれわれのうしろめたさを（まさしく）鏡のように映し出したものだ、ということになる。あるいはア空間のメタファーだとする者もいる。

かがみのまじょは、仙女の影である。あるいは——まじょは、仙力のカウンターウェイトである。「フリギア！」がまじょを悪しき意志と感情をもつ女として形象化したのはこのためだろう。

まじょとは反応過程であり、と同時に善性の対蹠物《たいしょぶつ》である。

かりに仙力を光あふれるものだとしよう。無から光を分かつためには等量の闇をどこかに作らなければならない。

それがまじょだ。

仙女たちが華々しく活躍しようとすれば膨大な仙力が必要になる。その仙力を無から生むためには、カウンターウェイトとして大量の暗黒と混乱もまた要請される。

その集積もまた、まじょと呼ばれる。否、自らをまじょと呼ぶ。

そしてまじょ自身、自分がそういうものだと認識しているのだという。

ただの反応過程が意識を持つことがありうるのだろうか。「フリギア！」本篇も公式設定資料もそこには口を噤《つぐ》んでいる。研究家はいくつか仮説を示している。たとえばこのような——仙女たちは仙力を、さまざまな武器や光輝、音響の形を取って揮う。そこには仙女たちの感情や意志が投入されている。もし仙力と対蹠物とがもつれた状態にあり、仙力の側の挙動を映し出しているとしたらどうだろう。三百を超える膨大なエピソードを蓄積したとき、そこに何かが——仙女たちの意識の陰画が——生まれることはないのだろうか、と。

それが正鵠《せいこく》を射ているかはわからない。

たしかなことがひとつだけある。

たとえ史上最強のプリマ〈なきべそ〉であろうが、仙女は原理的にまじょには勝てない。

咩鷺はこの場面をテレヴヴィで見たときの感情を、いつもありありと思い出せる。

それは胸を塞がれるような絶望であり、と同時に完全な万能性を獲得するときの歓びでもあるのだ。


「仙女旋隊《せんにょせんたい》　あしたもフリギア！」の最終回。その「前篇」。

仙核の中心で、なきべそと千手は、まじょの前に立っていた。

大時計はまだ動き続けている。

ポップ・エクレア〈お菓子〉、ベイビィ・ローズ〈そばかす〉、ジェネット・V〈密林〉、そして截鉄。歴代最高のメンバーは、そこに到達できなかった。生きているのか、死んでいるのか、それすらなきべそと千手は知らない。知っているのは視聴者だけだ。

まじょの正体を知ったなきべそと千手は、絶望にとらわれていた。

「これじゃ……ぜったいに勝てないよ」

さしもの千手も涙声になっている。くやしさのためであり、恐怖のためでもある。なきべそは無言だ。必死に何かを考えているが、思考は堂々巡りとなり、出口は見いだせない。

いま目の前にあるまじょは、気の遠くなるような量感で立ちはだかっている。これまでに生み出されたすべての仙力と同じ分量だ。全三百五十九話がかりで積み重ねられた暗黒と混乱、その密度と深さ。前へ進むことだけを考えて制作されてきた物語が忘れていた負債を、さいごのプリマ、なきべそが清算しなければならないのだ。

まじょと対峙するに当たって、なきべそはひそかに期していたことがあった。身命《しんめい》を抛《なげう》つ覚悟さえ固めれば、それだけの仙力をコントロールすることは可能だと。つまりまじょの総量を相殺するほどの仙力を一気に放出することが可能だと。

「……だめなの？」

千手に放出を止められて、なきべその顔はまっさおだ。

考えてみれば当然のことだ。身命を賭して仙力を生み出せば、まじょの側にも同じ量の闇が加算される。なきべそが強くても弱くても関係ない。原理的に、仙女はまじょには勝てない。

この難問をいかに突破するか——できるかが「最終回」に立ちはだかっている。

無駄と知りつつ、なきべそは何度か正面突破を図った。「力」の物量では比較にならなくとも、その揮い方によっては有効な打撃を与えられるのではないかと思ったからだ。

しかしすべては無駄に終わった。なきべそが繰り出すあらゆる術と相似な力が、まじょの側から押し寄せ、相殺され、あるいは中和されて無効になる。まさに「かがみ」の名にふさわしい……なきべそはそう思い知らされた。

さいごになきべそが択《えら》んだのは、まったく別の方法だった。

「聞いて」

なきべそはかたわらに立つ千手にささやいた。

「手を貸してください」

「この期に及んで冗談？」千手は噴き出した。「私をよく見てよ。どこに貸す手があるの」

千手の全身は赤いものでまみれていた（子ども番組だから血とは明示されない。それでも相当に踏み込んだ表現だった）。千本の腕は、肩から生える二本だけになっていた。ここへ到達するのにそれだけの腕を代償にしたのだ。

「仙力はもういいんです。火事場の馬鹿力を一回だけ出してくれればいいです」

千手はいぶかしんだ。

「あなた、何する気」

「かがみのまじょは破壊できません。あとは大時計を止めるしかないです。なんてことないです。すぐすみます」

なきべそは両手の指を身体の前で合わせて三角形を作った。

そこにシャボン玉のような透明な虹の膜が張られる。微弱な仙力で作られたフィールドだ。水のかさに喩えれば茶さじ一杯ほど。

指を離すと虹の三角は中空にとどまった。なきべそが角をちょいとつつくとくるりと半回転して逆三角形となる。

「それをどうするの。って、え？」

千手は当惑する。三角が帯びる力は、たちまちのうちに十桁も跳ね上がり、なおも上がりつづけて、百桁、千桁をはるかに超えて千手の観測力では追いつかない。茶さじがダムほどになり、大河の総延長分となり、ついには海さえ及ばぬ量になる。恐怖に千手は後ずさる。こんな代物見たこともない。

「ただのくさびです。もう少し練る必要がありますね」

学園篇がはじまった頃の、箸が転げてもおかしがり、情が濃くて涙腺のゆるい――だからこの二つ名がついたのだ——なきべその顔は、もう思い詰めたようすさえなく、ただ淡々としている。

「くさび……って」

「わたしの使える仙力を、全部、この三角に変えます。このくさびの形を作り、堅く守ることに仙力のすべてを注ぎます」

いまや三角は——否、「くさび」は黒錆に守られた鉄の質感と量感を得ており、底辺から頂点まではなきべその身長ほどになっていた。仙女の力はふつう画面映えするよう透過光効果で美しく彩られるが、その力が極まると、ちゃらちゃらしたテクスチャでは表現できなくなる。

そのくさびを見て千手は、とつぜん突拍子もない連想をした。思いついたとたん、それが完全に正解なのだと悟った。理由も何もない、ただ悟ったのだ。だからそのことばを口にせずにはいられなかった。

「これは、あなたの棺おけなの？」

「だいたいあってると思います——あ、ただ、棺おけになるのはこの『くさび』ではないですよ。

まじょが——あの闇そのものがわたしの棺おけになります。

これからこのくさびで、時計を止めます。まじょの大時計の本質は、無から仙力を取り出す、その絶え間ない反応の進行です。時計を止めたら、仙女はこの世にいることはできません。かといって時計を進むに任せても旋都は破壊されます。このくさびは、わたしという手紙をまじょに届ける封筒です。開封はされないでしょう。それどころか配達さえされないかもしれない。

それでいいんです。仙核の爆弾とはこれまでわたしたちが行ってきた『善行』の結果でもあるんです。このくさびは、時計の歯車のあいだに食い込んでその動きを止めます。まじょは怒るでしょう。この封筒を壊してわたしを引きずり出そうとするでしょう――

――」

千手は、無言だった。

まじょも、原理的にくさびを破壊できない。

いまなきべそと千手を苦しめている法則は、そっくり逆転して、まじょを制約する。

「そんなこと……許されない」

千手は声を震わせた。

なきべそは自らの能力と可能性のすべてをくさびに封入して、時計を止めようというのだ。

それが何を意味するか。

ここで、仙女の歴史は終わる。まじょの活動停止と引き換えに。そして均衡が永遠に続く。

まさしく「フリギア！」最終回でなければ行使しえない、究極の戦術なのだ。

本篇放送のこのとき、テレヴィのアクセス率は空前の高まりを見せていた。

全〈轍〉の熱狂の中、最終回の残り時間はもうあまりなかった。

「ひとつ、ごめんなさいしないといけないことがあります」

なきべそは、にこにことほほ笑みながら、とうとう涙をぼろぼろこぼしはじめた。

「じつは先輩、わたしもここんとこ油断してました。体重増えてます」

千手も噴き出しながら洟をすすり上げた。

「まかしとき。腕は二本あればじゅうぶんだ。くさびがどんなに重くったって、あそこへ
――まじょの居場所へ放り投げてやれる」

48

トロムボノクは目を開けた。

それまでもまぶたはひらいていたが、ギルドの制約のため「自分が見ている」という実感はなかった。音という音を消しつづけ、それでも時折、消しきれない音が閃光のようにひらめき、そのつど意識が舞い戻っていたのだが、あるとき、ようやくトロムボノクは気づいた。それは「消しきれない音」ではなかった。

俺が、みずからの意思で鳴らしていたのだ。

そう気づいたのは、自分の鳴らしているのがクルーガの音楽、シェリュバンの曲だったからだ。

この曲を手放したくない、と思った。

クルーガのあたたかく親密な夜。シェリュバンが夜どおし奏でた、轍世界の国々の音楽。技芸士としてトロムボノクはありとあらゆる音楽を聴いてきた。しかしあの夜ほど幸せに音楽を聴いたことはない。だから手放したくなかった。ギルドが課す制限の中に戻りたくなかった。

トロムボノクはいま意識の手綱を取り戻している。

「で、でででで、でもなぜぼくなの」

「なぜ、って」バートフォルドが面倒くさそうに（しかし苦笑いしながら）言う。そばかすの顔で。「しようがないじゃないか。クルーガの夜以来、トロムボノクとおまえは『セット』になってしまったのだ」

「は？」

「トロムボノクがその異能を完全に――つまり気を失わず意識を保った状態で――発揮できるのは、おまえがそばにいてやれるときだけなのだ」

「はあ？」

「その間抜け声も筒抜けだろうさ」

「はああ？」


その間抜け声も、トロムボノクには伝わっている。

磐記を包む音響体は（かつて真空管の中で菜綵のかそけきささやきを伝えたように）その内側で生まれる音の一切合切を取り込んだホロフォニックな統一体として生動している。トロムボノクの異常なほど大きなチェンバーは、この音響体を生きたままそっくり収めてなお余裕がある。音響体のミラーイメージが最新の状態でトロムボノクの中にあり、いかようにでも情報を取り出せる。音で捉え得るものなら何でも、七十万個の鐘も、劇の進行に伴う騒音も、旋妓婀や菜綵の言葉もどれひとつ漏らすことなく捕捉し、理解し、なんなら加工もできる。

「まだあるぞ。トロムボノクのチェンバーは大假劇そのものすら取り込んでいる可能性がある」これはアドルファス。「この劇に参加した假面のすべては、この音響体とつながっているんだからな」

「も、もももも」旋妓婀は言葉を探しつつ話す。「もしかして、これみんなマギちゃんたちが仕組んだの」

「いんや、あの御仁だ」

それがパウルをさすことは明らかだった。あるいは、パウルとワンダ。

「旋妓婀、あなたはあそこにいなかったからピンとこないかもしれないけど――」

千手、つまりは菜綵の声だった。

「いまわたしたちが見ているこの景色、この描像は、真空管でヌウラさんが見せた、美玉鐘の音響体――時間方向に対称な彫刻的音響にそっくりなの」

いま旋妓婀はようやく納得しつつある。守倭内部に築かれた小さな連合のおかげで、菜綵や三博士の理解がじわじわと染み入ってくる。

そっか、と旋妓婀は思った。セルジゥはこのながめのどこかに居るんだ。あるいは、このながめがセルジゥなんだ。

「なにをにやにやしとる?」

「えへ、内緒です」

「台本を先に進めよう」バートフォルド(そばかす)。

「かつて、この国の時間を停めた音がある」アドルファス(密林)。

「旋妓婀、おまえさんの出番だ」グスタヴァス(お菓子)。

旋妓婀と呼ばれて、シェリュバンは自分の役柄を意識する。なきべそ旋隊のプリマ。ここで何をすべきかはワンダの台本にある。守倭の動作を最終的に決めるのは、プリマである旋妓婀の役目だった。㕫鑑と少し距離をとり、悠然と次の所作に移る。盾と槍を捨て、両手を空ける。こぶしを硬く握ると、前腕を胸の前で交差させる。こぶしにさらに力を籠める。流麗な金髪が風に煽られたように——いや、草花の茎のように自らの生命で立ち上がる。唇の隙間からシュー、と息が漏れる。

トロムボノクは真空管にいながら、大假劇の核心で決定的な動きがはじまろうとしていることを察知した。

そこにシェリュバンがいることも分かった。

何が求められているかも知っていた。

鳴らすべき音のイメージももうあった。

ただ一発の音ですむ。

オペラハウスのバルコニーにも似た階層状の客席から、鋳衣が口々に叫び声をあげている。

「あれもまた出演者だ。つまり劇の内側だ」アドルファスは噛んでふくめるように説明する。「鋳衣はな、古代演劇でいう合唱隊《コロス》の役割を担っている。群衆の役をつとめ、舞台上で起きていることを説明し、観客が劇にどう反応すべきかを導く」

拍《う》て！

拍て！

拍て！

合唱隊の声が轟然と鳴りわたる。

しかし、そこには音頭を取る詩人の声はない。

孤空の声はしない。

「いきます」

旋妓婀は、守倭の握りしめた手を開かせた。組んだ腕をほどき、祈りのように、両手を胸の前で握りあわせる。

それをいったんほどき、両腕を大きく横に差し上げていく。黄金の女神の胸、体幹、太股に力がみなぎり、肩の筋肉がふくれ上がる。尋常でない力が込み上げる。守倭の必殺技〈鐘撃《ディンパクト》〉は、ありとあらゆるものを粉砕する衝撃波だ。大假劇での使用を想定して開発されており、両手を打ち合わせる動作がトリガーとなる。美玉鐘の鐘が鳴らされその音響エネルギーを一点に集束する。

つまり、トロムボノクとの連携が必須となる。

しかし旋妓婀には——旋妓婀には迷いはない。

なんの心配も要らない。

ここにセルジゥは居る。

あとはただ手を拍ち鳴らせばいい。


トロムボノクの表情が急にけわしくなった。

かすれた息がヒューヒューと漏れた。しばらく声を出していなかったためか、舌と喉がうまく言葉を作れない。それでもようやく、トロムボノクは（だれに聞かせるというのか）次の言葉を発した。

「シェリュバン、そこは危ない」

もういちど、発した。

「そいつのそばにいちゃだめだ」

警告は届かなかった。少なくとも、遅すぎた。

菜綵の奸計《かんけい》はそれだけ巧妙だったといえる。

渾身の力を籠めて守倭の両手が打ち鳴らされるまでの一瞬に、いくつものことが同時に起こった。

「ねえ、シェリュー？」

微笑みを含んだ声がやさしく耳を撫でる。

「？」

とまどう旋妓婀と五聯の視覚像に、見慣れない「顔」が強引に割り込む。

沈宮の假面をむしり捨てた、素顔の菜綵が見えた。

両手で捧げているのは、泥王《でぃおう》の假面だ。

それを顔に装着した瞬間、爆発が起こった。

最初に、假面の表面を細かい線条がおおった。その線に沿って假面がほぐれ、燐寸《マッチ》の軸ほどの小さな六角柱が起立し立体的な構築を広げていく。パウルのお御籤《みくじ》と同じ原理。それが無際限《むさいげん》の力に押し出されるように伸び、鋭い槍となって六つのコクピットを貫く。直後、その槍が数百倍の体積にふくれ上がり、頭蓋全体に充満し、満たしてなお止まらない。保護装置が作動して、菜綵以外の五人を側頭部から射出した。

槍に貫かれたはずの腹を押さえて、旋妓婀は宙を舞う。しかしそこに傷はない。すぐ近くでいっしょに転落する黒い影は昏灰／截鉄だ。刀身が半ばで折れている。旋妓婀はそれでようやく彼女が剣をふるって槍から守ってくれたのだと気づいた。

異様に引き延ばされた時間感覚の中、ぐるぐる回転しながら墜落する旋隊のそばを、神殿の柱のように巨《おお》きな守倭の腕がかすめていく。

〈鐘撃〉の衝撃波は強い指向性を持つから直撃のおそれはない。しかし、副次的被害はだれも予測できない。

いや、予測できないのは、大假劇そのものだ。

大定礎縁起の原典にも、「フリギア！」の最終回にも、こんな展開はない。

ワンダの台本にももちろんない。

菜綵と泥王が起こした反乱。

シェリュバンも、なきべそも、三博士も、截鉄も——假劇の登場人物たちは、一切の筋書きのないところへちらばり落ちていく。

不要なクルーを投棄した守倭は、菜綵ひとりが支配している。

守倭の動作感覚は旋妓婀から問題なく引き継がれている。菜綵は平然と〈鐘撃〉を続行した。

ジエエエエーッ

指先を忩籃に向け、手を打ち合わせる。

その動作に魅入られたように——トロムボノクも抗することはできない——すべての鐘体が一斉に鳴る。

その音は、かつて美玉の地上で鳴らされた音。

この国の時間を停めた音。

音は忩籃の表層を打ち砕く。衝撃波は、合唱隊《コロス》の大伽藍の内側で乱反射をくり返し、黒と金の破片が爆散する。さしもの強靭な假面の連合もこの衝撃に、その結合をほどかれる。

假劇の内奥に構築されていた精緻な大空間はこなごなに打ちくだかれる。

すべてが闇黒《あんこく》に沈む。

鋳衣の声は散り散りになる。
散った声は、しかしまだ生きている。
声と声は互いを求めてつながり、言葉を生む。
闇黒は、おのずとなにごとかを語りはじめる。
コロスを構成していた無数の声が、語りはじめる。
その総和が、美縟の成り立ちを告白する。
自白する。
回想する。
美縟の真実を〈告白〉する。

無番

「声《コロス》」は語る。

美縟《びじょく》の過去を告白する。

〈美玉《びぎょく》〉の話からはじめよう。この国が〈美縟〉と呼ばれる前の話だ。

そのころ美玉には、弓形の大陸〈綾河《リンカ》〉のほかにもうひとつ、美玉の弧に抱かれる位置に円形の小大陸があった。

その名は〈綺殻《キカク》〉。

この二つの大陸のあいだでかつて激烈な——相互殲滅的な戦争がたたかわれ、その結果、綺殻は消滅し、生き残った綾河も戦争の記憶をまるごと失って、国は〈美縟〉と名前を改めることになる。

しかし、まずは美玉の話をしよう。

美玉に人類が着目したのは、自動観測体がそこに特種楽器を発見したからだ。特種楽器のある地では〈行ってしまった人たち〉の遺物が豊富に見つかる。経済的に自立する可能性が高く、定住の検討対象となりうる。

発見された特種楽器は、綺殻の中央に、一個の独立した世界のように聳《そび》えていた。数十本の巨大な樹状構造物が互いの枝をからめあい、その枝に黄金の鐘をたわわに実らせ、大地には根のような基礎構造を広く深く這わせていた。美玉鐘《びぎょくしょう》のオリジナルは、磐記《ばんき》に再建されたものとは比べ物にならないほど大規模で、複雑で、豊かだったのである。

観測体の報告では、この楽器は、豚に似た土着生物を牧《ぼく》していた。

生物は朝の鐘とともに草の葉の露を飲み、夕べの鐘を聞きつつ塒《ねぐら》に戻る。生殖の季節の始期と終わりを告げるのも、群れの小ぜりあいを鎮めるのも鐘であり、ときに轟音を鳴らして震え上がらせる。

この鐘を鳴らしていたのは精霊であったという。

鐘のひとつひとつに小さな精霊が住んでおり、さらに枝々にはより大きな精霊が住んでいて、彼らが連合することで巨大な鐘はよどみなくひとつの音楽を奏でることができたのだ。

　この田園理想郷的光景に惹かれた第一期入植者は、〈行ってしまった人たち〉の遺物が期待をはるかに上回るものだったことを知る。

　その遺物とは、まさに鐘が牧していた当の生物だった。人間の想像力と相互作用し、形態を自在に変える万能生物。医療素材として無限の需要が見込め、「人類の不死化」さえ可能性の射程に収めるその未来価値は途方もないものだった。

　しかしいまこそ言おう。綾河と綺殻の戦争は、ほかならぬこの梦卑《むひ》をめぐって勃発し（あらゆる意味で）梦卑を駆使しておこなわれた。それは「梦卑の戦争」ともいうべき戦いだったのである。

　第一期入植者はまず綺殻に足を下ろした。美玉鐘があるからだ。この巨大楽器の周囲を取り囲むように人類は居住圏を建設し、綺殻中央部に建設された五都市――沈宮《ジンク》、昏灰《グラファイ》、華那利《カナリ》、紅祈《アカネ》、芹璃《セリリ》――の連合が美玉の政府となった。人類は綺殻に都市と技術を集約する一方、綾河北部の広大かつなだらかな丘陵に梦卑を移して大々的な飼養を始めた。

　第一期入植者は万能生体素材の研究開発、製造を綺殻で行い、後に入植した者たちには綾河の居住地をあたえて鉱山労働、食糧生産、梦卑の飼養に従事させた。

綺殻と綾河は不仲だった。

飼い葉遣りと糞掃除を綾河にまかせ、名誉と富は綺殻が独占するのだから無理もない。国民諸活動のあらゆる場面で反目と衝突は常態であり、世代を重ねるほどに関係はこじれた。この反目は最終的には戦争に行き着く。その戦争を招いたきっかけは多々あるが、ただひとつだけ挙げるなら、それは綾河が開発した、ある梦卑由来の応用技術ということになるだろう。

ちいさくまとまった綺殻に比べ、綾河は広大で未開拓な土地だ。強大な物理的力を行使しなければ生き残れない。入植者はその力を梦卑に求めた。ヒトと梦卑とは、梦卑の相対《あいたい》能《のう》を介して心的連合を形成できる。綾河はこれを利用して、梦卑を開墾や森林の伐採、土木工事に従事させていた。しかし心的連合は不安定なものだ。社会の基幹にするためには規格化、産業化が必須だった。

そのために開発されたのが〈假面《かめん》〉——その原型だった。

このときはまだ面の形はしていない。重くかさ張る箱形で、梦卑に背負わせて装着したものだ。この装置を介すると、心的連合はきわめて安定し強固なものになった。その効果はめざましく、梦卑の、行動はもちろん形状さえも自在にあやつり、思うままに力を取り出せたのだった。

　これは、綺殼の流儀とちょうど正反対になる。綺殼はその技術を、梦卑を万能生体素材として活用する方向に特化していた。梦卑の性質を微視的に分析し、個別の機能として取り出すことを追求する。綾河はその逆だ。梦卑が一個の生物であることを重視し、個体としての全体性や、一体一体の固有性を尊《たっと》びながら、梦卑の身体能力を拡張強化することに活路を見いだそうとした。

　梦卑はおどろくべき従順さと可塑性を発揮した。人の思いえがく形を実現するため、複数の個体が身体を寄せ陥入しあってあらたな一体の怪物を作ることさえ、涼しい顔でこなした。そのようすは人の想像力の奇怪さをむしろ楽しんでいるかのようだった。

　こうして、巨大な農耕・土木マシンとして、異常な発達を遂げた強化梦卑がぞくぞくと誕生した。綾河の闘争的な精神はやがて奴隷兵士の開発を夢見るようになる。そこにはむろん綾河のはげしい感情――経済的劣後や政治的待遇への怒りと恨み、序列をくつがえそうとする欲望があった。

　だから綺殼は綾河の開発したこの技術を警戒し、気前よく使用料を支払って技術移入につとめた。いかにも綺殼らしいのは、その加工装置を使い（つまり人間の想像力で）梦卑の微小組織を直接加工する技術を確立したことだ。

綾河と綺殻は対立しつつも、こと梦卑と假面をめぐる技術についてだけは、互いに補い高めあう関係にあり続けた。

ある時期、綺殻の技術は絶頂をきわめた。〈亞童《あどう》〉のプロトタイプが公開され、生体素材の多様なラインナップも基礎が固まった。現在の美孵の経済的な豊かさの多くはこの時期の実りに依っている。加えて綺殻は高度な音楽文化も築いた。美玉鐘の存在が多くの音楽家を引き寄せ、綺殻の富とあいまって洗練と爛熟を極めた。と同時にその音楽は、産業動物である改良梦卑や亞童を操縦する手段としても研究されていった。

いっぽう綾河は武力の強化を進めた。梦卑の巨大化と強靭化、その体組織と融合しさらに強大な火力や装甲性能をもたらす自律機械群、そして人間による操作インタフェイスの確立——これが〈鐵靭《てつじん》〉プロジェクトだった。

年に一度、綾河では大陸を挙げて「大労働者祭」が繰り広げられる。招かれた綺殻の政府関係者は、大パレードに加わる巨人兵の列に激しい衝撃を受けた。隆々たる体軀に。輝く装甲に。なにより頭部に嵌めたマスクの禍々《まがまが》しい彩色に。それは戦士の化粧であり、あからさまな敵意の陳列にほかならなかった。

直後、綾河北部のとある港湾都市で、遂に鐵勒が「実戦」に投入された。綺穀の貨物船乗組員が起こしたいざこざを鎮圧するため、地元警察が中型の鐵勒を使用したのだ。綺穀側に数名の重傷者を出したこの事件で、綾河に対する感情は急速に悪化する。

同時期、綺穀は、かねて提案されていた研究にゴーサインを出した。同じく梦卑を使った兵器でも、こちらはあくまで綺穀らしく洗練された微細技術を駆使した「生物兵器」の開発だった。鐵勒を標的としたその兵器の開発名を〈梦疫《むえき》〉という。

いったん話を〈美玉鐘〉に戻そう。

綺穀の入植者は、喜びとともにこの楽器と暮らした。美玉鐘の音は、日々空を渡る太陽と同じく、崇高美をたたえつつも親しみぶかい心の支えであった。人びとはおのずと鐘が作る世界の調和に添って生きようとしていた。そのことは、例えば五都市の都市計画を見れば分かることだ。都市は、美玉鐘の「根」——同心円と放射状の直線で整然と構成された基盤構造を邪魔しないよう作られたものである。

対鐵勒兵器である梦疫の設計思想も、やはり美玉鐘の存在に深く影響を受けていた。

鐘は梦卑を牧する。

支配し、制御する。

その仕組みを取り出し、鐵勒への命令信号を妨害できないか。それが出発点だった。鐵勒の相対能を攪乱《かくらん》する兵器だ。

これは比較的穏健なコンセプトだ。しかし、鐵勒の行軍は、綺殻じしんが考えるよりはるかに深くかれらの心理に恐怖を埋め込んでいた。綾河は粗野であり無教養であり、格下と見くびれる相手でなければならないのだ。その恐怖があったために、綺殻は、梦疫の性能をわずかに強める誘惑に勝てなかった。

綺殻と綾河の小競り合いは、綾河の北方沿岸部で頻発し、そのつど規模が拡大して深刻さを増していった。

その日、通商交渉のため綾河を訪れていた綺殻の経済団体の代表団は、先鋭化したデモ隊に包囲されて行動の自由を失った。そこへ鐵勒の一隊が投入された。暴徒鎮圧のためというが、鐵勒が出動すれば必ず綺殻の側に重傷者が出るというのは周知の事実だった。代表団の護衛官は、急迫の危険を認めて、遂に梦疫の実包を開封した。

梦疫のくわしい情報を知っていたわけではない。鐵勒鎮圧の催涙弾のようなものだ——護衛官はそう聞かされていた。間違いではない。単純すぎるにしても。

梦疫は音楽的生物兵器とでもいうべき代物だが、その実体は細菌でもウイルスでもなく梦卑の微小組織である。梦卑の体内に侵入した梦疫は、周囲の組織に働きかけ小さな美玉、鐘をいくつも形成する。むろん金属のベルを形成するわけではない。じっさいの楽音を聞いたのと同様の効果を梦卑の相対能に及ぼす、そのような特別な組織を——病変を作り出す。この組織はきわめて小さいので、鳴らせる曲は一曲から数曲にとどまる。かりにその曲が牽制《けんせい》の音楽であったら——鐡勒は、自分の中に「牽制の音楽」を埋め込まれたことになる。そのかぎりでは「鎮圧用催涙弾」という比喩は可能だ。しかし、このときの実包に含まれた梦疫の「処方」は強すぎた。鐡勒の行動を抑制するだけでなく、生理を揺さぶり生命に危険を及ぼすほどに。

さて、護衛官が専用銃で発射した弾は鐡勒の面に当たり、そこで破裂して微小組織を含んだエアロゾルを散布した。現場にいた三体の鐡勒はつぎつぎ全身を痙攣させ、数十秒で崩れ落ちた。五分、十分と作用は強さを増して、鐡勒は、呼吸もままならない状態に陥った。呼吸を司《つかさど》る筋肉と神経に致死的な機能不全をもたらす、それは「死の音楽」なのだった。

しかし、真の悲劇はそのあと起こった。

デモ隊を排除していた綾河の警官たちが、つぎつぎと同じ症状を呈して倒れた。

かれらは身体能力を増強するために梦卑の微小組織を体内に導入していたのだ。

梦疫はその微小組織に働き掛け、死の音楽を警官の体内で鳴り響かせたのだ。多数の警官や、鎮圧に駆り出された消防士の生命が奪われた。最悪の展開だった。

事態はさらに急転する。

同じ月、綺殻から親善交流のため綾河に派遣された少年合唱団が「社会に対する傷害行為」の科《とが》で拘束された。鐘の音をモティーフにした歌をうたったために。

綺殻は事態を収拾するため特使団を派遣したが、その船は航路上、海中から現れた青銅色の鐵勒によって、護衛船もろとも沈められた。

これが全面的な戦争の幕あけだった。

同じ日、綺殻の津々浦々に鐵勒が上陸した。かがやく鎧に身を固め、口から怪光閃をほとばしらせて、鐵勒たちは綺殻の美しい街を炎上させていった。

綾河がこれほど電撃的な行動に出た背景には、警官、消防士、軍人コミュニティの強大な結束力がある。第二期以降の入植者は多くが危険労働に従事し、民族的出自と、綺殻への反感によって連帯する一大コミュニティを形成しており、警官や消防士の微小組織導入は、こうしたコミュニティの参入儀礼でもあった。それを傷つけられた怒りは激烈であり、鐵勒を傷つけられた憤激もまた熾烈だった。鐵勒は綾河のアイデンティティに深く結びついていたからだ。

この憤激はだれかが唱えたモットー（「美玉鐘を綺殼の手から解放せよ」）――を得るや、たちどころに綺殼への全面的な攻撃へと展開したのである。

鎌倉《かまくら》ユリコは記述する。

彼女の半身を呑み込んだ、コロスの声が充ち満ちる空間でその声が語る言葉を聴き、残る半身の手がちびた鉛筆を忙しく動かして帳面に書きつけていく。

鎌倉ユリコの、假面を着けていないほうの目から見れば、その手は自動的に動いて箴言《しんげん》を書き綴っていく、一種の奇蹟とも見えて……

鐵勒の軍団は、極彩色に塗られた假面を着け、二足歩行で、あるいは腹ばいで上陸してきた。一日あまりで綺殼の主要港はほぼ焼き尽くされ、同時に上陸してきた綾河地上部隊とともに内陸へと進撃していった。幹線道と主要河川を破壊し、とりわけ生体素材関連技術が集積した拠点を徹底的に叩いた。

綺殼の攻撃はことごとく無惨な失敗に終わった。すべての作戦の前提としていた梦疫が、鐵勒に全く効かなかったからだ。結果、綺殼は兵力の大半を失った。

中核をなす五都市――華那利、昏灰、紅祈、沈宮、芹璃の防衛線は死守されたものの、突破されるのは時間の問題だった。

なぜ梦疫が鐡勒に効かなかったのか——その理由は簡単だ。綺殼に侵攻した鐡勒は相対能を無効化されていたのだ。梦疫が作り出す組織は、生物兵器かもしれないが、それ自体は毒性を持たない。死の音楽を聴く耳さえふさいでしまえばよいのだ。

これらの鐡勒は別の方法で操作される。

假面だ。

この假面は自律する。

この假面自体が、梦卑を操縦するのだ。

假面の内張りには、梦卑の相対能をより単純化した形で再現してあり、そこに「操縦者」が「記録」されていた。

假面こそが鐡勒を操縦する「搭乗員」となるのだ。

軍用梦卑と綾河の兵士のペアを作り、長期の厳しい訓練を課す。すると梦卑の相対能は、いともたやすくこの兵士の感情や意思を想像することができるようになる。相対能に形成された「想像上の兵士」を鐡勒用の假面に記録するのだ。それはまさに美縟が假劇《かげき》に用いる假面——神話的人格を封じ込めた假面——の先駆けである。

こうして「想像された操縦者」によって「自律的に操縦される」（なんという矛盾だろう！）鐵勒の軍勢ができあがった。

この侵攻を綾河は「美玉鐘解放作戦」と呼んでいる。〈行ってしまった人たち〉が残したゆたかな可能性を、綺穀は最悪の形で開発した。よき仲間である梦卑から疫病を作り出し、命のみなもとである鐘の音を死の音楽に貶《おとし》めたのだと。

平和に草を食《は》む梦卑と、その上にやさしい木陰を投げかける美玉鐘、鐘を叩き鳴らす精霊たち。〈美玉〉の原風景を取り戻さなければならない。美玉鐘の根にからみつきはびこる醜い藪、五つの都市を取り除《の》けるのだと。

素朴な世界認識、憎悪、梦疫への恐怖、それらをまるごとこじらせた心性。綺穀はこんどこそ震え上がった。綾河は「綺穀」に属するものならばことごとく浄化しなければならないと確信している。全面的に。徹底的に。完全に。

民族浄化が、未来の可能性ではなく、「梦疫の効かない鐵勒」という現実の脅威となって五都市を包囲している。

最後の日の朝、綾河から綺穀へ放送が行われた。画面に映るのは朝もやに濡れた草はらであり、そこに力なく横たわるのは、拘束された少年合唱団全員の死体で、かれらの顔は假面に覆われていた。

放送は、処刑方法が、假面の裡に構築された仮想の梦疫であると告げた。人に作用する假面があることを、綺殻ははじめて知った。人の神経ネットワークが作り出す情報の動態――すなわち精神をひとつの相対能とみなし、これを破壊するのだ。

五都市の防衛線が破られ、鐵勒の大軍団が見わたすかぎりの大地を埋めつくす黒い波濤となって押し寄せた。五都市の代表たちは、その波の上に巨大なサーカスのテントのような物体がいくつも浮かんでいるさまに愕然とした。テントはひとつの街区をまる呑みできるほど大きく、白く、半透明で、くらげに似た質感をそなえていた。

これが〈街食い《まちぐ》〉だ。〈行ってしまった人たち〉が他星に残し、最悪の遺留品のひとつといわれている。都市をばりばりとかみ砕きながら、食べたものをそっくり記憶し、他の土地で街を自在に再現する。

この日、綺殻五都市は全面的に陥落し〈街食い〉によって大地から剝ぎ取られ、かくして美玉鐘は「解放」された。綾河は美玉鐘を手に入れ、楽器回復闘争《レコンキスタ》が成し遂げられたことを寿《ことほ》いだ。

しかし、「忘れられた戦争」は、ここから始まる。

鎌倉ユリコの、假面を着けていないほうの目から見れば、その手は自動的に動いて別世界から届く箴言を書き綴っていく、一種の奇蹟とも見え、それは古代の王の饗宴のさなかに空中に出現した指が壁に文字を書くようでもあり――

しかしこのような自動書記にも等しい行為を続けながら、鎌倉ユリコは、別のことが気になって気になって仕方がなかった。

声。

美縟の独白の声。

聞き覚えのない声なのに、それがだれの声なのか知っているような気がしてならない。誰の声だったろう。それが思い出せず――筆記に集中する分、そちらに気を回すことができないのだ――鎌倉ユリコは焦りを覚える。とても大切なことであるはずなのに。

綾河は、綺殻から五都市を剝ぎ取り、そこに副首都を置くこととした。假面は初期化され、鐵靭は甲冑《かっちゅう》を脱ぎ、地上軍の兵士は家族を呼び寄せて、晴れ晴れとこの新しい仕事に励んだ。裸の大地の上に〈街食い〉が再生した資材を積み上げ、鐵靭と、人と、そうして新しい労働の担い手である亞童とが、世界の再建に勤《いそ》しむ時代。綺殻時代の高度な設備は〈街食い〉の中に記憶されていたから、綾河はそれを必要なときに必要なだけ利用することができた。美玉鐘は日々打ち鳴らされ、かつて梦卑を牧したように建設の日々を彩った。

しかし一年も経たないうちに、綾河は綺殻の復讐を受けることになる。

はじまりは、十代前半の少年少女を次々に襲った突然死だった。短い間隔でパニック発作を繰り返し、急激に増悪《ぞうあく》し人格の崩壊を経て、一日あまりで死に至る。

原因はすぐに解明された。死亡者の身体から梦疫の変異体――鐵勒や梦卑にではなく、人にのみ作用する梦疫が検出されたのだ。このヴァリアントは、微小組織を導入した経験がなくても関係ない。少年合唱団を殺した仮想の梦疫が、生理的な実体を伴って現前したと言える。

発作の合間に患者に行われた問診で、かれらは全員、少年合唱団の処刑の場面を体験したと語った。患者により、銃殺であったり絞首刑であったり、処刑の態様はさまざまであったようだが、現実そっくりのリアルな場面ではなく、誇張された処刑場面と苦痛が無数の断片となって多角的に襲いかかる没入体験であるらしい。

ではなぜ、綺殻滅亡後に発生したこの変異体が、合唱団の処刑を喚起するのか。

親善使節として送り出される前、少年合唱団は自衛のため、検出しえない武器として対人用梦疫を体内に帯びていたのだ。その日の朝、宿舎のダクトから送り込まれたガスで瞬間的に麻痺させられた団員は梦疫を――エアロゾルを噴霧する分泌腺を耳の後ろに増設していたという――行使する間もなく假面をかぶらされた。少年たちは假面から送り込まれる仮想の梦疫――それはまさに心身の苦痛を万華鏡のようにパッチワークした幻覚の強制であったらしい――に悶えつつ死んだ。

多くの団員は――護身の教えを思い出して――耳の後ろをかきむしりながら絶命した。このとき体内の梦疫と仮想の梦疫の合成が起こった。

遺体が処理されたのは綾河の領土だ。しかし、その処理に当たった兵士は海を渡り、綺殼の復興に従事していた。

綾河の人びとの多くは、合唱団の処刑を深く恥じ、罪責感に苛《さいな》まれていたがゆえに、この突然死に心底震え上がることになる。

かくして梦疫は、あらゆる意味で綺殼と綾河の「合作」として、完成したのだった。


必死の努力にもかかわらず梦疫はけっして鎮静化しなかった。半年で人口の二パーセントを失い、つぎの三か月で実に一割を失った。この時点で感染が検出されなかった者は十パーセントにも満たなかった。全員の感染は時間の問題だった。開発者である綺殼の人びとはだれ一人残っていない。治療法はなかった。

ようやく美玉の人類は、現状を認めるほかなくなった。

人間の身体は、汚染され住めない土地になったのだ。

肉体《そこ》に安住して死ぬか、別の場所を見いだすしかないのだ。

いまだかつてじぶんの身体から、生きながら逃げおおせた者はいない。人間を情報化するレシピは〈行ってしまった人たち〉も残していない。

しかし、綾河は一縷《いちる》の望みをある可能性に託そうとしていた。

梦卑だ。

梦卑の想像力だ。

梦卑の相対能は、その作用射程に入った人間の思考を想像できる。

人間の思考が読み取られているわけではない。梦卑が想像している。ただし梦卑の想像は人間の「想像」とはまったく異なり、きわめて明瞭で堅固だ。

鐵勒を操縦した假面を考えてみよう。假面に定着された「兵士」は軍用梦卑が想像したものだ。その想像上の兵士は自らの意志で鐵勒を操縦した。それほどまでに梦卑の想像力は強靭だ。

同じように、人間を想像してもらえばいいのだ。

人と人びとと、人びとが暮らす世界を想像してもらえばよいのだ。

梦卑の想像力の中で、「想像上の人」として生きればよいのだ。

いくつもの構想が起こされ、検討され、破棄された。資源の要求量は小さくなければならない。百年、千年のオーダーで安定的でなければならない。想像の質が劣化しない仕組みが内部化されていなければならない。

検討の過程で、ついに美玉の人びとは大きな断念をした。

個別の人間、ひとりひとりのわたしを残すことをあきらめたのだ。

その代わり、物語になることにした。

人はかつて、世界の成り立ちと自らの感情生活を映し出す鏡として、神話を創り、英雄と怪物を生み出した。

この鏡にはつねにひとの精神的営為が映し出されている。

そしてこの鏡からの反映を浴びることで、ひとは心を更新できる。ひとの精神はいともたやすく劣化しアウラを失うが、神話や物語にふれることで、ひとはみずからの精神を新しく産みなおすことができる。

このやり取りを無限に繰り返すことで、人類はぶ厚い心の土壌を持つに至った。

いささか安直ではあるが、その逆をやればいい。美玉の人びとはそう考えた。

まずは神々を産み、ついで物語が生まれ、のちにひとの心が生じる。そのようにしようと考えたのだ。

美玉の人びとが「神」となり「英雄」や「怪物」などなどの物語の役柄となって、その神的性質で梦卑たちを照らす。

梦卑には、その物語を強制的に享受させる。繰り返し繰り返し、物語を浴びることで、梦卑は自らの中に「人」を想像することができるようになる。想像した「人」として生きる。

そして梦卑は人として生きる。

梦卑は人の形を取り、人の服を着、家に住み、人のように考え、笑い、愛し、憎む。

人の形をした梦卑は、定期的に、假面をかぶり神話的物語に興じる。

假面の裏に張られた相対能には、変わり果てた人類——役柄が刻み込まれている。役柄は、假劇の中で演じられているあいだだけは生きている。上演のたびに梦卑によって生き直されるその一回性を糧として、役柄は劣化せず、演じ直されるたびに深化する。生殖さえもする。梦卑たちが物語の快感に駆られて新作の假面と假劇を考案するから。やがて〈サーガ〉は繁りに繁って、はじめそこにあった焼け野原をすっかり覆いかくしてしまう。

それでもなお、新しい神、新しい英雄、そして新しい怪物が殖《ふ》えてゆく。

この奇怪な倒錯は、発案のわずか二か月後に実行に移された。

最初の台本作家の名は記録されていない。

その人物は、叶霊《おんりょう》、五聯《ごれん》らの始祖神、原初の牛頭《ごず》、黒亞童、大定礎などのサーガの骨格をひとりで作りあげた。そうして美玉の人びとにその台本を読ませた上で、魂を――精神活動のスナップショットを供出するよう求めたのである。

この人物はおそらくこのように告げたと推測される。すなわち――

残念ですが、私たちがひとりひとりの固有性を残して生き延びることはできません。われわれはみな小さな魂のスナップショットを携《たずさ》えて空間のない場所へ赴きます。そこでみなの小さな魂を――ささやかな空間を持ち寄ります。魂を手離して、寄せあつめてできあがる空間の総量がわれわれの住む世界であり、私たち自身となるのです。

こうして固有性を手放す代償として、しかし、私たちは新しい神話世界の中で、神々や怪物の素材の一部となり、絶えず上演され直すことを通じて永遠に生き続けることができます。これは天にある星辰《せいしん》としての生です。

そしてもう一つ、われわれは地上の生も得ることができます。梦卑は假面を通して――星辰を、すなわち私たちを仰ぎ見、劇を繰り返し繰り返し生きることで、われわれを取り込んでいきます。梦卑たちはみずからを「死なない人」と誤認し、永い永い生を生きるのです。はじめはぎこちないかもしれません。しかしほどなく梦卑たちは慣れ、なに不都合なく不死の生を当然のごとくとして生きてゆくでしょう。いつまでも。

かくして人びとは死へと赴いた。この過程がどれだけ重大な意味を持っていたかは、いまもサーガに〈叶霊〉として伝わることからも明白である。

叶霊となることは、科学的でも政治的でも経済的でもない行為で、もちろん宗教的とも言い難く、無理にでも表現するなら「無宗教の生前葬」とでも形容するほかない。美玉の人びとは遺影を撮影してもらうため、町々に作られた「写真館」に列をなし、そこでひととき梦卑の世話をしては帰っていった。梦卑の相対能に保存されたその人物のスナップショットは、ステム・フレッシュのフィルムに焼き付けられ、現像され、定着され、保存された。

梦疫を発症した者は、本人の希望に基づき、悪化するまえに美玉鐘の音を処方され、一瞬で精神を焼き払って安らかな死を得た。病原体化した鐘で死ぬことを免れ、オリジナルの鐘で身罷《みまか》れることは美玉の人びとにとって救いであった。ある時期からは、「遺影」の撮影が終わり次第、いまだ発症していない者も同じ処方を受けられるようになり、多くの人びとは安堵の涙を流した。

魂の供出が峠を越えると、綾河の人びとは大々的な証拠湮滅《いんめつ》に取りかかった。綺殻に建設途中だった新しい首都は、〈街食い〉に食わせた上で、綾河大陸の南部に移した。この場所は後に磐記と呼ばれることになる。

つぎに小大陸綺殻が海に沈められた。鐵勒たちとその装甲兵器にはそれをやすやすと成し遂げるだけの能力があった。

小大陸を沈め終えたあと、鐵勒を処分できるようになった。人型兵器はつぎつぎと解体されステム・フレッシュに還元され、何体かは生命維持機能を停止し防腐処置を施した上で露天に曝《さら》すこととされた。ジャーキー状の遺骸を残しておくことで、梦卑の想像力がかき立てられるだろうと期待されたためである。かつて地球で恐竜化石が果たした役割のように。ごくわずか、個人的に所蔵された機体には半死半生で生き延びたものもいた。峨鵬《がほう》丸《まる》の地所で「書斎」となったものはそのひとつである。

コロスが振り撒く言葉は――文字通り――暴風に運ばれる大量の葉のごとき物理的力で鎌倉ユリコを打擲《ちょうちゃく》する。四方から笞《むち》を振るわれるのにも似た苦痛に耐えながら、一言一句書き漏らさぬようありったけの精神力を振るう。鉛筆の先がちびて筆跡は掠《かす》れていく。いや、それは問題ではない。芯が摩滅しても筆圧を上げて帳面にくぼみを付ければよいだけだ。

それよりも、気になることがある。

この声は――だれの声なのだ？

そして最後に〈美縟のサーガ〉が起動された。

このときすでに人間の生存者はひとりもいなかった。

従順な梦卑たちは無人の首都磐記に集められ、流れてくる合成音声に従い、用意された仮面を装着した。そのひとつひとつには台本作家が生み出した、サーガの神や英雄、怪物たちの役柄が定着されている。そして、巨大なサーガ世界がその背景情報として格納されている。

あとは仮面に含まれた物語を動かしはじめるだけだ。星辰の生と地上の生とが互いに照応しあい、互いを賦活《ふかつ》しあうループを架けなければならない。

やがて時は来た。

街食いによって移設されていた美玉鐘は、新造の磐記を揺るがして、万の雷鳴にも匹敵する轟音を放った。のちに〈鐘撃《ディンパクト》〉と呼ばれることになる音だ。

朝夕に梦卑を牧したときの調和も品位もない、野蛮で、破局的な音響だった。

罪のない梦卑たちを未来永劫「人間」として振る舞わせる、無慈悲な音響であった。

巨大な一発の爆弾が――ひとつの国を歴史ごと吹き飛ばす爆弾が炸裂したような音響だった。

かくて鐘は鳴った。

その音は、梦卑の個体が持っていた記憶を一瞬で消し去り、その白紙に、假面に記録されていた心的イメージを焼き付けた。

数百万体の梦卑が共通の物語世界を受け取り、梦卑たちはこのインパクトに堪え忍ぶため、相対能を使って他の個体と過酷な体験を共有しようとし——

直後、神話世界が爆発的に励起した。

その過程を正確に記述することは**わたし**にもできない。しかし例えば、次のような形で模擬的に伝えられている。いわく——

世界の始まりは何もない場所（あるいは「場所となる前の場所」）であり、そこに大量の吽霊が充塡《じゅうてん》されることで広がりと高さが生まれたという。世界外から吽霊の一体一体が携えてきた空間の総量が、すなわちサーガ世界の広さを規定し、吽霊はそのまま世界の素材——世界じしんとなった。吽霊は自らを素材として森羅万象を作りだした——と。

想像された遺影、供出された魂——すなわち假面に焼き付けられた多様な心的イメージのひとつひとつが、梦卑の広大な相対ネットワークの中で黒々とした吽霊となって、広がり、広がり、どこまでも広がっていった。黒い身体と金色の目は、闇黒の夜に舞う焰と火の粉のようであった。

爆発の衝撃がやがて静まると、吽霊は黒い雨となって降りそそぎ、大地に浸透して、空は明るく霽《は》れた。かくして梦卑の精神世界はすっかり耕され、新しい朝を迎えたように目覚めた。死者の魂を素材に形作られたサーガを内面化し、みずからのことを不死化した人間と信じて疑わない梦卑たちは、最後のあと片づけに取り掛かった。美玉鐘を解体し、街食いに食わせて新首都磐記の仕上げをした。街食いでさえ食べ残した鐘は、徹底的に壊し、世界中に埋めた。

音がもたらす徹底的な焼尽と新たな想像の創造。

世界の内面に構造化された音の爆心地。

グラウンド・ゼロ。

これが零號琴である。

そしてそれ以上のものでもある。

コロスの声を聞いていた者たちは、とうに意識を維持することができなくなっている。

最後まで粘り抜いた鎌倉ユリコも指先の力が抜けて鉛筆が落ちる。

最後の最後でようやく瞼《まぶた》が震え、「まてよ」という霊感が過《よぎ》る。

あの声は……

その先を続けることはできない。失神しているから。だからコロスの最後の声はだれも書き留めることができなかった。

美縟びとたちは、否、梦卑たちは人を想像し続けるという五百年の呪いをようやく自覚する。

だが、まだ自由ではない。

第五部

第一章

49

じぶんがどのように生まれたのか、菜綵《なづな》は知らない。

物心がついたときにはパウル・フェアフーフェンの娘のようにかれの私邸で育てられていた。パウルが磐記《ばんき》に建てた小さな家。だから菜綵の故郷は美縟《びじょく》。けれどもこの国で菜綵に似た者は一人もいない。

私邸には身の回りのことをする数人のスタッフがいるばかりだ。あかるく楽しいお兄さんやお姉さんたち。しかし年に三度か四度、パウルがやってくると菜綵は飛び上がりたいほどうれしかった。パウルは大切な肉親だし、お土産をたくさんもってきてくれたし。

「ほかの人たちは――」暖炉の前のカウチに身体を預け、パウルは語った。「人の形をした夢卑《むひ》なのだが、おまえはちがう。そして私もちがう」

食事のあとのひとときだった。菜綵は、床にすわりパウルの足にもたれて気持ちよく、少しねむい。まだ小さいから話の中身はわからない。でも大切なことを告げられたのだ、とは理解できた。

「おまえは『子ども』という状態にある。この国に『子ども』はおまえ以外にひとりもいない。ここには大人しかいない」

「なづなは、おとなになるの？」

「なるとも。この家のお兄さんやお姉さんのような大人に」

それはすてきなイメージだったので菜綵はにっこりとした。

「きょうはまだ、おみやげをもらってないよ」

「もちろん忘れてはいない。これをあげよう」そうして渡されたのが〈泥王《でいおう》〉の假面《かめん》だった。「誕生日おめでとう」

成長してもう少しものごとがわかるようになると、パウルはもっといろいろなことを教えてくれるようになった。

「これは美縟でもっとも古く、もっとも値打ちのある假面だ」

「もっとも？　最初の假面作家が最初に打った假面ということ？」

「いいや、その頃まだこの国に假面作家はいなかった」

菜綵は目を丸くした。作家がいないのにどうやって假面ができるのだろう。

「これは他の假面とはまったく異なるものなのだ。時間をかけてよく考えてみなさい」

その日から、菜綵にとって泥王は世界で最も価値あるものになった。サーガや假劇《かげき》の知識が増えると、世界で最も古い假面であることの重大さがますます理解できるようになった。

だから菜綵は假劇での泥王の役回りにはまったく不満だった。五聯《ごれん》のだれより古いのにかれらの下っ端であるはずがない。エピソードが変わると泥王の役柄も大きく変わるのも納得できない。ぶれがあるのはきっと偽りがあるからだろう、と菜綵は結論づけた。泥王の真実は別にある。

身体が大きくなり、美縟びとにまぎれても不自然でなくなってきたある日、パウルがやってきた。ふたりはカウチに並んで座り、菜綵の手には泥王があった。

「これは、人間がこの国に来る前からあったものなのでしょ？」

パウルは「もちろんだ」とうなずいた。

「泥王はサーガの外にあるものだ。だからサーガは泥王を扱いかねている。泥王が何かを知っているのは、私とおまえだけなのだ。さて、それでおまえはどうしたい」

答えなら、もうあった。

「この假面を本来の場所へ返してあげたい」ちょっと迷ってから、「わたしもそこへ行きたい」

「欲張りさんだな。どこへ行くべきかは分かっているのか」

「うん。この星に〈行ってしまった人たち〉がいたその時代に、でしょ」

ふたりならんで暖炉の炎を見ている。その向こうに目的地があるといわんばかりに。

「それは無理なんだ、何十万年も前のことなんだよ」

「でも……」なにかがこみあげてきて菜緑の喉を塞いだ。ぽろっと涙がこぼれた。「でも、ここにいた」

厚い敷き物の上に、菜緑は足をどんと打ち付けた。

「ここにいたんだよ！」

二度、三度くりかえし、菜緑は足を踏み鳴らした。泥王を胸に抱えて。

「たいへん結構」

パウルはぽんと手を拍《う》った。菜緑は顔を上げた。

「ではそこへ行こうじゃないか。ただ、少しばかり大掛かりな話だ。たくさん金がかかる。

才能のある人間もおおぜい必要だ。しかし、そんなことはどうとでもなる」

かつて経験したことのないほどの希望を、菜綵は感じた。

その希望と同じ量の絶望も。

泥王を渡された夜、とっくに気がついていることだった。

菜綵は「そこへ行く」ためにパウルに造られたのだ。

＊

咩鷺《みさぎ》はひとり、闇のただなかにいる。

この闇は、光の欠乏ではなく、重く、湿りと粘りのある実体物だ。黒亞童《あどう》が変質した膜状組織が大聖堂の、床、壁、列柱、アーチ、白木の演奏檀のすべてをぶ厚くおおっていた。

カリヨネアは全員がこの組織に取り込まれていまも忘我の状態にあり、膨大な音楽的知性を糾合《きゅうごう》した融合チェンバーが形成されている。この闇は、大聖堂の外にいる凶艦《ぼうらん》と太い臍帯《さいたい》で繋がっており、假劇の全演目をたくわえた大聖堂のライブラリ、凶艦に取り込まれた万単位の鐘体、それらすべてが咩鷺の持つ特別な権能――詩人の声の支配に服していた。

そして咩鷺は「フリギア！」にも通暁《つうぎょう》している。

つまり咩鷺はいま〈夜〉そのものであり、同時にかがみのまじょでもある。これはまさに彼女が実現しようとしていた状態だった。彼女じしんを核として、ワンダの圧倒的優位をくつがえす。この着想を得たときにあじわった小気味よさといったらなかった。

しかし咩鷺はいま、何の喜びも感じられないでいる。鋳衣《いい》の合唱隊《コロス》が語った〈告白〉の衝撃のためだった。

「美縟びと」など、そもそも存在さえしていなかったのだ。

このわたしはいっぴきの梦卑にすぎない。じぶんが咩鷺であると想像しつづけることで、咩鷺の形を維持している梦卑。

假劇は停まっていない。すぐに自分の出番が来る。そこで負ければ、終わる。〈夜〉も美縟も終わり、わたしは消えて肉体は梦卑に戻る。孤空《こくう》の中の焔も、啼泣《ていきゅう》も夜も、なにもかも雲散霧消する。美縟が美縟であり続けるにはわたしは戦わなければならないのだ。

かつてパウルはこう檄を飛ばした。〈零號琴《れいごうきん》〉を破壊せよ、と。もしそれがかれの望みであるのなら、わたしはそれを阻止せねばならないのではないか？

……。

そう……何日か前、だれかとそのことで会話を交わした。咩鷺が記憶をまさぐると、会話の相手はフース・フェアフーフェンなのだった。

遺言状開封の日の夜だ。レストランで向かい側の席に座ったフースは、こう言ったのだ。

『破壊せよ』と親父どのはいった。あの親父どのがそういうからには、零號琴とはもしかしたら破壊できないものなのかもしれない。あの人はほんとうに天邪鬼《あまのじゃく》だからね」

「破壊できないものって、何でしょう？」

「そうだな、形のないもの。愛、信念、伝承文化、数学の真理。しかしそんなものなら人類と記録媒体を全滅させてしまえばいい。自然現象だって天体ごと破壊してしまえば消えてしまうし」

「たしかに」

「なら『事実』はどうだ。惑星をひとつ潰しても、そこに惑星があったという事実は消えない」

「〈零號琴〉を破壊せよ――お父様は、あなたとワンダに同じ課題を与えた。でも、正直言って、お父様はワンダを贔屓《ひいき》してるでしょ」

　咩鷺は話題を変えた。

「不公平よね？　台本作家の地位を与え、假面作家との仲を取り持ち、〈守倭《しゅわ》〉を授け、三博士を筆頭にギルドを呼び、第四類を巻き込み、とうとう架空の登場人物たち――なきべそ旋隊の六人までそろえた。

公平であるべきでは？　ワンダは假劇の出演者として三博士を引っ張り出しますよ。五聯の假面を与えて。それでも黙っているんですか」

「親父どのは金や手間ひまをむだにしない。確実に果実を持ち帰る。ワンダは、切り込み隊長として、やはり適任だ」

「お行儀がいいのね。でも、本心は違う」

「あなたこそ、ワンダの鼻を明かすことに執着している」

「ほら利害一致でしょう」

咩鷺はテーブルにぐっと身を乗り出して、

「フースさん。お父様は——」そこで声に暗い力がこもった。「——パウル・フェアフーフェンは、さらに、特大の秘密兵器を持ち出すはず。お父様は三つ首のひとりと昵懇《じっこん》なんだもの。ぶどう畑と醸造所を共有するほど」

クレオパトラ・ウー。

しかしふたりの口からその名は出なかった。ふたりはしばし、静かにカトラリーを使い、グラスを傾けた。

三つ首は身に何も帯びずともゆうに一個軍隊に匹敵すると言われる。特種楽器のひとつでも持とうものなら一国とでさえ渡り合える。パウルがなにをたくらんでいるのか、想像を絶する。しかし――

「親父どのは、切望しているものがある。それを手に入れるためならどんなことだってするだろう」

咩鷺はふと思い出したように言う――

「あなたさっき言ったわよね。事実は、過去は壊せないと」

「ああ」

「……」「……」

ふたりは顔を見合わせ、

同時に言葉を発した。

「これだけの」「これだけの」

「これだけの浪費をしなければ到達できないものとは何か」

フース・フェアフーフェンと咩鷺は顔を見合わせた。咩鷺は身体を椅子の背もたれに戻し、優雅に手を伸べて、

「どうぞ」

フースはナプキンで口元をきつく拭って言う。

「親父どのは時間を遡ろうとしているのだ。しかもそれは美縟の時間ではない」

……。

たぐりつづけていた記憶の糸がそこでぷつりと切れた。あとはもうなにも思い出せない。

咩鷺は仕方なく、身体を押し包む闇をふたたび眺める。

黒一色の世界に躍る黄金色《きん》の劫火。女の叫びのような鳥の啼き声。

この光景は、おそらく綾河《リンカ》の人びとが恐怖とともに目撃した光景なのだろう。抗《あらが》うすべのない梦疫《むえき》はどれほど恐ろしかっただろう。その恐怖から逃れる最後の手段として、五百年前の美玉の人びとは、「私」を焼灼《しょうしゃく》し、焼いて無数の神格を生み出すことを選択したのだ。

いまここにいる、この「私」は、ほかの多くの美縟びと同様、さまざまな神格のかけらたちをかき集めて映し出す小さな鏡にすぎない。

だが――それがどうした？　私たちは五百年ものあいだ自分を不死の人間だと信じてきたのだ。そこに居直ってはいけないのか？　なぜ、よそものに大きな顔をされなくてはならない？　ここで彼らを追い払いさえできれば、美縟を建設し直せる。

これまでも、七日に一度假劇を上演して、夜を更新してきたではないか。よせてはかえす波のように、夜はくりかえしやって来る。

その〈夜〉の精髄を――黒い流れをあふれさせてやろう。

〈夜〉を体現する黒い膜状組織がうねり、波打ちはじめる。

＊

鐘撃を放つ直前、トロムボノクは、守倭の頭蓋の中で予想だにしなかった擾乱《じょうらん》が発生したことに気づいた。

六体の乗員が作る調和が引き裂かれ、鋭角的な聴覚像が爆発的に成長して、旋妓婀《フリギア》や三博士らを外へ弾《はじ》き出すと、聴覚像は急速に収斂《しゅうれん》し、残ったただひとりの乗員の手の上で、假面の形を取った。

泥王だった。

鐘撃の直後に沸き起こったのは、鋳衣のネットワークが語る、衝撃的な美縟の〈告白〉だった。

その自白を聴きながら、トロムボノクは、ワンダがくりかえしくりかえし口にしていた言葉の意味に気づいた。

「地下」。

地下になにがあるのか。おそらくワンダさえ気がついていない意味を、トロムボノクは了解した。

　この理解が正しければ、ほどなく大假劇は次の局面へ移行する。

　ワンダも咩鷺も予期しないものが地下から浮上する。

「それがあんたらの狙いか……？」

　思わず口をついて出たことばだった。

「よかろう」

　トロムボノクの顔が凄惨なものになった。笑顔だ。

「本当にその気なら、こっちにも考えがある」

　両腕を胸の高さに構えて、トロムボノクはふたたび鐘の操作卓に向き合う。

　長い髪が風にあおられたようになびく。無風の真空管の中で。

　両腕に巻かれたコルクシートや包帯も、はためき、ひるがえり、くるくるとほどけてトロムボノクの背後へ吹き飛ばされていく。

　その下にあった二本の腕は、古紙のように乾き、もろく崩れ、塵芥《ちりあくた》となって散らばり去っていく。目には見えない、尋常ならざる力がトロムボノクの周囲に充満し、流動しているのだ。

　トロムボノクは暗い目で、崩壊する両腕をながめ続ける。

その腕を高く差し上げて、
見えない腕、存在しない腕で演奏を再開する。
もう、外の鐘は使えない。一千人がかりで作り上げた音響体を、トロムボノクはひとりで、この真空管だけで鳴らしはじめる。

＊

マヤは目を覚ました。

芹璃《セリリ》の広場は手ひどく破壊され、瓦礫《がれき》が散乱している。思い思いの假面を――そのほとんどは鋳衣だったけれども――着けた人びとが、ある者は地面に突っ伏して動こうともせず、ある者は同伴者を捜しているのだろう、まわりを見回しながら駈けている。

巨大神が発した衝撃波の直前まで、マヤは恋人とともに完全に假劇に没入していた。融合チェンバーの中で、合唱隊《コロス》の一員となって声を合わせて〈告白〉を唱えていたのだ。

気がつくと恋人の姿が見えない。探さなくては。どこにいるの。立ちあがろうとし、ふらつきへたりこむ。目が暗む。

鐘撃と〈告白〉でいったんばらばらに打ちくだかれた假劇は、驚くべきスタビリティを発揮して、もとどおり、ひとつの全体像を描き出そうとしている。

マヤはあらがうすべもなくふたたび融合チェンバーに引きずり込まれていく。

番外はこれから最大の山場を迎えようとしている。だからまだ假劇は観客を手放さない。観光客も、そして美縟びとも。

＊

「まったくひどい男だよ――」

ファウストゥスが手でもてあそんでいるのは、パウルの「お御籤《みくじ》」によく似た立体だ。ワンダやフースは、いったん組み上がった立体をどうすることもできなかった。しかしファウストゥスの手の中で、立体は自由自在に変化する。十芒星が二十芒星になり、三角定規になる。もてあそびつつ、パウルを揶揄《やゆ》しつづける。

「――本当にひどい。美縟の住人をまるごと『死滅』させた。そりゃ、奴らが不死だというのはそもそもでまかせだが、それでも奴らなりに、生きてるつもりだったのに」

「なあにすぐには消滅しないさ。サーガ世界の慣性は巨大だ。まだしばらくは奴らは人間気分でいられるだろう」

パウルは退屈そうにあくびをした。

「べつに私は困らない。美縟が続こうが消えようがね。私の資産を『相続』したクラスタは、美縟の全住民が死んでも、自動的に登記が抹消されるわけじゃない。財団の弁護士たちは千年でも二千年でも、しつこく守りつづけてくれるよ。裁判やら何やらで」

くつろいだ様子で首に巻いたスカーフを外す。首と胴体のあいだにつなぎ目はない。

「うまく美縟を利用したものだ。みんな、あんたが『美縟の』不死性を獲得したと思い込んでいるんだ」

「わかりやすいストーリーだったろう」

「だいたい今回の計画は、菜綵に頼りすぎていないか」

「ふふん。あんたは菜綵が嫌いだからな。しかし、あいつは私を裏切らないよ」

「そういう問題じゃない。いかに特殊とはいえ菜綵だって一個の『製品』に過ぎない。今回の過酷な用途に耐える信頼性があるのか」

「そんなのはわかるわけない」パウルは平然としている。「だからいいのさ。この作戦は、ファウストゥス、あんたが思っている以上の難事だよ。これを完遂するには、いびつで見えない脆《もろ》さをはらんだ個人に頼るしかないんだ。そうでなきゃ不測の事態は乗り切れない。

あとつけ加えておくと、菜綵は一点ものだ。とても――とても手がかかっているんだよ。

私の身体から株分けした時の苦労を聞かせてやりたいほどだ」

　いまパウルとファウストゥスの前には、忩鑑と守倭が四つに組みあう姿が映っている。場所は、大聖堂前の広場。忩鑑は鐘撃を受けて逆に成長したようだ。その頂部は守倭の背よりもまだ高い。熟れ過ぎて縦にはじけた果実のようであり、その裂け目が守倭をがっちりと銜《くゎ》え込んでいる。よく見れば、それは縦長の「口」なのだった。裂け目の両側にならんだ何十という牙が、守倭の銀色の装甲に食い込んでいる。守倭の假面は——嚙み割られたのだろうか——左半分が脱落し、縦三つの眼窩が露わになっていた。

　守倭はそこから逃れようとし、忩鑑は離すまいとする。膨大な力が拮抗していた。

「見給え」パウルはめずらしく感慨深げな声で言う。「菜綵の葛藤、咩鷺の抱える〈夜〉。かれらのいびつさがあればこそ、このような景色が見ら……」

「ややや！」ファウストゥスが大声をあげた。

　拮抗が破れた。守倭が変貌をはじめる。装甲が戦車の形を取り戻していく。全身に旋回砲塔が棘のように生え、それが一斉に火を吹いた。

＊

あれほどの人気を獲得しながら「仙女旋隊　あしたもフリギア！」は、続篇もつくられず、リブートもされなかった。

最終回の感銘はあまりにも大きかった。数千億のファンにとって「なきべそが『くさび』になってくれた」というのはまぎれもない事実、動かしようのない現実、変えてはならない真実だった。

どんなに善を積んでも反対側に等量の暗黒が増え、やがて現世は圧倒される――人の心はともすればこの認識にくじかれそうになるが、そこに希望をもたらしてくれるのがなきべそなのだ。

さようなら、なきべそ。いつまでもいつまでも私たちはあなたを忘れない――最終回の終盤、救われた世界で人びとは口々にいう。どうか世界の礎《いしずえ》に居鎮まっていてください。私たちは仙力と手を切って新しい時代を生きていきますから、と。

ほかの番組なら「最終回」のあとの日々を思い浮かべることができる。しかし「フリギア！」は違う。なきべそが大時計の中で、いつまでもくさびでありつづけることで、世界は日常を続けられるのだ。だが忘れないという声は、「最終回」をいつまでも保ちつづける呪いでもある。

「フリギア！」にかぎっては最終回は終わらない。終わってはならない。だから続篇もリブートもできないのだ。

　しかし——

　あるときどこかで声がした。

　無辺の沙漠を想え。

　小さな白い砂が、あるところでは細緻な風紋をどこまでも広げ、あるところでは横臥《おうが》する女のような丘をいくつも並べて果てもない。灼熱か、酷寒か——どちらでも構わない。あなたが思いつくかぎりの広さを持つ沙漠の、さしあたり一千倍もあればいいだろうか。そのような沙漠を想え。

　その沙漠に立って、振り仰ぐ空を想え。

　夜の空を。

　この声を聴いて、少女は——なきべそは砂漠のただ中で目覚めた。

　声の主がだれかはわからない。しかし「想え」という声をだれかが上げた結果として、なきべそは假劇番外の一角に漂着した。

　闘いをともにした仙女たちもまた、そこに甦った。

　なきべそ旋隊が立ち向かう相手は、㤶鑑の核心にいて、闇を溢出《いっしゅつ》させようとしている者だった。

旋妓婀は名状し難い感慨にとらわれ、思わず仇敵の名を呼ぶ。
かがみのまじょよ、こんなところでまた、あなたに遭うなんて。

第二章

50

息を吹き返して最初に目に映ったのは、すぐ鼻先の地面に刺さった黒い刀身と、そこに映る旋妓婀の假面だった。假面の奥の目は自分を見返していて、そこで旋妓婀ははっきりと意識を取り戻した。片頰にざらっとした地面を感じる。乾いた土と砂。横臥の姿勢。気を失っていたのだ。

がばっとはね起きると、刀身の向こう側に截鉄《せってつ》があぐらをかき、腕組みしていた。

空はまだ暗い。しかし——夜明けが近い？　そんなに時間が経ってしまったのか。球体と客席は消えていた。だが、まだ音響体は維持されている。

「ありがとう」

命の恩人だ。截鉄が剣で守ってくれたことはよく覚えている。

「すみません。私のせいで霊器がこんなことに」

「大事がなくて、よかった」

「おい、気安くするな。そいつはフースの従者だ」

そばかすの声がした。

「残るひと役は班団《はんだん》のお偉方が扮すると聞いていたんだがな」

密林、そしてお菓子もそばにいた。

「ソりゃ鳴田堂《なるたどう》じゃろ。間際でフースが横取りシたんだな。旋妓婀、いつまでも寝惚《ねぼ》け面《づら》をさラシているんじゃない。ソの目で世界がドう変わったか見てミい」

旋妓婀は立ち上がり、振り返る。

「ややや！」

叫んだのは当のお菓子――すなわちグスタヴァスだった。

守倭に異変が現れていた。

縦半分、むきだしになった側の顔面の肉の、繊維の一本一本が硬く変成し無数の棘の束となってけばだった。そしてその直後、変化が爆発的に拡大した。

泥王の假面の、堅く焼成した土器のような質感が、頭部全体を——半分残っていた優美な女神の假面もろとも——分厚く覆い尽くし、頭部だけではとどまらず、そのまま全身に広がっていく。

旋妓婀は戦慄した。菜綵の手の上の泥王が瞬時に膨張したのを思い出したのだ。素朴な焼き物に見えるが、あれは〈行ってしまった人たち〉素材だ。パウルのお御籤のように複雑な構造を畳み込んでいる。

変成が全身をつつみ終えると、輪郭が膨れあがる。筋肉や骨格が男性的に増強され、挙動が粗野になり、鐵靭《てつじん》本来の闘士の性格を取り戻していくようだ。この変化に鼓舞されたのか、銀色の甲冑《かっちゅう》も元々の姿——戦車の形を思い出そうとする。大小さまざまな旋回砲塔が一斉に生え出し、長短の履帯が鎖状につらなって腕輪や首飾りになった。

侵襲型。泥王の假面が、守倭の全身に浸透し、変化させたのだ。

守倭は口を大きくあけ轟々と吼えた。小さな砲塔がぐるぐる回り、至近距離から㤅鑑に猛烈な斉射を浴びせた。

㤅鑑の実体は、小型の黒亞童が連結した網状構造物にすぎない。次々炸裂する実体弾は㤅鑑の表面をずたずたにし、肉片と黒い血しぶきが飛散する。弾性に富む表皮に付け入る隙ができた。守倭はその手で傷口をわしづかみにする。

「すごい。まじょの大時計を力まかせに……」

　そばかすが唸る。守倭は傷口にふかぶかと指をめり込ませ、しっかりとつかんでから、思い切り尨鑑の組織をむしり取った。力押しで尨鑑を引き裂きにかかったのだ。つかみとった大量の黒亞童を背後にばらまいては、同じ傷口にずぶりと手を突っ込む。

　尨鑑はこの攻撃を奇貨とし、網目状の表皮をほどき、小型の――といっても大人三人分の大きさがある――牛頭《ごず》を編み上げて、守倭の腕を這い登らせた。何十という牛頭にたかられて守倭は動きが鈍くなる。思うように腕を振れないのがもどかしいのか、二度目の咆哮を長々と上げる。

「こいつぁ壮観だね」

　五人の背後から聞こえてきたのは、ワンダ・フェアフーフェンの声だった。その後ろには峨鵬丸《がほうまる》。

「あんたらには愛想が尽きたよ。ちくしょう、パパが何を欲しがってるかさえ分かればなあ」

「ワンダさん、それってつまり、パウルさんがここでなにかを探してるってことです？」

「あったりまえだろう。パパは手ぶらで帰る男じゃないからね」ワンダはいらいらと親指の爪を噛んだ。「ぜったい『地下』に関係してるんだよ。でもあと何が残ってる？　鐘を掘り出し、鐵勒を叩き起こし、梦疫を振り撒き、戦車隊も大活躍だ。これ以上、何が埋まってる?」

「あー、お取り込み中失礼」

割り込んできたのは峨鵬丸だ。

「黙ってて」

「いやね、思うに、俺たち逃げた方がいいんじゃないか」

「なんでよ」

ワンダが睨みつけると、峨鵬丸の顔色は真っ青だった。三博士たちはとっくに逃げつつあり、旋妓婀も追いかけるように走り出していた。

峨鵬丸の指は真上を指している。ワンダは見あげる。そのすぐ上を、家の梁《はり》ほどもある石柱がかすめて飛んでいった。ごうっという風圧がワンダの髪をばさばさとかき乱した。

「あんたの言うとおりだわ」

ワンダは峨鵬丸の首根っこを摑んで駆け出した。ふたりがいた場所にドスドスと石柱が突き立つ。ばらばらと降り注いできたのは、大小さまざまな美玉鐘《びぎよくしよう》の鐘体だった。

守倭の変成はさらに進行して、その腕に、泥王の表面に生じたのと同じ細かい亀裂がびっしりと走った。その線に沿って腕は無数の柱状単位体——色も質感も石そっくりだ——に割れ、そのひとつひとつは何にも支えられず宙に浮いている。しかしそれでも腕としての一体性は保たれていて、無数の浮遊するユニットをつなげた長大な鞭、ともいうべきものとなっている。截鉄の跋刀《ばっとう》がそうであったように。

その腕をブンと振った。しがみついていた牛頭たちを振り飛ばしつつ、その鞭が——何百という石柱が驟雨《しゅうう》のように忩籃の表面を叩くと、そこが煮えたぎる重油のように泡立つ。腕を、守倭はまた振り上げる。単位体は魔法のように結合してもとどおりの腕になる。忩籃の表皮組織がグズグズになったのをいいことに、腕を肩の付け根までふかぶかと突き入れる。

一呼吸、静寂があって——

腕は忩籃の中に突き入れられた状態で、またもや細かい単位体になった。その状態で腕をなぎ払うように振る。忩籃は体内で散弾銃を乱射されたようなものだ。柱状単位体が、忩籃の内容物を大量に掻き出しながら、飛び出してきた。黒と金。大量の黒亞童。そして美玉鐘の鐘体。

深手を負った忩籃はゆっくりと後方に傾《かし》ぎ、膨大な重量を大聖堂にもたせかけながら倒れた。尖塔はまずふたつ、基礎から持ち上げられて倒れ、となりあう尖塔も大きく傾いた。大聖堂のドームは空気の抜けた風船のように沈んでいく。その下には千人もの音楽家と咩鷺が逃げ遅れている。

三博士と旋妓婀、そして截鉄は声を掛けあいながらワンダ夫妻のもとに集まってきた。全員が弱り切っていた。

守倭を奪還する見通しが立たない。旋隊は重要人物の千手《せんじゅ》／沈宮《ジンク》を失った。泥王の侵襲性は想像を絶する。全身どの部分も、離散集合が自在にできるだろう。守倭がその怪物的パワーを秘めたまま泥王と化したわけだ。その守倭を支配しているのは、おそらく菜綵だ。

旋妓婀をはじめあやうく直撃を逃れた面々は、菜綵がつぎに何をするかを見守っている。守倭は、両手を目の高さに差し上げて、訟艦の傍らに立っていた。手の甲を訟艦に向けたその姿は外科手術をはじめる前の医師のようで、両腕の肘から先はすでに蜂の群れのような離散浮遊のモードに入っている。それが一方向に動き出し、そのまま急速な渦となって——巨大ロボのドリルのように回転する。守倭は必殺の兵器の先端を訟艦に突き立てた。何もかもを粉砕しながら奥へ奥へともぐりこむ。

「あのままだと大聖堂まで突き抜けるぞ」

全員の緊張が極点に達したとき、

「おーやおや、こんな所で一同ご集合だったとは。探す手間が大いに省けた」

フース・フェアフーフェンだった。

「こんなものが落ちていたんだが、必要かい」

みやげの寿司折のようにぶら下げて見せたのは、沈宮の假面だった。

「きみたちと一緒に吹き飛ばされてたみたいだね。假劇の前に追跡用発信機を貼り付けておいた私に感謝してほしいな」

一同言葉もなくあぐあぐしていたその時、忩鑑が、再度の逆襲をはじめた。

口の内部から闇が溢出した。闇は数百の触腕となり、蜘蛛か蟹の脚のような形状で、のしかかる守倭の背中を掻き抱いた。守倭の頭を――いや肩口までを呑み込み、がっぷりと銜え込んだのだった。

二体はそのまま膠着《こうちゃく》状態に入った。

51

菜綵はついに探し求めていた手応えを得た。

両手の先で真の標的をさぐりあてた確信があった。

泥王が侵襲していたのは守倭だけではない。菜綵も冒されていた。泥王は守倭と菜綵の両者を渾然一体に融合していた。守倭の四肢や体幹は菜綵の抜群の運動神経で支配されている。守倭は菜綵そのものなのだった。前腕をドリルのごとく回転させて掘り進んでいくと、大聖堂のドームを突き破った。その先には吽霊《おんりょう》の膜状組織で織られた闇黒が充満しており、おおぜいのカリヨネアと――咩鷺の気配があった。

そこで、なにかのスイッチに触れた手応えがあった。秘密の部屋の扉、その掛け金が、勢いよく外れたような感覚だった。

人類到達以前の――まだ〈行ってしまった人たち〉がいた時代の被造物が、大聖堂の地下で、動き出す。

しごく当然の成り行きだった。

そもそも泥王はそのために製造された假面なのだから。

だからこそ、美縟は泥王を大切に守りぬき、もっとも適切な人物に手渡されるようにしたのだ。パウル・フェアフーフェンに。

触腕に抱きすくめられても頭を呑み込まれても、菜綵は平気だった。いつでも身体を小さく分解して引き抜けるのだから。それよりも菜綵は、守倭の腕を――彼女の身体の延長として――〈鑑〉にふかぶかと突き立てているこの状況を楽しんでいる。指先が〈行ってしまった人たち〉の世界をまさぐっている実感が、愉しくてならない。

ワンダ・フェアフーフェンはさぞかし口惜《くや》しがるだろう、と菜綵はほくそ笑む。あれほどまでに美縟の地下に固執してきた人だから。

おあいにくさま。磐記の地下に――〈大定礎〉のとき、綾河のひとびとが真に埋めようとしたものに、もう、わたしが先にさわった。

あれを解放したのはこのわたしなのだ。

大聖堂の地下で急速に、とある構造物が復元しつつあった。

街食《まちぐ》いに喰われ、磐記の礎となっていたもの。最後の埋蔵物。

＊

截鉄は土下座していた。

石畳を剝がされた広場に正座し、大地に額をこすりつけている。ワンダとフースに土下座をしているのだ。

ワンダは怒りで顔を真っ赤にしている。フースはどうしたものかなという表情で、ザカり演じる截鉄の平伏を眺めている。周囲には峨鵬丸も旋妓婀も、三博士もいた。

フースが現れワンダとにらみ合いになったとき、ザカリは畏《おそ》れながらと割って入り、地べたに額をこすりつけ、懇願をはじめたのだ。つまり、ふたりに手を組めと進言しているのである。

台本の貫徹はもはや困難だ。守倭奪還の見込みは薄い。状況は守倭を擁するパウルと foo

艦と化した咩鷺の対決になっている。だから――

「だからって、お兄ちゃんと手を結べっていうのか」ワンダはすごい形相でザカリをにらみつけた。「おまえ、五聯にまぎれこんで、菜綵の手引きをしたんじゃなかろうね」

「……お疑いはごもっとも！　しかし」

ザカリは地面に声を叩きつけた。

「いやいやワンダ、そりゃ八つ当たりだ。どう考えたって菜綵と親父どのが悪い」

「お兄ちゃん、あのままだったら、このお侍をひと暴れさせるつもりだったんでしょう」

ワンダの揺さぶりには一切取りあわず、

「ねえ、こんな状況だ。こちらも筋書きと座組みを変えてはどうだ」

それまでにやにや笑いのように動いていたフースの皺が、ふっと静まった。沈宮の假面をワンダの目の前にぶら下げる。

「使え」

ワンダは目を丸くした。

「なきべそ旋隊を組むにはひとり足りない」

「あたしが？」

すぐにその目がらんらんと輝き出す。

「親父どのに一泡吹かせたくないか。なんなら私がやってもいいんだが」

ワンダはものも言わずに假面をふんだくった。

「もうひとつ、申し上げたきことが」

截鉄は顔を上げてフースに言う。

「続けて」

「菜綵どのの假面は、おそらく假劇がはじまる前からの古きものかと。そしてお父上はいまここに、人類がこの国に到達する以前の世界を現前させようとしておられる」

「だろうね」

かつて咩鷺とそんな話もした。過去へ行くこと。

「まもなくそれが成就しましょう。環境は激変し、生命すら危険に。されど惢籃の中でその激変をやり過ごすことができれば、あるいは」

「まじょの大時計にかくまってもラうってか？　あん中に足を踏ミ入レたラ、一瞬でむさぼりつくさレるぞ」

「ですから、すっぴんではなく五聯として、旋妓婀として突入するのです」

「面白いじゃないか」密林がシガーの端を嚙みしめつつ言う。「どうせならまじょを仕留めてしまおうぜ。台本も貫徹できて一石二鳥だ」

突然、地面が大きく揺れた。下からまっすぐ衝撃が突き上げてくる。何度も。

「猶予はありませぬ」

一同は守倭と忩鑑を見た。膠着状態は続いている。二体は微動だにしていない。変化はその周囲で起こっていた。大聖堂の周囲にもうもうと砂ぼこりが上がりはじめていた。地下から何ものかが浮上しつつある。おそらく――パウルの望んだものが。

「仕方ないね、このあたしが一肌脱いでやるか」

乗り気になっているワンダに、旋妓婀が冷や水を浴びせた。

「でも、まじょを仕留めるのは不可能では？　かがみのまじょは――まじょの闇は無限に大きいのでは？」

全員が押し黙る。

「わたしたちがどんなに足掻《あが》いても――いいえ、足掻くからこそ、咩鷺さんの〈夜〉はわたしたちを圧倒してしまうのでは？」

　ワンダさえ反論できない。全員が押し黙る。

　その沈黙をやぶったのは、意外にも、フースだった。

「ばかばかしい。おまえら『最終回』が好き過ぎだ。なんでそんな嘘っぱちを信じている？　どうかしているぞ」

＊

　鎌倉《かまくら》ユリコは地面に尻を下ろし、体育座りをしていた。

　遠く——といっても歩いて半時間ほどの距離か——もうもうたる土煙が巻き起こっているのをながめている。つい最前まで大聖堂や、女神像と黒亞童の塊が見えていたのだが、もう灰かぐらにまぎれてしまっている。

　同じような土煙は磐記の至る所で吹き上がっていた。大聖堂の地下で何かが起こり、それが連鎖的に、磐記の地下にあるものを起動しているんだろう、と鎌倉ユリコは思った。

　磐記内陣から西方へ向けては、ゆるやかに標高が上がって行く。この丘陵部は街食いの狼藉《ろうぜき》で大半の建物が瓦礫と化していた。崩れ落ちた建物のまわりや、道路、公園だった場所を、ぎっしりと人が――ほとんどは梦卑で残りが観光客だ――埋めている。全員が假面を着けた顔を大聖堂に向けている。融合チェンバーに帰順し、大假劇を描き出すために。

そんな中、鎌倉ユリコはただひとり、假面を着けていない。

だから、大聖堂の方からよろよろと歩いてくる人物に気づくことができたのだ。人物を見て鎌倉ユリコは驚いた。男が假面を着けていなかったから。そしてその男が、峨鵬丸であったから。

峨鵬丸はただひとりで歩いていた。ワンダの姿はない。鎌倉ユリコに気づかず横を通りすぎようとして、斜面いっぱいに膨大な人びとが座り込んでいる様子に、足をすくませているようだった。だから、声を掛けた。

「分かります。この人数にはちょっと圧倒されますよね」

「あんた……ああ、記者さんか。なんで假面を外している」

「こっちの目を開けていると、また呑み込まれちゃうんで。偶然ずれたんで正気に戻れたんです。おかげで峨鵬丸さんに気がつけた」

「ひどい目に遭ったようだな……無事で何より」

「ワンダさんは……あの、もしかして」

「心配は要らないよ、どっこいしょ」峨鵬丸は鎌倉ユリコのとなりに座った。「かみさんは沈宮の假面をかぶって、あの黒い化け物の中に突っ込んでいったよ」

え、と目を見開く記者に、峨鵬丸は事の次第をかいつまんで伝えた。假面を着けられない峨鵬丸は、まじょの大時計に突入することはできない。かといって近くで待機するのは危険すぎる。だからこうやってとぼとぼ歩いてたんだ、と峨鵬丸は答えた。

「これ、飲みます？」

鎌倉ユリコは生ぬるくなったエールの瓶を峨鵬丸に差し出した。

「あっちに梦卑の焼きソーセージの屋台があったので」

「喉がからからだよ。有り難えな」

王冠を歯でこじあけたとき、けたたましい音がした。鼓膜を金槌でひっ叩《ぱた》かれたような衝撃。

大聖堂の方角、立ちこめる砂ぼこりをつらぬいて、地面から空へ一本の「稲妻」が立ち上がった。

黒い。

早朝の空へ向けて、漆黒の稲妻が走ったのだった。——そしてそのまま静止した。

息つく間もなく次の轟音がとどろき、あらたな稲妻が空へ差し伸べられ、同じように静止した。

もちろん漆黒の稲妻など存在するはずもない。電光ではなく確固たる実体のある物質だ。現実ばなれした速度——稲妻と錯覚するほどの早さで成長する物体だ。流体となって動き、瞬時に固化する。

と、ふたりの目と鼻の先、いましがた鎌倉ユリコが最初に峨鵬丸に気づいたあたりで、前ぶれもなく、地面が持ち上がり、割れて、黒い流れが上方へほとばしる。

轟音の衝撃に全身を叩かれながら峨鵬丸は思う——こいつはまるで亀裂みたいじゃないか、と。

第四の、第五の亀裂が立ち上がるのが見える。

磐記一帯に、数えきれない亀裂が立ち上がり、明けゆく朝空の青を黒いジグザグで寸断していく。

52

父パウルが蟹を分け与えてくれた日のことをワンダは鮮烈に覚えている。

一瞬手を伸ばすのが遅れた兄の、しまったという顔もありありと思い出せる。

あのときはうれしかった。蟹の内側を食べ汁まみれになった顔で、ワンダはうしし、と兄に勝ち誇った。

この瞬間、勝者が決まったのだとワンダは確信してきた。父は兄よりも私を望むだろうと。だからこそ「相続お御籤」は衝撃だった。そこへ今度は菜綵の叛乱だ。

子どもたちさえ思うがままに操作しようとする父に、憤《いきどお》っている。

ワンダ・フェアフーフェンは、ただでさえ猛烈な創作意欲と破壊衝動が巴《ともえ》となってぐるぐる回っている怪物だ。そのワンダがかんかんに怒っているとなれば、牛頭の大群といえども無事ではすまなく。

というわけで、いまワンダは五聯最強の沈宮の假面を着け、牛頭の群れを当たる端から粉砕しつつ、快進撃しているのだ。


話は少しさかのぼる。

截鉄の進言を容れてワンダとフースは休戦協定を結び、そこにいた全員で――假面をかぶれない峨鵬丸をのぞいて――「旋隊」を組むことになった。旋妓婀を演じるシェリュバン、沈宮（千手）をまとうワンダ、昏灰（截鉄）のザカリ、華那利（お菓子）のグスタヴァス、紅祈（そばかす）のバートフォルド、芹璃（密林）のアドルファス、そして最後のひとりが無役のフース・フェアフーフェンだ。

いま事態の主導権はパウルと菜絲に握られている。本来のシナリオをそのままやり遂げる意味があるのかむずかしいところだ。だが、旋隊にできることといったら大定礎の成就と、まじょの大時計の停止くらいしかない。

フースは旋隊を二手に分けてはどうかと提案した。一隊は守倭の奪還をめざす。のこる一隊はかがみのまじょを攻略する。ワンダの構想を生かそうというのだ。

意外なことに、当のなきべそがこれを渋った。

理由を詰め寄られた旋妓婀はしばらくためらった後、ワンダの目を見ながら口を開いた。

「ここはもう、完全にワンダさんの台本の『外』でしょう」

ワンダは旋妓婀が何を言おうとしているのかを察知し、天を仰いだ。

「そうだよ。こっから先は筋書きはない。だれがなにをたくらんでいようが、構ったこっちゃない。好きにしていいんだ」

「ですよね」旋妓婀の顔が明るくなった。「ですよね!」

旋妓婀は、かつて「最終回」を共に戦った戦友たちに呼びかけた。

「ねえみんな、やり直しませんか、『最終回』を。今度はもうわたしくさびになんかなりません。わたしは、観てみたい。『最終回』の向こうを」

大きく呼吸し、繰り返した。

「『最終回』の向こうになにがあるか、生きて、見届けたい」

それでも二手に分かれるプランは採用された。三博士にフースを加えたチームは守倭奪還へ動き、のこる三人が咩鷺の討伐に向かう。くさびとなって食い止めるのではなく、かがみのまじょの息の根を止める。

ただ、どうやればいいかはだれも知らない。

「ほうら、ぼやぼやすんじゃないよ！　もっと速く走りな。あと十秒で会敵だ」

「はひい……」

ワンダを肩車して息も絶え絶えに走っているのは旋妓婀だ。截鉄はすぐうしろを付いてくる。いかに第四類でも傾斜角四十度近い急坂——しかも梦卑組織のメッシュでできたぐにゃぐにゃの急坂を駆け上がるのは容易ではない。しかも肩の上では、ワンダは、いまにも立ち上がらんばかりに背を伸ばしているのだ。

漆黒の急坂のゆくえは闇に飲まれてまだなにも見えない。しかしワンダの言葉が正しければあともう八秒で敵と遭遇する。七、ろく——

前方で坂がトランポリンのように波打ち、その弾力をつかって牛頭が——何頭いる？——

――ひとかたまり、こちらへ跳びかかってきた。ご、よん、さん――ひとつひとつはほぼ人間大。しかしサーガでは名の知れた牛頭たちだ。坂が上下するたびに次また次と牛頭の集団があらわれ、坂落としとばかりに殺到してくる。にい、いち――

「飛んで火にいる夏の虫――」

ワンダは鼻歌を歌うようにそう言ったあと、千手の仙力を、一切の手加減なく完全に、全面的に発動した。

純白の奔流が、千手の背部からほとばしった。

最初それはかがやく光球としてふくれあがり、蟬の羽化するようにまばゆく繊細な構造が中からあふれ出し、それがほどけて千に分かれて全方位に広がり、襲いかかる牛頭のひとつひとつ目がけて、光の鞭のように伸びていく。

千手の「腕」の先端には「手」ではなく蕾《つぼみ》が丸くふくらんでいる。いっせいに開花する。中からあらわれたのは神や英雄だ。假劇で牛頭を倒した者たちだ。英雄たちは必殺の武器を帯びている。佩剣《はいけん》を抜き払う者。矢を弓に番《つが》える者。頭部から小さな鉞《まさかり》を取り外して投げつける者。かがやく丸鋸を手にして振り回す者。抜き取った腕輪を魔法のように槍に変える者。驚くべき跳躍と「蹴り」の力を持つ者。かれら彼女らが立ち向かうのは、假劇の中でかつて倒した牛頭たちだ。〈美縟のサーガ〉の最高の名場面集を極限まで凝縮した眺めだ。旋妓婀はすぐさま最終回を思い出す。新しい作画で描き起こされた大時計への突入場面を。

その名場面の数々をだれよりも正確に、偏執的に、そして愛情ぶかく知り尽くしているのは、台本作家ワンダ・フェアフーフェンなのだ。

このとき、ワンダの内部にはある懐かしい感覚が生まれていた。

間違いないね、とワンダは確信する。

台本を書いたときの気分とそっくりだ。

鐵靭の書斎で、シェリュバンの伴奏に乗って、心赴くままにタイプライターで打鍵したときの幸福感だった。

一文字打つたびに次の展開が思い浮かび、疲れも感じず、どこまでも楽々と書けた感覚をそのままに、ワンダはなに不自由なく、思うがままに名場面集を繰り広げる。

台本を打鍵した十本の指と、先端に神々を手挟《たばさ》んだ千本の腕がぴったり重なり合う。ワンダはいま千の指を持つ執筆者となって、千のクライマックスを漆黒の急坂の上に描き出す。

凄絶な光景がひろがった。

急坂のいたるところで金色の爆炎がふくれあがり、牛頭たちの、あるものは燃えあがり、あるものは縦二つに断ち割られ、あるものはばらばらに打ち砕かれて急傾斜を転落してくる。牛頭は、坂を構成するメッシュをほどき繕って生成されている。だから千の腕が活躍するたび、金の焰が吹き上がるたび、急坂は身もだえする。旋妓婀が秘めた第四類やなきべその力、截鉄の剣のわざ、それらを何ひとつ使うことなく、牛頭たちはなぎ払われていった。

しかし、千手の側にもダメージは蓄積する。しだいに心がみだれ、ぼろぼろと涙がこぼれてきた。

假劇の破壊はしびれるような快感をもたらすが、同時にさびしく物悲しい感情を喚起もする。

ただ、千手が泣いているのはまったく別の理由からだった。

いま「手」のひとつが戦っている相手は、雁後《がんご》だ。二足直立の雁後が正面に向ける腹部にはシンメトリカルな極彩色の文様が描かれているが、いま見れば、それが鐵勒をいろどった戦士の化粧であることは歴然としていた。そのエピソードで雁後は腹部の皮をむごたらしく剝ぎ取られて絶命するし、いままさに千手の「手」は同じことを行おうとしていた。これまでワンダは、どこかひょうきんな雁後があわてふためく姿を笑って見物していたものだ。しかし美縟の「自白」を知ったあとではそうはいかない。

あおじろい肉質の突起が球状にかたまりあった撫沌《ぶとん》は、〈街食い〉の似姿であることが一目瞭然で、山々や街を四次元空間に呑み込む食欲の旺盛さは、じっさいに街食いがやったことを思えば、吐き気をもよおさずにはいられない。

汎遁《はんとん》の全身をみっしりとおおう珊瑚色の肉泡（そのひとつひとつに嘴《くちばし》がある）が甲高い声で斉唱するようすは少年合唱団の暗喩にほかならず、綴文《てつぶん》の生白い顔は梦疫にただれた組織の形象化にまちがいなかった。

なにもかもが〈梦卑の戦争〉の精神的外傷にまみれている。

牛頭とは戦争の圧倒的な惨苦を造形したものだった。

黒亞童は死んだ人びとの怨念の体現であった。

ワンダがなによりも愛した世界はそっくり反転し、見ることも触れることもおそろしいものに変わった。

五百年前に消え去った人間たちがむっくりと身を起こして迫ってくるようで、ワンダは感情をぼろぼろにしながら斜面を登っていく。

と、旋妓婀が「はあひい、ワンダさん、どんどん行きますよ」と告げた。

「『最終回』では腕が二本しか残らないですから、せめてそこまではがんばりましょう」

その言い方がなんだか可笑《おか》しくて、ワンダは噴き出してしまう。

「人使いが荒いねえ」

「それはこっちの台詞ですよ。人に肩車させておいて」

「しかたないじゃん、あたしはガラスの足首なんだよ」

ワンダのメランコリーは底を打ったようだった。

「そんなことよりあんた、本気で咩鷺と一騎打ちやるつもりかい」

返事をしない旋妓婀に、ワンダはふんと鼻を鳴らして、

「論理的にぜったい勝ち目がない件、あれはどうなったんだ。あれが解決してなきゃ、自滅だよ」

「だからそれはフースさんがとっくに解いちゃったじゃないですか。隊をふたつに分けたときに聞いてなかったんですか。ワンダさん、沈宮の假面で有頂天になってたからなあ。いいですか、ここは現実です。『フリギア！』の番組じゃないんです。現実には無限の資源なんかない。咩鷺さんが使えるのは、せいぜい現実の物質に假劇の粉飾をまぶしたものだけ。資源は惢艦と大聖堂しかない。敵の闇が果てしなく積みあがっていくことなんてない。

あとは、わたしが、本当にまじょに勝てるか。咩鷺さんと一対一で勝てるか。それだけです。本当にそれだけなんです」

「ワンダ。こちらフース」

　声が耳介を震わせる。三人は立ち止まった。

「一応情報を入れておく。美縟の大気圏内に、ア空間からの浮上スポットが多数ひらかれている」

「え？」

　意味がよくわからない。

「時艦新聞社の小うるさい記者がいたろう。あいつが〈美縟の自白〉を文字起こししていたんだよ。メモは紙と鉛筆で行われたが、知性化された用紙がそれを全文自動送信した。美縟の秘密は全轍《わだち》世界に知れ渡っている」

「げげげ」

「当の記者さんはいま広場で峨鵬丸と逃げ回っているよ。ついでに言っとくと、忩艦の『外』も大変なことになっている」

「大変って、何が」

「そいつはややこしいからあとにしよう。

　浮上スポットを開いたのは赤い十字のワッペンを付けた奴らだ。ミッションは救出作業。観光客とカリヨネア、商会やギルドのスタッフをだ」

「なんだ……火事場泥棒か香典泥棒だと思ったのに」

「数は少ないがそいつらもいる。盗賊団だ」

「盗賊……」

『美縟びと』が人間ではないなら美縟の物は何でも『無主物占有』できる、と勝手に主張してる」

と、三人の頭上はるかで、けたたましい音と衝撃がひとしきり続いた。㤅艦の外皮がずたずたに裂けていき、外光が差し込んできた。もう夜明けが近いのだ。音から判断して、炸薬を抜いた機関砲弾を撃ち込んだと思われた。再び掃射の音。今度は長い。三人はうずくまる。

「お兄ちゃん、こっちを先に警告して。絶対ここを狙うわけだから」

大きく引き裂かれたすき間からぬっと進入してきたのは、漆《うるし》塗りの料亭仕出し弁当のように平らな物体だ。急襲用の浮遊機体。四隅に配置された回転翼がなめらかに回っている。

「目立つな。排除されるぞ」

「まだ百本くらい『手』が残っているけど？」

「寝言を言うな。その『手』は假劇の粉飾だろう。奴らは機関砲を持ち込んでいるんだぞ」

〈行ってしまった人たち〉は直接的な殺傷技術を残さなかった。地球由来の武器はその原始性と用途の明白性によって、いまだ有無を言わさぬ力がある。

「バールと金槌で金庫をこじ開けようとするタイプね。今どきめずらしくガッツがあるな」

「おい、早まるな……。おいっ！」

早まったのはむしろ盗賊たちだった。浮遊機体を――おそらく十人程度の乗員を乗せている――うかうかと凸艦内部に進入させた時点で。機関砲弾は截鉄の刀では弾けない。第四類も太刀打ちできない。しかしワンダは、盗賊をからかうように百本もの腕を、うねうねと動かして見せた。旋妓婀と截鉄は両手で頬をはさんだ。

「ほうら、こっちだよ！」

盗賊団にそれが見えたかはたしかでない。どちらにせよ機関砲はこちらを狙い定めていて、いっさいの躊躇なく砲撃を開始した。

しかしこのときワンダは、凸艦の内部構造を織りなす単位体たちと――黒亞童とすでに話をつけていた。

斉射の直前、浮遊機体に「ラバー製の投網」としか表現しようのないものが覆いかぶさった。弾体は包《くる》み込まれ、回転翼は網にからめ捕られた。浮遊機体は罠から逃れられなくなった。網の一角がほぐれて十体ほどの黒亞童となり、怪力でハッチをこじ開け機体の中に入っていった。刺客亞童だ。盗賊たちは声も上げられなかったろう。

假劇は粉飾だ。しかし亞童や守倭には現実の、物理的な実行力がある。

「外に浮いていた奴らも、いま、始末してる」ワンダはこともなげに言う。「ごめん、あたし取引した」

「何をしたのだ……あっ」

截鉄が息を呑んだ。ワンダの背部には腕が一本もなかった。

「𢙣鑑にくれてやったの。向こうからの提案。あたしたちは砲弾を避ける力はない。𢙣鑑は、距離のある浮遊機体を攻めるにはリーチが足りなかった」

旋妓婀は外で何が起こっているかを想像した。𢙣鑑の表皮が百本以上の腕を生やす。黒亞童が猿のはしごのようにつらなった腕を。それをふりまわして浮遊機体をぶん殴る——。

「あたしはもう丸腰だ。咩鷺はあんたが何とかするしかないんだよ、なきべそ」

「望むところです。でもこの取引、ちょっと損なような気も」

「保証を取りつけた。咩鷺のところまでは奴らも邪魔しない」

「上々だ」

と、截鉄も唸らずにはいられない。

「やれやれ、肩の荷が下りたよ」

「いやいや、肩に荷を負ってるのはわたしなんですけど」

軽口をもう少しやり取りしたいところだったが、截鉄がけわしい声でふたりに警告した。

「地面につかまって――！」

それまで上り坂を形成していた漆黒のメッシュは、ぐるりと裏返って、巨大なすり鉢状の傾斜を作り出した。シートの表面はいやにつるつるしたテクスチャとなる。

三人は悲鳴を上げながら、漏斗《ろうと》の底へすべりおちていく。

53

「〈ウーデルス〉を知らないか」

はじめて会った日、セルジゥ・トロムボノクはヌウラ・ヌウラにいきなりそう切り出した。

「なんなの、やぶから棒に」ヌウラ・ヌウラは目を丸くしたものだ。「あなたは、いつもそうやって訊くの」

するとと男は目をそらした。

「そうだ」

「変わった人だねえ」

ヌウラはトロムボノクを上から下まですっかり眺めた。

「ふうん、もしや〈ウーデルス生まれ〉を探しているのかい」

——そこでヌウラ・ヌウラははっと目を見開いた。

大聖堂を満たした膜状組織に呑まれてから、意識が途絶していた。

ふたたび意識を取り戻したのは、「ドリル」が壁を突き破り、内部を引っかき回したときだ。カリヨネアたちはぶあつい膜に保護されていたから、ドリルの直撃を受けなかった。衝撃に再び意識を失ったが、どうやら大聖堂の外に安全に解放されていたらしい。

ヌウラは、あおむけになって寝台に——いや担架にくくりつけられ、はげしく揺れながら運ばれていることに気がついた。ちょっと乱暴じゃないのと抗議しようとしたとき、

「意識を取り戻されましたか……？」

耳元でささやく声には聞き覚えがある。〈轍〉赤十字の救急救命機器に共通の声。担架がしゃべっているのだ。返事をしようとしたが鼻と口はマスクに覆われている。

「もう大丈夫ですと言いたいところですが、私たちは安全な場所へ移動中です。つまりこ

こはまだ危険です」

縛られたままで顔を横に向ける。彼女の担架と並んで「走っている」のは、やはり担架。乗っているのはカリョネアのひとりだ。顔の向きを戻して真上を見ると、黒い影が稲妻の形を作って、朝の空いちめんを覆っている。なにかに似ている――樹の下に寝そべって、梢の形をながめているみたいだ。

ヌウラは自分の状態を確認しようとこころみる。肘から先のマレットはずたずたに裂け、腕は血まみれになっている。肉体の限界を超えて演奏しつづけていたのだ。ヌウラは小柄な体をよじって結束帯とのすき間を作り、どうにか上体を自由にした。身体を起こして見えたものは、何百という自走担架が四本の足を生やし、羚羊《れいよう》の群れのように驀進《ばくしん》する景色だった。あまりの馬鹿馬鹿しさに笑い出しそうになるが、それがパニック反応だと思い直す。

「不安定になります。姿勢を低くしてください」

担架の一団は、大聖堂から遠ざかりつつあるのだった。黒いいびつな球体が、白銀の巨人の頭を呑み込んでいる。球体は長い腕を百本も振り回して、まわりを飛ぶ浮遊機体を叩き落としていた。尖塔は三つまでが倒れ、大聖堂のドームはぺちゃんこだ。

「なにからなにまでわからないけど、あたしらは救い出されたってこと？」

「頭を低くしてください！」

　磐記のあちこちから、禍々《まがまが》しい黒々とした枝が空を割り、大地を覆《くつがえ》しているのだった。漆黒の枝には、花が咲きつつある。黄金の花が。

　ヌウラはその正体に気づき、蒼白となった。

「だめだろう、まだ假劇は終わらせちゃいかんだろう」

　結束帯を緩めようとして、激痛に声をあげる。

「あたしはやるよ！　ここから下ろせ」

　担架は呆れたのだろう、ヌウラの駄々を聞こえないふりをしている。

「それならこうだ」

　ヌウラは担架が不安定になるように、上半身をぐるぐると回した。

「あっ、ひどい」

　ついに担架は倒れ、けがを防ぐために一瞬ゆるんだ結束帯からヌウラは下半身を引き抜いた。まわりは担架の波である。なみの人間ならば一歩も動けない。しかしヌウラ・ヌウラは担架の爆走が立てる轟音にしばし耳を傾け、音と音の空隙を耳で捉えると、尋常ならぬ速度で逆走をはじめた。

　行き先は大聖堂ではない。

「大変だ、大変だ」

ついつい思っていることが声になる。美玉鐘の音響体はまだ磐記の空気を満たしていた。すでにどの鐘も鳴れる状態ではないはずなのに。だとすれば、そんなことができる者はたったひとりだけだ。

「まさかそんなはずはと思っていたけれど、トロムボノク、もしかしてもしかしたら、あんた〈ウーデルス生まれ〉なのかい？

もしそうなら頼むから……頼むからまだ本気は出さないでくれよ」

ヌウラは必死の形相で走る。真空管へと。

美縟の大地からはつぎつぎと稲妻が放たれ空中で静止する。枝々に咲き誇るのは黄金の鐘だ。

美縟でも、美玉でもない時代。人類到達以前に、梦卑たちを牧していた鐘の巨大樹――それは街食いに分解され磐記の土台となっていたのだった――がついに復元されていく。

＊

滑落の途中でワンダや截鉄とはぐれ、旋妓婀はひとりで真っ暗な下り坂を降りている。

どこまで行けば降り着くのか見通せない。やがて進路上になにかがあることに気づく。なめらかなメッシュの上に人がうずくまったような盛り上がりがある。足どりをゆるめ、十歩手前で立ち止まる。そこにいるのが何者かはもう知っていた。

やはりそれは背をまるめて伏せた人だった。身体を起こし、立ち上がる。

少女だ。

年の頃は十五、六。身体のりんかくはまだ少年のよう。切れ長の一重まぶた、とがった頤《おとがい》、小さな唇。

オリジナルのなきべそだった。

「来たね」なきべそは言った。「帰ってきたね。ふふ、顔が真っ青ですよ。おばけにでも会ったみたい」

「くさび」だ。くさびとなって、まじょの大時計に繋がれているなきべそがここに描き出されている。なるほど、ここが大時計の中なのであれば「くさび」がいて当たり前なのだ。

「ここ、この場所は覚えてますよね。あなたはここから逃げ出したんですもんね」

この語り口に旋妓婀は強い懐かしさを感じた。学校でしくじったとき、戦いでへまをしたとき、なきべそはいつもお風呂に浸かりながらこうやって自分に語りかけた。お風呂のモノローグは好評を博した。サービスカットだったせいもあるが、それよりも自問自答の深みと、声の演技が支持された。まさにそのままの声でなきべそは旋妓婀を甘く責める。

「まじょを倒すんだって鼻息も荒く帰ってきたんですね。わたしも助けてもらえるんですね。うれしい」

なきべその素足は、きれいにそろえられた靴のように動いていない。だのに旋妓婀との距離はじわじわと縮まっている。恐怖がのど元までせり上がる。

「最終回の先を生きるんだよね、旋妓婀？」

なきべその手が旋妓婀の手をそっと握る。振り払うことができない。

「わたしきれいなかっこうしてるでしょ？　でもこれはまじょが見せている姿だからね。ほら、くさびでいることが、本当はどんな姿であることなのか、あなたはよく知っているよね」

にっこりとなきべそは首を左に傾げる。旋妓婀もおなじ動きをする。強制されているのではない、操縦されているのでもない。自発的にだ。ふたりの踊り子が、同じエチュードを踊るように？　いや、それよりはひとりの踊り子が鏡の前で踊っているみたいだ。あちらが実体、そしてこちらが鏡像。なきべそと違う動作をすることがゆるされない。

シェリュバンはぞっとした。

「だからね、よくわかるよ。最終回とは別の道を探したい気持ちは。あなたは素晴らしい未来を探していたんだね。……でもそれって、ほんとうにしなければならないこと？」

　シェリュバンは耳を澄ます。しかし共にいるはずのなきべそはいっさい反応しない。

　黙ったままでいると、なきべその声に副音声らしきトラックからの混線が入る。男の声だが、女の声を操作したようにも聞こえる。

「なきべそよ、再生した方のなきべそよ、残念ながら、きみという現象は、美縟の上でだけ、しかも大假劇という条件下で限定的に成立している。轍世界ぜんたいでは『最終回』は微塵も変化していない。『あしたもフリギア！』の「世界観」は盤石《ばんじゃく》なのだ。

　なきべそよ、きみの情報論的な本体はワンダ・フェアフーフェンが作り出したものだ。学生時代の彼女が寄宿舎で假劇と出会い、それ以来妄想しつづけてきたイメージを大定礎縁起の台本に書き込んだ。そのイメージが假面の連合に読み込まれ、演算されていることにもっと注意を払うべきだ。

　きみのリソースはどこにあるか。忘鑑だ。きみの自由はくさびのなきべその不自由に支えられている。その限界と制約を直視したまえ。

　しかしワンダは大した才能だ。彼女の手柄は假劇向けのアレンジを加える際にアヴァンタイトルを着想したことだよ。ワンダは空想したのだ、夜と砂を。轍世界の銀河を遠望する見知らぬ天地を。救い出したなきべそを、いったんそこに置いてから、ふたたびこの地上へ、サーガという新たな世界へ堕としたのだ。実際の台本には描かれなかったが、それが常にワンダの脳裡にはあった。

そうすることでなきべそは——つまりきみは新たな動機を得た。『最終回』の否定であり、未来への希望だ。これは二次創作の奥義とも言うべきものだ。天才としか言いようがない。

けれどもなきべそよ、きみの本体はやはりこの凴鑑にあるのだ。きみという形《フィギュア》の原型は、くさびのなきべそであり、きみはいわば彼女が——つまりは『あしたもフリギア！の最終回』が見ている梦《ゆめ》にすぎない」

どこだ。

どこかに嘘はないか。

心を挫かれそうになりながら、シェリュバンは相手の理屈の穴を必死で探す。なきべそは完全に沈黙している。それも無理ないのかも知れない。なきべそがなきべその鏡像に過ぎないのだとしたら、一方が他方と異なる発言をすることはできないのだから——いや、だめだ。副音声《コメンタリー》を信じてはならない。

周囲のメッシュが、息を吹き込まれた《アニメーションされた》かのように黒亞童を生み出す。つぶらな目、ふさふさの睫毛《まつげ》、ほほえむ唇、よちよちと歩き旋妓婀に触れてくる。

「シェリュバン、おまえは孤空の夜にちょっと触れただけでふるえあがった。しかし夜の真実は、とてもそんなものではない。どうだ真価を味わってみるか、〈忘れられた戦争〉の生々しい記憶に。たとえば——」

咩鷺の假面に触れたときとは比べ物にならない感覚の波が押し寄せてきた。つい先刻、ワンダがあじわった戦争の精神的外傷。

「××××！　×××！　××××××！」

ことばにならない叫びをシェリュバンは上げる。

「この悲惨はまだわれわれの中で生きているのだ。この記憶もまたなきべそと同じ、くさびのひとつなのだ。

忘れてはならない。夜は居心地よい睡《ねむ》りの時間ではない。夜は警告の座だ」

殺到する〈夜〉の圧倒的な体験を堪《こら》えながら、シェリュバンは身体の自由を取り戻す方法を考えつづけた。

「夜は警告の座だ。心の奥にあり、憂鬱と懐疑と幻視とを家具としてそなえた部屋だ。白昼を生きる心に、この部屋から警告が送られる。昼の光があまりに明るいゆえにともすれば見落とす陥穽《かんせい》の在り処を、裏切りの兆しを」

ふたりのなきべそはうりふたつの身体感覚を持っている。だから行動を支配できる。だとすれば――

すると、旋妓婀の身体は音もなくなきべその背後に回っていた。

なきべそが虚を衝かれて動けないでいるうちに、その両腕はもぎ取られていた。

この動きは、本番前に、菜綵と積みかさねた稽古で叩き込まれたものだった。なきべそは知らない動きだ。

なきべその脚を払いあおむけに倒した。急所を数か所、手刀で突くと、動かなくなった。

「遅い遅い」なきべその声が戻ってきた。「思い出すのが遅いです」

「なんだ、いたんだ」

「わたしが口をきいたら、シェリューのことが全部、かがみを通じて筒抜けになります」

シェリュバンはしばらく考え、ややこしそうだったので考えるのをやめた。それからもっと大事なことに気づいて飛び上がった。

「ぼくら、会話してる」

どのような假面でも、あるじと役柄が言葉を交わすことはないはずだ。

「うん……」

なきべその声は曇った。

「よい徴候ではない？」

「それは役柄に訊くことですか？」

じっさいに声を出しているわけではないが、自問自答ではない対話が成立するということは、

「ぼくたち――」

「分離しかかってる」

最後の台詞はふたり同時だった。同時でありながら、別々の声であることが、推測の正しさを示唆していた。

「わたしは、美縟のキャラクターじゃないですもん。剝がれやすいんです、きっと」

大假劇も終焉が近いのだ。いつまでも「旋妓婀」を描出することはできないのだ。定められた大団円へ力強く盛り上がるのではなく、徐々に劣化し、うまく作動しなくなり、あれこれの装飾が剝落していく。

「さっきの声が、言ってたことは本当？　轍を外から見たって。この銀河を外から見たって」

「ええ」

旋妓婀は下降を続ける。すでに忩籃は通過し、大聖堂のドームも過ぎているはずだ。このまま降りていけば床にたどり着く。

かがみのまじょはたぶんそこで待っている。

「ねえ、外から見た銀河、ほんとうにワンダさんの想像だったんだろうか。あの人だったら、もしかしてもしかして、現実に見たって可能性はないのかな」

「ああ、だったら凄い！　番組の中だけの存在だったわたしが、そんなものを見たのだとしたら。結構大変なことですよね」

「うん」

「こんなに幸運なことってないですよね。それだけでもわたし、満足です」

そんなはずはないのに、シェリュバンがあとになってこの場面を思い返すと、決まってなきべそと手を繋いで歩いているのだった。それは日暮れ時、ふたりの子どもが家へ向かう道のようで、別の家の子どもだからどこかで手を離さなければならないのだと知りつつ、歩いている。

まもなくお別れが来るのだ。ふと、なきべそは足を止めた。

「あのねあのね、シェリュー。わたしはやっぱり『最終回』の先を歩いていきたい。『フリギア！』は狭い。假劇も狭い。いま鳴っている鐘の音楽が終わるとき、[illegible]監も消えて、わたしはいなくなる。不可能だとわかっているけど、でもやっぱり、またあの銀河が見たいです」

しばらく沈黙があった。

「副音声《コメンタリー》のいうことなんか信じなくていい。中のことは中のぼくらにまかせてほしいや」

「たしかにそうですね」

対話はそれで終わった。

坂道も終わっていた。メッシュが垂直に立ち上がり、扉そっくりのレリーフを編み出していた。旋妓婀は、かつてワンダの書斎の扉に鼻をぶつけたことを思い出した。

「お邪魔しまあす……」

できるだけ場違いな声を出すようにして押し開ける。

そこにもちろん書斎はない。そのかわり、かがみのまじょがいた。なぜかそこは人っ子一人いないバーの内装になっていて、咩鷺は大假劇の開幕で口上を述べた恰好のままカウンターに凭《もた》れていた。仮装パーティーの帰り道、迷子になり、困ったあげく知らない店に入って一杯注文したところといった風情だ。

カウンターの向こうは巨大なかがみになっている。そこに映った旋妓婀に気がつき、咩鷺はこちらを向いて、ひらひらと手を振った。

＊

フースのチームは、守倭の左肩から首の付け根へとじりじり近づいているところだ。今かれらのいるのは巨大空洞で、その天井に当たる部分から守倭の頭部と肩がぬっと突き出している。

守倭はぶきみなほど静まりかえっていて、チームが守倭の身体をよじ登っていくのに何の苦労もなかった。守倭の顔面は泥王の質感でぶ厚く覆われ、その下の眼窩も、菜綵の気配も読み取ることはできない。

「ドうにも分からないことがあるんだけドねえ」

お菓子は、あたりをうかがいながらこっそりと言った。口調はすっかりグスタヴァスだ。まわりから返事はないが、みな耳を傾けているのはわかる。

「綾河の連中はきっちり五百年後に鐘が鳴るよう手はずを整えていた。シかシ、なぜ、美縟は美玉鐘の再建を切望シなきゃいかんかったんだろうか」

そんな必要はまったくないのにさ、と言いたげにグスタヴァスは肩をすくめる。

「サーガと假劇と假面の関係は実にうまくできていた。安定シていたシ、面白かったシ、この先まだまだ面白くなレたろう。なあ、ソレで十分じゃないか。美玉鐘を鳴ラソうとシたばっかりに、假劇はおろか、美縟ソのものさえもう崩壊するシかない。なぜソんな馬鹿馬鹿シいことをシたんだ」

「なるほど――」と応じたのはバートフォルドだ。「〈告白〉は、ついぽろっと白状したというものではなかったな。あの〈告白〉をするために、念を入れて大假劇を仕込んだとしか思えない」

「ふむ」面白がってフースが口を挟んできた。「なあ先生がた、あの〈告白〉はいったいだれが保存していたんだろうね」

するとニ博士は顔を見合わせた。アドルファスがあきれたように、

「まさか理解してなかったのか、若は」

「假劇を見物シていたんなラ、〈告白〉の直前にトロムボノクが大假劇のホロフォニックなミラーイメージを作っていたのを感じなかったか？　あレは、時間方向に対称な『音響彫刻』だったじゃないか。

ひとつの塑像を――男の裸体像を思い浮かべてミい。ソの像の中には、男の右腕を造形シた時刻と、左脚を造形シた時刻とが統合さレとる。だかラこソ彫刻は時間について対称なのだ。つまり――演劇や音楽は時間に対シて非対称でシかあり得ないのに、トロムボノクはサーガと假劇の全情報をひとつの曼陀羅的な音響彫刻に凝縮シたわけだ」

フースははっと息を呑んだ。

「そうか……」

「さよう、〈告白〉に必要な全情報は、サーガと假劇の体系の中に、ばらばらの断片として保存されていたんだ。トロムボノクはそれをひとつの音響的立体として組み上げた。時間方向に対称な彫刻であれば——ちょっとは頭を使うんだ——サーガの出発点に何があったかも、その立体の中に見えている」

「そのうえ、トロムボノクはそこをご丁寧にもピンポイントで撃ち抜いてくれたんだ。鐘撃《ディンパクト》でな」

一行が守倭の下顎あたりにたどり着いた頃、フースはようやく三博士の議論が理解できかけてきた。

「では、綾河の連中が五百年後に美縟を滅ぼすことを、最初からもくろんでいたとは考えられないか」

「ソレならラ延命なドせず、とっとと滅びちまえばよかったろう」

「しかしこのままだと、サーガという精神世界に転生したのは、五百年後に〈告白〉とともに自滅するためだった、ということになる。支離滅裂だ」

「話の途中だが、いよいよ探検のお時間だ」

バートフォルドが陰気な声で言った。一行はすでに頤《おとがい》の縁を越えて顔の前面へと差しかかっていた。そこはまるで柱状節理の崖だ。

「この構造のひとつひとつが分離できるわけだ」アドルファスは顔の表面を撫でて言う。

「これがすべて泥王の仕業だとはな」

「菜綵に持たせていたから、だれもあまり気にしなかったんだろう。まったくパウルらしい。ところでそのパウルはどうやって泥王の存在を知ったのか」

あいかわらず守倭は微動だにしないが、それは待機状態に過ぎない。その証拠に、あちらこちらでひっきりなしにピシピシという音が聞こえている。

「パウルはだれから泥王を入手したのか。その人物が何をたくらんでいたか、ということか」

「それなら知っている」フースが言った。「咩鷺だ。本人から聞いたから間違いない」

「そりゃあ無いだろう。咩鷺は美縟の守護者だぞ」

めずらしくバートフォルドが気色《けしき》ばんでいる。

「たとえ――わわっ？」

興奮した調子でさらに何か言おうとしたとき、かれらがつかまっていた柱状構造物が、ずるりと垂直に抜け落ちた。

顔だけではない。轟音とともに守倭の全身が単位体に分割していく。顔面が小さなかけらになってめくれ上がり、その下から、六つの眼窩を持つ頭骨が露わになる。

54

磐記全域で地盤の崩落が続発していた。

磐記の地盤を構成していた最大の構造物は鐘の巨大樹であり、それが地上に浮上したため首都全体が支えを失っているのだ。

そして今度は、守倭と忩鑑の膠着状態が破れた。

守倭は全身が丸ごと石礫の嵐となり、忩鑑の内外を粉砕している。忩鑑が取り込んでいた大量の鐘が、粒金をばらまくように朝の光の中に散乱していく。守倭は――菜綵は膠着状態のあいだ忩鑑の内部状態を見きわめておいて、いま一気に、鐘体を奪い取りにかかったのだ。吹き飛ばされた大小の鐘は、与えられた運動量を超えた力でくるくると上方に吸い上げられ、巨大樹の枝に配されていく。地上の瓦礫からも、まだ形を残している建物の屋根や地下からも、つぎつぎと鐘が上昇する。人類到達以前の、巨大樹が往時の姿を取り戻す。

これこそが、パウルが「地下」に求めていたものだ。だがまだ、完全ではない。

＊

ヌウラ・ヌウラが崩落に巻き込まれないのは、地下の異変を耳で察知し、危険をよけながら駈けているからだ。

だから、その耳を邪魔する音には閉口する。赤十字の飛行体、盗賊たちの浮遊機体、舞い上がる鐘同士がぶつかる音。

その空には、ヌウラ一統が創出した音響体もまだ響いている。発音体である鐘はすべて沈黙しているが、音響体を保持する磬記の空気に力を貸す経路が、どこかに、かすかに、残っているのだ。だからまだ假劇とサーガは生きている。

音響体を生き永らえさせている人物は、いうまでもなく、真空管にいる。

「おっとと」

ヌウラは、転びそうになる。相続調整庁前の石畳も大きく波打っていて、あやうく生爪をはがすところだった。

「まだ石畳が残っているだけましよね。そして真空管も、どうにかご無事だったか……！」

ヌウラは超絶技巧の口笛をひとふし吹いて認証を済ませ、プラチナ色の構築の中に歩み入った。

長いきざはしの上でトロムボノクがこちらを見下ろす姿勢で佇立《ちょりつ》している。

ひとめ見て、ヌウラは絶句した。半ば透明化した人体が立っていたからだ。

屋内はまったくの無風だ。しかしトロムボノクの長い髪は、右から左へとなびいている。汗に濡れた白いシャツの、袖も、衿も、前身頃《まえみごろ》も、引き裂かれた襤褸《ぼろ》のようになってひるがえっている。その正体不明な力の源泉はトロムボノク本人でしかあり得ない。ヌウラ・ヌウラは慎重に近づく。

前腕を覆っていた布もコルクシートもほどけていて、本来ならば腕が見えているはずだのに、見当たらない。かろうじて前腕の骨だったらしい残骸が、肘から先に伸びているが、それさえも強度を失い毀《こぼ》れやすくなっていると見えた。

つまり両腕の肘から先を失っているのだが、それだけではない。左胸の心臓のあたりはまるくくりぬかれて向こう側が見えているし、右の胸はくらげのような半透明の質感になって肋骨が鳥かごの桟《さん》のように透けていたし、その桟の内側にはディテイルの単純化された、おもちゃの積み木のような肺がふくらんだりちいさくなったりしている。欠落、消失、変質は軽く二、三十か所はあるようだった。左肩と胸のあいだは、完全に断ち切られているように見えた。

トロムボノクはこんな異常さを抱えて生きていたのか？

ふいにヌウラは、かつてトロムボノクが一度だけ語った「生い立ち」のことを思い出した。

——セルジゥ・トロムボノクは孤児だった。父母《ちちはは》がだれとも知れない。恒星間宇宙船の残骸の中で見いだされた男の赤ん坊。かれは特種楽器の中で発見された。ウードに似た大振りの撥弦楽器《はつげんがっき》——〈ウーデルス〉の胴のなかにかくまわれていたのだ。

俺は血みどろだった——トロムボノクはしきりに繰り返した。俺の身体の三分の一はつぎあて《パッチ》だ、と。ずたずたの身体をつなぎあわせていたのは何だったのか。ステム・フレッシュのようなありふれた素材ではあるまい。

ヌウラ・ヌウラはその話を信じなかった。その日に限らず、トロムボノクは口から出まかせの生い立ち話を——ひとつとして同じもののない話をしていたからだ。

「よりによって、トロムボノク」真空管の床から天井に向かって、ヌウラは大声をあげた。

「よりによって一番でたらめな話が真実だったんだね、ええ？　あんたは〈ウーデルス〉に隠されていたんじゃない……。〈ウーデルス〉から産まれたんだ」

「息が苦しくてな。大声は出せない」

ヌウラは心底ほっとした顔をした。もうこの世の人ではないかと思っていたからだ。

「もうあんたは十分やったよ。休みなよ。あたしだってまだまだやれるよ」

「血だらけじゃないか。そんな手では無理だろう」

ヌウラ・ヌウラは生まれてから聞いた中で一番面白いジョークだと思った。

「あんたよりましさ」

「そうとも限らない」

トロムボノクは上腕を持ち上げて見せた。

肘から先にも腕はあるんだ、おまえが見えないだけなんだ、現にいまもこの腕で鳴らしているんだから、と言わんばかりで、そしておそらくその通りなのだろう、とヌウラ・ヌウラは確信した。カリヨンのバーに指一本触れずともそれくらいはできるだろう。もしトロムボノクが〈ウーデルス生まれ〉ならば。

「そっちへ行ってもいいかい」

ヌウラは演奏卓への階段を上りはじめる。なにができるわけでもない。代わってやれるわけでも休めと言えるわけでもないが、同じ音楽家としてずたずたの身体をいたわってやりたかっただけなのだ。

しかしそれはかなわない。上りはじめた階段の目の高さに、とつぜん、人の腕ほどもある六角柱が突き刺さった。

それが最初の一撃。続く十秒のうちに、雨あられと降り注ぐ守倭の単位体と、滝のように砕け落ちるガラスのエンヴェロープで、ヌウラ・ヌウラの視界はホワイトアウトする。

＊

巨大樹の枝々は、漆黒――文字通り漆塗りのような艶めかしい黒で、磐記の空にひろがる枝ぶりも流麗な美しさがある。

いまその全容をじっくりと肉眼でながめているのは、峨鵬丸と鎌倉ユリコのふたりだけだろう。

「ぷはっ」

鎌倉ユリコは白い喉を反《そ》らして瓶のエールを飲み干した。

結い上げていた髪はほどけて背中まで流れ、スーツのボタンはちぎれ飛んでいたが、意気揚々としている。瓶を投げ捨てると、手帳と鉛筆を取り出し巨大樹の復元のようすを記録している。

　巨大樹は、枝の拡張を一段落させ、いまはその全体を高く迫《せ》り上げつつあった。いよいよ巨大樹の全貌があらわになる。磐記内陣の五地区からひとつずつ幹が立ちあがり、互いに伸べあう枝は連理していた。

　ただ、その枝々にかがやく無数の鐘体は、まだ、ひとつも音を鳴らしていない。

「あっ」鎌倉ユリコは身を乗り出した。「真空管が破壊されました」

　いまや假劇の音響体を支えられるのはトロムボノクと真空管だけだ。その設備が全滅したら大假劇というプラットフォームは維持できない。

「こうしちゃいられない」鉛筆と手帳を上着の胸もとにぎゅうっと押し挟むと、鎌倉ユリコは髪を乱暴にまとめ、手帳からひきちぎった栞《スピン》でからげた。「じゃ、わたし行きますから」

「達者でな」

　もう二度と遭えないとふたりは心得ている。

「よろしくと伝えときますね。もしワンダさんに会えたら」

　おう、と応じて峨鵬丸は片手を振った。

記者は、假面を着けて身動きもしない梦卑や観光客のあいだを縫うようにして、磐記内陣へ駆け降りていく。

その姿が見えなくなると、峨鵬丸はまた地べたにあぐらをかき、鼻の先をつまんでぐっと上にやった。

エールをらっぱ飲みするのに邪魔になるからだ。

そして、待った。

*

三博士とフースはかろうじて守倭の竜巻に巻き込まれずにすんだ。

転落する直前に、守倭の眼窩に逃げ込んだのだ。頭部は鳴田堂の職人集団が作ったものだからだろう、単位体には分割せず、㤩鑑の口盤に咥《くわ》えられて最初の位置にとどまっていた。頭部に戻ったとは言え、とても奪還したといえる状態ではない。そもそも守倭の首から下は飛散していたし、菜綵の姿もどこにもなかった。

「吹雪の中の一軒家みたいなものだ」アドルファスが言った。「外へ出たら命はない。ここでやり過ごすしかないだろう」

一行は、フースが持ち込んだ小さな通信端末を覗き込み、時艦通信社が世界に配信する磐記の様相を眺めていた。

ひとしきり暴れ回った守倭の単位体は、それぞれに独立した推進力が与えられているらしく、互いの衝突をたくみに回避しながら紙吹雪が巻き上げられるように拡散していく。

パウルのお御籤がそうであったように、単位体も飛翔しながらみずからをほぐし広げていく。形状を変化させ空気抵抗を作り出すことで方向制御しているのだ。巨大樹の形に沿って、すべての枝、すべての鐘に、均等にゆきわたるように。

ふと、バートフォルドが口を開いた。

陰気な声で暗誦したのは〈告白〉の一節だった。

いわく――

この鐘を鳴らしていたのは精霊であったという。

鐘のひとつひとつに小さな精霊が住んでおり、さらに枝々にはより大きな精霊が住んでいて、かれらが連合することで巨大な鐘はよどみなくひとつの音楽を奏でることができたのだ。

＊

楽しかったな――菜綵はそう考えていた。

シェリュバンと踊った時間は本当に楽しかった。大假劇の稽古だとは言ったけど、ほとんど口実のようなものだった。だれにもじゃまされずシェリューと踊っていたかったのだ。紅祈《アカネ》の奥方と同じだ。サーガや假劇の中では泥王はあくまで紅祈の配下のひとりだ。しかし紅祈の奥方だけは泥王が假劇の外にいる者であることを知っていた。それに触れたくて、いっしょに踊るよう命じたのだ。

楽しかった。その踊りの感覚はまだ残っている。この身体のどこかに。

この身体の？

菜綵は自分の身体がどのような状態にあるのか、分からなくなっている。

彼女はいま百万もの単位体となって、磐記のあらゆる場所に散在している。散り散りになった身体イメージをかろうじてまとめてくれているのは、踊りの感覚だ。十万人の自分がそれぞれに踊っているのではなく、百万に散在した自分がひとつのまとまりとなって、踊る。

大木が揺らす無数の葉がひとつの意志を持ったとしたら。

吹雪に含まれるすべての雪が同じ感情を抱いたとしたら。

それが菜綵だ。

守倭を構成していた単位体は——すなわち泥王は、菜綵から吸い出した身体感覚を利用して、巨大樹に行き渡った単位体を制御している。

人類は、これからはじめて〈行ってしまった人たち〉の音楽を知るのだ。

＊

巨大樹のまわりを群れて飛ぶ単位体は、それぞれが内部に畳み込まれていた構造をオリガミを広げるように展開していた。形代《かたしろ》のような、あるいは紙ヒコーキのような白い影は、総体でひとつの生き物のようだとファウストゥスには感じられる。

「パウル、〈零號琴〉とは、いったい何なのだ？」

「あの告白のとおりさ。音による爆心地《グラウンド・ゼロ》だ。

梦卑の想像力をよりどころに、新しい精神世界を立ち上げるために、打ち鳴らされた音だ。

この想像力は梦卑という多能なマテリアルの上で、ふたつの特徴的なイメージをかたちづくった。ひとつが牛頭。もうひとつが亞童だ。牛頭は戦争の災禍そのものを怪物の姿で表現し、亞童は——叶霊の名が示すとおり——祀《まつ》ろわぬ戦死者や心ならずも死を択んだ綾河の人びとを、子ども——二度とこの地では得られぬ恩寵の形に託したものだ。

美玉の人びとは梦卑の想像力を支配したつもりだったかもしれない。しかしそれは梦卑の形質に支配されることでもある。死者と梦卑とは互いを支配しあい、假劇によってこの依存関係を再確認しつづけてきたわけだ。

つまり〈零號琴〉はかつてこの国でただ一度鳴り、死者の影を焼き付けた、音の閃光だ。物理的な音はすぐに消えたかも知れない。

だが、いまも鳴り続けている。サーガとして、假面として、假劇として。

この呪いはまだ解除されていない」

「だとすれば——」ファウストゥスは尋ねた。「あんたがふたりの子どもに投げた命題、『〈零號琴〉を破壊せよ』の真意は？」

「まさに言葉の通りだよ」

パウル・フェアフーフェンはほほえむ。

「いつまでも音を長引かせている鐘を止めようとしたらどうする？　鐘に手を当てて響きを殺す。そうだろう」

わたしは——わたしたち美縟びとは、なにか間違えていたのだろうか。

咩鷺は闇の中で自問する。

五百年前の人びとが未来に託したのは、こんな馬鹿げた結末だったのか。〈告白〉はわたしたちがあたりまえに信じていたものをすっかり覆した。大假劇が終わればわたしたちは「消える」。あれほど豊かな假劇も二度と再現できない。

わたしは、ただ夜が好きだっただけなのだ。假面の奥にひそやかに息づいている時間が好きだっただけなのだ。

豪雨と暴風を思わせる激しい音が聞こえる。それが守倭の竜巻とは知らないのに、咩鷺の中で、菜綵に対する強い感情が——憎悪がふくれ上がる。

こんなことなら、泥王の假面をパウルにプレゼントなどしなければ良かった。ワンダの誕生祝いとして、古道具屋で買い集めた中から選んだのを、たまたまその場にいたパウルが目を留め、譲ってくれと強く懇請されたのだ。

数年後、美玉鐘再建プロジェクトが立ち上がり、中心メンバーとしてお呼びがかかって招かれたパーティーの場で、菜綵と引き合わされた。

初対面の第一声は、明るく弾けるような声だった。

黒のドレスをまとい、幅広のきらめくチョーカーと同じデザインの耳飾りを着け、晴れがましさや嬉しさをそのままあらわしながら菜綵は歩み寄ってきた。咩鷺も笑顔で握手しようとしてそのまま凍りついた。菜綵が腰の横に着けた假面は（それがその夜のドレスコードだったのだ）、泥王だった。

なぜ凍りついたのかいまならわかる。あのときの嫌な感じ、事態が美縟びとの手を離れていく予感。わたしはきょうのこの状況が逃れられないものとして確定したことに気がついていたのだ。

ああ、それにしてもなぜ泥王の假面がつごうよくわたしの手に入ったのか。そしてもっとも渡してはならない者に贈ったのか。

暗い空間の中で、肘をついたバーカウンターの艶のある木目に目を遊ばせていた咩鷺は、訪問客の気配に気づいた。

振り返るとそこには扉があり、ノブが回り、ゆっくりと開きながら、「お邪魔しまあす……」という声がきこえた。

「お邪魔しまあす……」

おそるおそる入ってきた旋妓婀に気づくと、咩鷺は、片手を上げてにぎにぎをした。

「さよなら」とも「いらっしゃい」ともつかぬ合図だった。どうやら歓迎されているらしい。大假劇はまだ続いている。旋妓婀はかがみのまじょを倒さなければならない。

「嫌よね、倒される側なんて。でも本当にいやだったのは、ワンダがあなたたち仙女を持ち込んだこと。わたしも『フリギア！』は大好きだったけれど、それとこれとは別だもの。美縟の記念碑的な催しだもの」

「たしかにワンダさんは自分第一で、ほかの人の気持ちはお構いなしですもんね」

「ね？」

「でも――」旋妓婀はすこしずつ間合いを縮めていく。「でも思うんです。それなら、なぜ美縟は台本作家にワンダさんを選んだんですか。パウルさんの押しつけですか？　班団が外貨を稼ぎたいと考えたからですか？　みんなが少しずつ欲を出しただけで、こんな結果になるものなんでしょうか」

「そうではないというの」

「わかりません。でも、いまのこの事態は失敗ではないと思うんです」

「どちらにしても」咩鷺はため息をついた。孤空の假面。「ここはもうすぐ終わり。どんな形で終わるかはまだわからないけれど、最後にこうやって落ち着いた時間が持てたのが救い――あら？」

咩鷺は上を見た。そこに何があるわけでもない。膜状組織が幾重にも折り重なった中にあいた小さな空洞だ。飛び上がれば天井に手が届く。

「揺れた？」

旋妓婀のうなじから――しっぽの突起にかけて、むずむずが走った。

「危ない！」

あとから考えれば失笑ものだ。だがそのときたしかに旋妓婀は（シェリュバンは）間近に迫った危機を察知し、咩鷺をかばおうと――覆いかぶさろうとしたのだった。よりによって、かがみのまじょを助ける？　しかし、一歩踏み出す前に、大きな槌で叩かれたような衝撃が二人を見舞った。

精霊が鳴らす音楽の第一撃。

ふたりのいた空洞は大きく裂け、横方向にずれた。

膜状組織全体が痙攣でもみくちゃになった。

＊

ヌウラ・ヌウラの視界をおおったホワイトアウトは瞬く間に拭い去られた。

真空管は内部のカリヨンごと消えていた。階段や演奏卓は、高速で通過していった守倭単位体に削られて穴だらけになっている。しかしヌウラはけがひとつない。

「これ、奇跡？」

演奏卓も、いまにも崩れ落ちそうだったが、トロムボノクはどうにか降りてきた。

真空管を打ち壊していった単位体の一群は渦巻きながら上昇し、他の単位体と合流する。魚群のように密集したその流れの中に、持ち去られた鐘がきらきらと朝日を弾いている。

「もう俺が叩ける鐘はないな。せいせいした」

トロムボノクは歩き出す。三分の一以上が消えた身体で。

「どこへ？」

「パウル・フェアフーフェンのところだ」

「何を……何のために？」

「あいつは気にくわない。美縟から叩き出す」

啖呵《たんか》にしても度が過ぎる。

「それからもうひとり、パウルと一緒に高みの見物をしている奴もだ」

「だ、誰」

「三つ首だ。クレオパトラ・ウーだ」

ヌウラは気を失いそうになる。

「待って、聞いてないよ。いつ三つ首が美緯に来てたの」

「ずうっと前からだ。三博士にくっついてきてファウストゥスを名乗ってた野郎、あれがクレオパトラだ。気がつくのが遅れた。あの声、変調していたんだが、ようやく思い出した」

トロムボノクは、律義にも、真空管のエントランス（の残骸）をまたいで外に出た。ヌウラ・ヌウラはあわててちょこまかと追う。

「だ、だ、だって相手は三つ首でしょ!?」

三つ首に楯突く。ギルドとは無関係なヌウラ・ヌウラでさえ考えも及ばないことだ。

「並の人間じゃ相手に……ああ、並じゃないや」

トロムボノクは身体の三分の一が消えていながら歩いている。

「でも馘《くび》になるんじゃゃ？」

「どうだかな。まあ俺じゃ勝てないことはわかっちゃいるんだ。それでも――」

トロムボノクは顎で上空を指した。

守倭の単位体はあるべき場所に還っていく。黒い枝々。黄金の鐘。〈行ってしまった人たち〉の遺した巨大樹体のすみずみにまでオリガミの人形《ヒトガタ》がびっしりと留《と》まっている。

「それでも、なに？」

「心配してくれるのはありがたいが、耳をふさいだ方がいいぜ。鐘が鳴る」

ぼそっとつぶやいた瞬間、百万のヒトガタ――精霊が、美玉の鐘をいっせいに叩いた。

ヌウラ・ヌウラの目には――透明な音のドームが、なにもかもを燃やし尽くす火球のように膨張していくのがたしかに見えた。

終章

55

ひとつ、
百万の鐘がいっせいに叩かれ、巨大な音の塊がふくれ上がった。
ふたつ、
およそ二秒を置いて、こんどはオクターブひとつ半、高い音が鳴った。信じられないことだがすべての鐘の音程がぴしりと合っている。重い金属球のような量感と、雲母の薄片のような軽さをあわせもつサウンドが磐記《ばんき》の空気を染め替えていくようだ。
みっつ、

ヌウラとその一統は超絶的な演奏技術を結集し、演奏精度の極限に達していた。それにくらべればこちらは、ある種の野蛮な単純さのもとに打ち鳴らされる。ひとつひとつが巨大客船の進水のように、巨大で、重く、そして真新しい。

よっつ、

地面をゆるがす、重い重いとどろき。空気すべてが自発的に唸り出したように、美縟《びじょく》全体がブーミーな震動に満たされる。

いつつ。

巨大樹の――〈行ってしまった人たち〉の「音楽」は、美玉鐘《びぎょくしょう》の音響体とはまるで異なる。ハーモニーもポリフォニーもない。百万の鐘はユニゾンで鳴る。ひとつの音程を鳴らすのだ。

六つ目で音は最初に返り、繰り返しに入った。

百万の鐘が総掛かりで鳴らしたのは、五つの音程をある順番で並べただけだ。音の長さもすべて同じ、繰り返しに入っても何ひとつ変わらない。

旋律と呼べるほど複雑でない。特定の感情や情報を伝えるには足りず、二音や三音のチャイムよりは物言いたげな、音楽になる寸前の配列――クレオパトラはさいしょそのように受け止めた。

なるほど音の巨大さ、壮大さは比べるものもない。しかし音楽の複雑さでは大きく聴き劣りする。正直なところお話にならない。クレオパトラは大いに失望し、それでも苦笑しながらその五音を口遊《くちずさ》もうとして——

「?」

クレオパトラは何が起こっているか判らなかった。

そこでもういちど試した。

同じことだった。歌えないのだ。たったの五音が、同じ順番で、同じ音価で鳴らされている。それをくりかえすことができない。三時間の大編成の音楽劇を二分で暗譜できるクレオパトラがだ。口笛ひとつで一個軍隊と渡り合える三つ首がだ。

繰り返し聴いた。何度聴いても同じ五音、同じ順、同じ音価だ。ただ、諳《そら》んじようとしたとき、何もできなくなる。

「どういうこと?」

パウルはいかにも楽しそうに、当惑するクレオパトラをながめている。

聴いた記憶そのものを消去する曲、はある。クレオパトラ自身、そんな曲をいくつも作ったことがあるが、三つ首には効かない。それに忘れているわけではないのだ。同じ五音がくりかえされていることは覚えているのだから。

クレオパトラは喉がからからになっていた。恐怖のためだ。集中してもういちど聴いた。目を見開き、両手を握りしめた。

「これは……なに?」

そこで鳴っている音は聴こえているほど単純なものではない。途方もない複雑さを秘めているが、しかしその複雑さは、この世界からは見えない。高次元の立体が三次元空間で切り取られたとき、単純な円柱や四角錐が見えたようなものなのだ。ふつうの人間なら、当たり前に五音を暗唱して終わりだったろう。三つ首だからこそ無意識でその巨大さに気づけた。

「こんな音楽があるなんて」

それきり、言葉もない。

＊

路上にいた鳴田堂《なるたどう》は、巨大樹の音の第一波を浴びた。

最高級の假面《かめん》が、そのとたん、失効した。

相対能《あいたいのう》が停止し、あるじの肉体とやり取りしていた電気的、化学的、物理的な情報の流れが途絶した。

音の第二波が来た。強制的に假面を排出《イジェクト》するプロセスが作動し、假面のふちで数か所、小さな火花が散った。假面が脱落し、地面に落ちた。

第三波。假面がはがれ落ちたあとの頭部には、もう鳴田堂の顔はなかった。いましがたまで梦卑《むひ》が想像力を駆使して描き出していた鳴田堂の顔は、もはやあいまいになり、ぼんやりとした人間の顔の足あとのようなものしか残っていなかった。

第四波。五百年ものあいだ美縟を支えてきた基盤、じぶんを人と思い込んでいた梦卑が、ついに人間を忘れはじめている。

第五波がやってきて、そしてまた一から繰り返される。

鳴田堂を演じていた梦卑が身もだえした。

全身に火ぶくれが走った。煮えたぎるように泡だち、皮がめくれあがる。

まるで、人間であった記憶を内部から焼き尽くそうとしているかのようだ。

そのためならこの程度の苦痛はものの数ではないとでも言わんばかりだった。

＊

「気づいたかね？」

オットマンに足を置いて、パウルはくすくす笑った。

「何度聴いても同じ音のようだが、実は繰り返されるたびに、音楽の構造は複雑さを増している。累乗でだよ。いまや、そうだな、五音の中に一千時間分の音楽がかくれている。次のターンでは一万時間を超えるだろう。その複雑さはあっという間に巨大数の域に達し、さらに増え続ける。この巨大樹は背後にア空間の泡を作り出して、そこに複雑さを格納しているんだ。たとえば――」

パウルはかつて古典地球で考案された巨大数の名を口にした。

「――あの数字は、1のあとに0をつけるやり方では、宇宙のすべての物質を紙とインクに変えても書き切れない。この音はそれと同じくらい危険なんだ。もしア空間がなかったら、この音はあっという間に巨大樹からはみ出しこの星を食い尽くすかもしれない。まあ、『かもしれない』としか言えないが。だって既知のいかなる計算機もこの複雑さと増殖速度には追随できないから」

「〈行ってしまった人たち〉の計算機でも？」

パウルは心から愉快そうに笑った。

「もちろんそうさ。梦卑を牧するのは、この装置の副次的な機能でしかない。私たちは―

―つまり私と財団の専門家たちはこう推測している。この巨大樹の本来の用途は〈行ってしまった人たち〉が、通信を秘匿するための暗号化装置ではないかと。これだけの複雑さが役立つ場面はそれくらいしか思い浮かばないのだ。

もしそれが正しければ、つまりだ、この『暗号音楽』は〈行ってしまった人たち〉の数々の謎を解く鍵となりうる」

＊

巨大樹の音に焼かれ、あるいはみずから発火する梦卑たちのあいだを縫うようにして、トロムボノクとヌウラ・ヌウラは歩いている。真空管からレセプションホールがあった公会堂まではすぐ近くだったが、この混乱の中では容易にたどり着けない。

鐘が五つの音を単調にくりかえす、その一音一音がとどろくたびに、美縟の滅びが完成されていく。

いまヌウラとすれちがった女は、假面のふちにそって導火線が燃えるような発火を起こし、假面が剝がれ落ちた。元あったはずの顔はない。假面と顔を同時に失った梦卑たちは、視覚や聴覚など顔に集中する感覚や発音能力を失い、右往左往している。

仮面の下に、おぼろな顔が残っている場合もあったが、やがてひとつの例外もなく消えていくのだ。顔の地肌に溶け込むようにじわじわと薄れ、平坦になり、しまいにはのっぺらぼうの顔面だけがのこる。

　ヌウラ・ヌウラはうめく。

「忘れていってる……」

　梦卑は、さっきまで自分が演じていた人物を、もう思い出せないのだ。いや、むしろ人間を想像していたという過去を抹消したいのかもしれない。だとすればこれは人間の殺戮とも言えるだろう。

　だれかにどんと突き当たられた。肩をつかまれ、怒鳴りつけられる。観光客のだれかだろうか。しかしその男が何を叫んでいるのか、もうヌウラにはわからない。何万という美縟びとが次から次へと顔を失っていくのを、間近で見せつけられると、思考も感情も麻痺してくる。男はヌウラとトロムボノクをがくがくと揺すぶっていたが、何の反応もないと見るや、がしゃがしゃと大きな足音を立てながら、別の方向へ駆け出した。赤い十字を付けた浮遊機械が頭上まで降りてきて、アームを伸ばして男を拾い上げていく。

　男が騒がしく踏み鳴らしていったのは、うち捨てられた大量の仮面だ。地面は、秋の落ち葉のように色とりどりの仮面で覆い尽くされている。ただ単純に美しいな、とトロムボノクは思う。それ以上の感情を振り向ける余裕はない。

半壊の身体を引きずって、この混雑を突っ切るだけで精いっぱいなのだ。

まわりでは、梦卑たちが全身を火ぶくれにつつまれている。皮膚がこまかな泡を立てて煮え立ち、それが体中に広がっていく。まるでバーナーの焔を当てられたようだが、外部から加熱されたわけではない。梦卑が自力でその体表に発熱を伴う化学変化を起こしているのだ。梦卑の表皮と衣服とがともに溶けめくれあがって垂れ下がる。ひらひらした短冊をたくさん貼り付けられたような姿になって、梦卑たちは亡霊のように歩いている。

そう、歩いている。

規則的な鐘の音を進軍の太鼓のようにして、規則正しく足を運ばされている。

かつて自分自身であった人間たちを「殺戮」し終えて、梦卑は大聖堂のある方角へ歩き出している。

瓦礫の大地を埋め尽くす梦卑の大群は、白紙の顔をもたげ、全身を焼き、暴落した貨幣のような假面を踏みしだきながら、大聖堂へと収斂していく。思い思いの動きがやがて列となる。

目的があるのか。何もないのか。

トロムボノクとヌウラ・ヌウラはようやく公会堂にたどり着いた。

こちらも単位体の洗礼を受けたようで、いたるところが壊れている。

しかし、エントランスの扉は何も告げずともおのずと開いた。ふたりを待ち構えていたかのように。

＊

び、び、び！

往復ビンタの衝撃に、旋妓婀《フリギア》は意識を取り戻した。

「痛《い》ったあ！」

頬を押さえて叩いた相手を見ると、それはワンダ・フェアフーフェンなのだった。

「ふん、気がついたかい。手が千本でなかっただけ、ありがたく思いなよ」

「あ、あれ？　いま咩鷺《みさぎ》さんがここにいたのに」

「知らないよ、外のでかい音楽のせいで惢艦《ぼうらん》の中はぐちゃぐちゃになってるんだ。ここは礼拝の間の底に近い方だけど、上の――惢艦のあたりは崩壊しかかっているよ。で、咩鷺を見失ったんだって？」

「すみません」

「じゃあ、また見つけな。そして今度はもう見失うな。——じゃあ、行くか」

「あの、ワンダさん、ちょっと訊きたいことがあります」

「いまかい？」

「どうしても、いま」

　ワンダがしぶしぶ地べたに——大聖堂に張り巡らされた膜状組織の空洞の底面に——尻を下ろすと同時に旋妓婀は疑問を投げた。

「なぜ、『フリギア！』だったんですか？」

「うん？」

「なぜワンダさんは『フリギア！』を選んだんですか。お好きだったのは知ってます。でもわざわざ台本へ繰り込む必要はなかったでしょ。ワンダさんなら、五聯《ごれん》だけでもいくらでも面白いお話が作れたはずです。假劇《かげき》を突破する仕掛けだって。

だいいちフリギアのお話と五聯を混ぜたら、ややこしくなるだけですよね。假面の連合にだってたいへんな負荷がかかったはずです」

「そこまでは心配しなかったな。あたしはなんでも考えなしでやるからね。

　だけどあえてフリギアを選んだ理由を聞いてるなら、そんなの決まってるじゃないか。なきべそがいつまでもくさびじゃ可哀想だからだよ」

旋妓婀は目をみはった。

「あんたは知らないだろうけどね、轍《わだち》世界にゃあね、おんなじこと考えてる者がたくさんいるよ？　いつまでもあんな仕打ちが続いちゃ可哀想だ。そろそろ何とかしてやろうじゃないかってね」そこでワンダはとつぜん心配そうになって、「もしかして迷惑だったかい？」

「いいえ、そんな――」旋妓婀はかぶりをふった。「そんなわけないです」

「そうかい？」

「それが聞けてよかった。胸がすっとしました」

旋妓婀はワンダにハグをした。ワンダは真っ赤になった。

「あともう一つだけ。ワンダさんってこの銀河系の外に出たことありますか」

「やぶから棒だね。あるわけないじゃないか。それは人類のだれもがまだできていないことだよ」

そしてワンダはあたりに誰もいないことを確かめてから、そっと尋ねた。

「なんでそんなこと訊いたんだい」

旋妓婀はいたずらっぽく笑った。

「それ、ワンダさんの内緒の願いでしょ」

「……」

「きっと叶います。わたしの願いはもう叶っちゃったんで」

周囲の空間にまだわずかに残っている假劇の力をかき集めると、旋妓婀は、世界最強の仙女にふさわしい迫力を取り戻した。

「ビンタ、ありがとうございました」にっこり笑って、「恩返ししますね」

次の瞬間、旋妓婀は高速機動で高々と舞い上がった。

ワンダと手を繋いだまま。

かがみのまじょを仕留めるために。

超高速で膜状組織を次から次へ突き破りながら。

「たしかにこれはビンタより効くねえ！」

ワンダは半泣きになりながら、しかし高笑いする。

じぶんが「最終回」から救ってやったヒーローに手を引かれ、空を飛ぶのだ。だれが笑わずにいられるだろう。

＊

「暗号音楽……」

「仮の名だ。本当の正体はわからない。しかし恰好いい響きだろう。私がつけたんだ」

「それはいいんだけど――」

パウルとクレオパトラが交わす会話は、すでに音ではない。口の動きとわずかな手振り、目配せを高度に編み上げた、ふたりにしか通じない言語だ。なぜなら、巨大樹の鐘が鳴り出してからは、この至近距離でもまともに声が通らなくなっていたからだ。

「――鐘以外の音がどんどん消えていってるのでは？」

「暗号音楽は、その複雑さをア空間のポケットに格納することで、一般空間での物理的事象に対する影響が『無害化』される。つまり、あたりまえの音として鳴り響く。しかし完全に無害化されるわけではない。シールした環境で大規模な燃焼を起こせば酸素が欠乏する。それと同じだ。暗号音楽は――まわりの物質を手当たり次第に崩壊させることまではしないが、少なくとも、その作用範囲内においてほかの音楽が存在することを許さない」

クレオパトラはまばたき一つの間、言葉の意味を考えた。

大假劇を成り立たせていたのは美玉鐘の音響体だ。それが暗号音楽によって消滅すれば、番外は維持できまい。假面が次々と脱落していったのも、そのためなのだ。

「ようやく腑に落ちた」

「ほう、そうか？　美玉鐘の音響体は消えたわけではないぞ」

クレオパトラはパウルを凝視した。

「暗号化されてア空間に格納された？」

「さあ、そろそろなぜきみに来てもらったかわかるだろう。そろそろ三つ首の異能を見せてくれ。わが財団が逆立ちしても――逆立ちしてもかなわないきみの能力を」

言葉の途中でパウルは気づいた。室内空間の音響に変化が生じている。

途中からふつうに言葉で話した。声は明瞭に伝わった。

「クレオパトラ・ウーの異能か。ぜひ俺にも見学させてほしいもんだな」

レセプションホールの扉がひらき、ふたりの人物が逆光に浮かび上がる。人物の一方、セルジゥ・トロムボノクの声がくっきりと響きわたった。

そのこと自体が、トロムボノクもまた異能の持ち主であることを示している。

「なあ、パウルの旦那。〈ウーデルス〉を知らないか？」

＊

暗号音楽がもたらす音響体の消失は、黒亞童《あどう》の結合を解体し、鴎鑑はその上部から全面的に崩壊しつつある。守倭《しゅわ》の――鐵勒《てつじん》の頭部は支えを失って落下し、ドームを突き抜けて大聖堂の空間の半ば、列柱と演奏壇にひっかかっていた。フースと三博士はほうほうの体《てい》で這い出し、演奏壇にからみつく黒い膜状組織や、天井から垂れ下がった大きな布につかまって、床へ降りはじめた。

「おい、ありゃあ……おまえの従者じゃないか」

言われてフースが下を見ると、床の上に截鉄《せってつ》が倒れている。かたわらに立って截鉄を覗き込んでいるのは咩鷺だった。

「待て、早まるな！」

フースが叫ぶと、截鉄の――ザカリの声が応えた。

「大丈夫です……足首の腱を断たれただけで」

詩人の手は、指のひとつひとつが短刀の形になっている。それでザカリを狙っているのは明白だ。

「咩鷺――いや、かがみのまじょよ、話がある」

咩鷺はそこでフースを見あげた。

「なんのお話？」

「最近出版された研究書の話だ。『あしたもフリギア！』の脚本家へのインタビュウが載っている。聞いてみたくないか」

返事はない。興味もなさそうだ。しかし手は止まっている。フースは巨大なカーテンを伝い降りながら、話を続けた。

〈かがみのまじょ〉とはそもそも何者なのでしょうか――インタビュアーは脚本家に尋ねた。――あれはふつうの意味での登場人物ではありません。さけられない運命、あるいは天体の運行、神がそっと示してくださる智慧、そんな人間の力が及ばないものの象徴でしょうか。

すると脚本家は笑って答えた。

そんなに大げさなものではありません。まじょがどうやって登場したかを覚えていますか？　さいしょは額縁の模様、そのうちうわさ話。声を持って話しはじめるまでにずいぶんかかりました。私は番組を見る子どもたちに伝えたかったのです。かがみのまじょは我慢できずに姿を現したけれど、実はどんな物語にも〈まじょ〉は潜んでいるかもしれないよ、もっとうまく隠れているだけかもしれないよ、と。登場人物も、読者も、そして作者も気がつかないけれども、物語の奥で自然に発生し、思いのままに動くことのできるまじょが。

なぜそれを子どもたちに伝えたいと？

教訓としてです。教えてやりたかった。でもね、そのまじょはあなたの目をしっかり感じているんだよ、と。そして、物語はかがみがあなたを映し出すことで完成するのだよ、と。

「それで？　わたしはあなたたちを完成して差し上げられたかしら」

フースと三博士は床に降り立った。青い蛾の色のドレスをまとった咩鷺の足元には二振りの刀が折れて散らばっていた。截鉄の持ちものだ。咩鷺の短刀のような五本の指、その切れ味は、截鉄の二刀流を凌いだのだ。

「かがみのまじょとしては大成功だと思うよ。もとの『フリギア！』以上の出来栄えだ」

「……？」

「ここに籠もっていたから分からないだろうけど、磐記《ばんき》は底が抜けてしまったよ。もう地面の二割までもが陥没している。ほどなく磐記は全面的に崩壊するだろう。でも、それはまじょの望みの実現とおんなじだ。旋都の内側に、強大な仙力を凝縮した時限爆弾を造り、ア空間に貫通させようとしたんだから」

孤空《こくう》の假面からは表情が読み取れない。

「きみが美縟を崩壊させたんだ。――さあ、どうする？」

一歩踏み出したフースの右目と左目を結ぶように、まじょの指が動き、かれの頭部を水平に切り落とした。

56

「〈ウーデルス〉を知らないか、か。この言葉は、きみの名刺代わりになっている。ギルドの仕事で出かける場所では必ず尋ねている。飽きもせず、嗅ぎ回る」

パウル・フェアフーフェンは苦笑して言った。

「俺のことを何もかも知っていたくせに、えらく持って回ったやり方で声を掛けたものだ」

「推薦者はクレオパトラだから、実力にはまったく疑いを持たなかった。それでも直接面接しておきたかったのだ。きみも、それからシェリュバン・ルルー＝ヴァランタンくんも

――おや、本名は初耳だったかな」

「いやみな爺いだ」

「パウルは実は不安があったそうよ」クレオパトラが補足した。「あなたにここへ来てもらうには、ウーデルスを餌にしないといけないのかも、と。でも第四類くんがうまく取り

なしてくれたそうじゃない」

「べつにそのためじゃない」トロムボノクは肩をすくめた。「美縟に来たのは、あんたが必ず何かをやらかすと思ったからだ。〈行ってしまった人たち〉に関する何かを」

「何と！　これは奇遇だ」パウルは相好《そうごう》を崩して手を打った。「私らはおたがい同じようなことを考えていたわけだ。私とクレオパトラがきみを選んだ理由も、まさにそれさ。〈行ってしまった人たち〉に特別な思いを持つ者ならば、この話を受けてくれるだろうと」

ヌウラ・ヌウラは、いきなり本題に入った会話に目を白黒させている。公開の場にはめったにあらわれないクレオパトラを近くで見ることは、ヌウラ・ヌウラにとってさえ、身がすくむことなのだ。しかしトロムボノクは物おじしていない。三分の一を失った身体を平然とさらし、横柄にしゃべる。

「まあ掛けないか。ご覧のとおりこの建物も破壊されたが、キャビネットの飲み物はまだ適温だよ。すこし話をした方がよさそうだ。なにしろ、われらは三人とも〈ウーデルス生まれ〉なのだからな」

轍宇宙はけっして安全に整備された空洞ではない。

〈行ってしまった人たち〉はこのエリアに、見えない残遺物を多量に遺しているといわれる。人類の技術では観測不能なものが数多く時空のひだに埋め込まれていて、それらが引き起こす影響が複雑に作用しあっている。〈輸〉という不自然な構造が維持されていること、どこからともなく無尽蔵に取り出されるエネルギー、絶望的な恒星間の距離を無にするア空間。どれもこれも、そうした影響のひしめきが結果として作り出しているものだとも、考えられている。

予測できない影響は、巨大なものから微小なものまでさまざまな形を取って、人の世界にあらわれる。

誰でもいい、その中でもっとも奇妙なものを三つ選ばせたら、その中に〈ウーデルス生まれ〉が入っている可能性が高い。なにしろ、それは「楽器が人を産む」現象であり、「宇宙が人を産み落とす」現象でもあるからだ。

ヌウラ・ヌウラの師匠のひとりは彼女に言った。師匠のそのまた師匠から聴いたところでは、ウーデルスはその名のとおり「子宮のごとき楽器」であるという。ある種の存在がこの世に生まれるとき、前もって、その場所に作り出される楽器なのだと。そしてその存在は、ウーデルスの中に満ちている粘りのある液体のなかで己れの形を作り上げ、産声《うぶごえ》を上げてそこから這い出てくるのだと。

この話には語る人の数ほどバリエーションがある。子宮ではなく、弾痕だ。という者がいた。危険な銃弾がこの世界に撃ち込まれるとき周囲の空間に残る破壊痕だと。また逆に、超越的な存在がこの宇宙に降りくだるとき携《たずさ》える楽器なのだというものもいた。ただ、赤ん坊が手に提げるのは大きすぎるので、その中に入っているだけなのだと。

つまり、だれも本当には分かっていない。

常人をはるかに超えた異能の持ち主がいる。かれらはウードに似た撥弦楽器の胴の中で、嬰児《えいじ》の状態で発見される。

よくある作り話のひとつだと思われている。かつて古典地球のおとぎ話では大きな果実や、草の茎の節《ふし》から子どもが生まれた話が好んで語られた。その程度の信憑性《しんぴょうせい》はある。ヌウラ・ヌウラも、ついさっきまで、トロムボノクの生い立ちをまるで信じていなかったのだから。

「一緒にしないでくれ。俺はあんたらとは違う」

パウルの申し出を、トロムボノクははねつけた。

「言いたいことはひとつだ。あんたらは気にくわない。今すぐここから出ていけ」

突風が起こり、テーブルの上にあった食器や書類が宙に浮いた。渦を巻いてごうごうと飛び交う。風が力を増し、浮き上がったマホガニーのテーブルは破砕機にかけたように粉々になった。敷き詰めた絨毯も身もだえしている。

「大したものね。これ、風の力じゃないでしょう」クレオパトラはとても楽しそうだ。

「室内の全分子にひとつひとつ運動量と角度を与えている。なるほど、バトン操作だけでどうやったのかな、って思ってたけど、だから真空管をあれだけ鳴らせたんだ」

「腕前は認めるがトロムボノク、きみの仕事は終わった」

「ちょっと手綱を緩めるとこれだから」

クレオパトラが目くばせすると、トロムボノクの膝がいきなりがくんと崩れ落ち、床にはいつくばった。

最初から、パウルも、クレオパトラも髪の毛ひとつ揺らいでいない。

「あなたのチェンバーの鍵は私たちの手にあるのよ」

「いいからいますぐ美縟から手を引け」

「えらく気が立ってるな。らしくないじゃないか。おなじ〈ウーデルス生まれ〉だろう。手荒なことはしたくない」

「仲間扱いするな。俺は、完全な状態で生まれたあんたらとは違う」

「ははあ、そこにこだわっていたのか」

「ウーデルスを探してたわけじゃない。俺の身体を探しているんだ。俺が生まれる前に横取りし、売りさばいた奴がいる」

トロムボノクには「誕生前」の記憶がある。自分の身体が作り上げられていく感覚だ。いったん完成した一個の胎児は、そのあと五十近くに切り分けられ、どこかへ持ち去られた。小さい頃から繰り返し三博士に訴えていたことだが、容易には信じてはもらえなかった。しかしトロムボノクには確信があった。両方の眼球も、心臓も、腕も脚も耳も、肺の片方も、そして一本の歯も——どこかで生きている。自分を待っている、と。

「四つまでは取り戻したよ。どれだけ苦労したか分かるか」

トロムボノクはわざわざ顔を上げ、べえっと舌を出した。

「これを最初に取り戻した。修業中に実習先でようやく探し出したよ。持ってた奴をどうしたか、聞きたいか？」

「いや、結構。もう知っている」

「これが見つかってどれだけうれしかったか。口の中で空気分子を一個一個こねまわさなくても、話ができるようになったんだからな」

「たしかに同情に値する」パウルはあっさり片づけた。「ただ、申し訳ないが、私はきみの苦労には興味がないのだ」

クレオパトラがぷっと噴き出した。

「ひどい」

「その身体を彌縫《びほう》していた生体素材をすっかりエネルギーに使い尽くしてまで、頑張ってくれた。クレオパトラ、きみの部下は素晴らしい忠誠心があるね」

ヌウラ・ヌウラにもおおよその見当はついた。演奏をするときトロムボノクは神がかった力を発揮する。それはすべてギルドがかれの意志と技術を、心身の限界を超えて酷使できるからだ。

「ただ、クレオパトラ、部外者の私が口出しできることじゃないが、上司に皿や家具を投げつけるような従業員にはなんらかの処分が必要ではないのか」

「考えとく」

「まあどっちでもいいが。トロムボノク、これだけは覚えておいてくれたまえ。私のじゃまはするな」

「なら聞かせろ。何があんたの目標なんだ」

「笑うなよ」

パウル・フェアフーフェンは笑いながら言った。

「笑うものか」

トロムボノクは、ありったけの力で笑ってみせた。

「では、教えてやろう。宇宙をわがものにする」

あっけにとられて、ヌウラ・ヌウラもトロムボノクも笑うことを忘れた。ヌウラは内心おそれていたのだ。たいへんな秘密を聞かされて、そのため消されるのではないかと。その心配はなさそうだった。パウル・フェアフーフェンの望みを知ってる？　内緒よ。宇宙征服なの。――だれが信じるだろう。

「おかしくないだろう。私は真剣に信じているんだ。われわれ〈ウーデルス生まれ〉とはそのために存在するのだろうと。いいか、〈ウーデルス生まれ〉とは〈行ってしまった人たち〉と同種の生物なのだ。宇宙くらい気ままにさせてほしいのさ」

パウル・フェアフーフェンはずっしりした機械式の腕時計をながめ、眉をひそめた。

「いつまでもこうしてはいられない。暗号音楽が手に負えなくなる前に、さっさと片をつけてくれ」

「ごちゃごちゃうるさいな。集中するからだまってて」

クレオパトラ・ウーはレセプションホールの壊れた壁まで進み、そこから外を見た。

暗号音楽はたしかに巨大だ。しかしそれが「暗号」だと知ることがクレオパトラには必要だった。この複雑さには一定の規則と秩序があるとわかれば、「おりたたみ」もやりやすくなる。アルゴリズムの全貌を理解する必要はない。発音体の数はたったの百万。演奏をおこなう群体の挙動も、いかにも人間的な舞踊の一種と考えれば、解釈できそうだった。

「おい、何をするつもりだ」

クレオパトラはトロムボノクの抗議に取りあわない。無視しているのではない。極度の集中で耳に入らないのだ。トロムボノクは息を吞む。三つ首がそこまでの集中を示すとき何が起こるか。

クレオパトラはまっすぐ立ち、胸の前で手のひらを向き合わせた。部屋の残響を確かめるみたいに柏手《かしわで》をぽんぽんと打った。

たったそれだけで、暗号音楽はけむりのように消えた。

57

顔を忘れた梦卑の列に加わり、峨鵬丸《がほうまる》は大聖堂の近くまで来ていた。

この鼻さえなければなあ……峨鵬丸はおぼろげになっていく思考の中で、繰り言を続けている。この鼻があるせいで、自分では死期が選べないのだ。みんなは「人間」であることをやめたのに、まだ峨鵬丸という人格につきまとわれている。

この苦しさをほかに味わっている美縟びとがいるとすれば、それはきっと咩鷺だろう。

孤空の假面を咩鷺に打ってやったときのことを思い出す。

外の学校に行くから餞別《せんべつ》に假面を作って、わたしのために。ぜったいに詩人の假面。それから、きっと侵襲型にしてね。

いま咩鷺はどうしているだろうか。俺と同じで人間を忘れられないでいるだろう。

峨鵬丸は空を仰ぐ。夜が明け、気温が上がってくる時刻だ。

青空を亀裂のように走る連理の枝の黒。

そこにかがやく鐘の黄金。

すると突然、ありとあらゆる音楽が息絶えた。〈行ってしまった人たち〉の、巨大樹の鐘は、震動を続けていたが、周囲の空気を震わせてはいない。

峨鵬丸には何が起こったか分からない。

クレオパトラ・ウーの〈音盗みの異能〉のことなど知る由もないからだ。

＊

三つ首に何ができるかは、人間の想像力では推し量ることができない。

〈音盗みの異能〉は、クレオパトラのもつ数々の力の中でも規格外のものだった。

クレオパトラは、いかなる場のいかなる音楽であろうと、あとかたもなく盗み取る力があった。どのような仕組みなのか本人も知らず、解明もされていない。ただ、彼女は音楽を盗み、おまけに盗んだ音楽をいついかなる場であっても思うがままに再現できる。楽器も発音体もない場所ででも。何十年経っても。何百年経っても。

「あっけなかったな」

「とんでもない。こんなにしんどいのは生まれて初めて」

夕食を五人前平らげた程度には、大変そうだった。

「時間がない。いつまでもこいつらに関わってはおれんのだ」

パウルは腰を上げた。数百の財団がこの音楽を心待ちにしている。いつか〈行ってしまった人たち〉の力をすべてわがものとする――パウル・フェアフーフェンのその願いをかなえるために何十という異能者がパウルを待っているのだ。パウルの忠実な運び手である六輪の自動車、李蒙《りもう》の黒塗りの雄大な車体が、レセプションホールの壊れた壁からなめらかに進入してきた。

「ねえ、パウル、これで満足？」

「いや、最後の仕上げをしてもらおう。ここに音楽は残すな。根絶やしにしろ。それが美縟にはお似合いだ」

腹這いの姿勢でトロムボノクがわめいた。

「おまえら後悔するぞ。いや、後悔させてやる！　パウル、おまえはその薄情さで、痛い目を見るのだ」

「呪いの言葉か。恐い恐い。じゃあ、片づけとくね」

ふたたびクレオパトラは手を叩いた。直後、ヌウラ・ヌウラは昏倒した。トロムボノクの意識も薄れていく。クレオパトラの異能は、美縟から、この国から永久に音楽を奪った。どのような楽器を持ち込もうが、どれほど優れた演奏家を招こうが、ここで音楽が鳴ることは二度とない。すぐれた音楽家は、一瞬にして大量の血を抜き取られたのと同じショック症状を起こしたのだ。

「ワンダ、先に行っているぞ」

どこへともなく一声かけるとパウルは李蒙に乗り込み、出発を命じた。

「おっとそう言えば……まあ、いいか」

李蒙はそのまま走り出した。フースにはやっぱり、つれないのだ。

そしてパウルは、とうとう菜綵《なづな》のことなど思い出しもしなかった。

まじょの手指《しゅし》は、じっさいには空を切った。

ほんのわずかの差で旋妓婀がフースを突き飛ばしたからだ。

「フースさんが教えてくれたんです。現実の環境下なら、かがみのまじょは怖――」

ものも言わずまじょは手を繰り出した。一撃と見せつつ手の動きは複雑で、指の変化技を加味すれば、十数本の棒手裏剣を至近距離から投げられたにひとしい攻撃だ。そのすべてを旋妓婀は正確に叩き折り、その手に指を絡めて逃げられないようにした。假面の奥に攻撃色が点っている。

「フースさんの予想、当たったみたいですね。假劇環境が弱体化したら、相対的に第四類改変態の力が優位になる。力で押し勝てる」

大きな音がして、演奏壇に引っかかっていた守倭の頭部が落下した。大聖堂の内壁をぶ厚く覆っていた膜状組織の層も、すっかり痩せ細り、みすぼらしいものになっている。暗号音楽が假劇のさいごの名残りを消滅させつつある。

「咩鷺さん、なぜ、フースさんにまじょの弱点を話したんですか。ここにいるみんなが―

――ぼくも、三博士も、フースさんも、ワンダさんも、そこが不思議でならないんです」

どこかでまたなにかが崩れる音がする。㕂鑑や膜状組織もいよいよ終わりだろう。磐記全体を使って上演されてきた大假劇を、いまはもうこの二人だけが演じている。大詰めだ。

旋妓婀は咩鷺の腕を強く引き、みずからも踏みだした。反対側の手を假面のふちに掛けた。

「何をたくらんだんですか。言わなければ、剝がします」

侵襲型を外力でむりやり引き剝がせば、あるじに生死にかかわるダメージをもたらす。かがみのまじょは答える代わり、旋妓婀の心臓のあたりに、もう片方の手の刃先を当てがった。ふたりは抜き差しならない体勢になった。震動。かなり大きい。近い。

「ああ、うまくいかなかったな」咩鷺は、鼻が詰まったような声でかなしそうに言った。

「わたしは〈夜〉がとても好きだった。いつまでもその中にいたかった」

「ええ……」

「馬鹿みたいね。だって〈夜〉は、そんなふうには思っていなかったの。ちっとも」

虚を衝かれた気分だった。

「あれが――あそこに……」咩鷺は天井を仰ぐ。「あそこに〈夜〉の意志が映っている」

つられて旋妓婀も見る。一瞬の隙に、咩鷺はからめられた手を振りほどいた。

音楽の完全な消失は、暗号音楽以上の破滅的な影響を美縟にもたらした。

万能と思われた〈行ってしまった人たち〉でさえ、このような場合、巨大樹がどのように作動すべきかを定めてはいなかったらしい。いずれにしても、巨大樹は、鐘を鳴動させるシステムに不正な攻撃が加えられたと判断したのだろう。すべての鐘体が作動を停止した。

*

峨鵬丸は、音楽の突然の途絶に戸惑い、はるか真上にある巨大な鐘を凝視していた。すると鐘が、かすかに揺れた、と見えた。

音楽が再開するのだろうか。しばらくそのまま凝視していると、その予想は大きく間違っていることがわかった。

鐘はぐんぐん大きくなる。巨大樹の枝から切り離されて、真下に――つまり峨鵬丸の頭上に落下しているのだ。

引き延ばされた時間感覚の中、峨鵬丸は、ゆっくりとまわりを見回した。

すべての鐘体が落下してくる。

首都を炎上させる爆撃のようであり、
朝日の中を降下してくる救済の落下傘部隊のようでもあった。
それが峨鵬丸の見た最後の光だった。

＊

一瞬の隙に咩鷺は手を振りほどいた——しかし旋妓婀は天蓋布から目をもぎ離すことができない。

天蓋布が映し出しているのは、かつてシェリュバンと咩鷺が見た、世界開闢《かいびゃく》の場面だった。雲のようにむくむくと動く吽霊の大群も、黒と金が作り出すモザイクも、すべてかつて見たとおりのヴィジョンだ。

「なぜ」旋妓婀の声は震えている。「なぜ、気がつかなかったんだろう」

回転する車のホイールを映像に収める。すると途中からホイールが逆向きに回り出す錯覚を覚えることがある。

モザイクの中には騙し絵のように、開闢とは逆向きの動きが重ね焼きされていた。むくむくと広がる動きの中に、萎《な》えしぼむ動きがあった。金の目を見ひらく動きのとなりで、閉じられる目があった。五体ができあがる動きのかげで、原形質に溶ける吽霊がいた。

假劇に別れを告げて、立ち去っていく。開闢の中に終結が込められている。それが、はじめからの〈夜〉の意志、梦疫《むえき》で死んでいった人びとの設計だったのだ。

それが、天蓋布の映像を見た、最後の瞬間になった。

ついに音楽の消失が天蓋布の裏に届いた。天蓋布はまっぷたつに裂けた。

裂けた天蓋布は——大量の吽霊の肉片はどろどろに溶解し、湿った音を立てて真下にいた咩鷺と旋妓婀に降り注ぎ、埋もれさせ、押し潰す。

膨大な黒。きらめく金。

視界が途絶する直前、シェリュバンはたしかに、なきべそと咩鷺の対話を聞いた。

なきべそは言った——見てください、これが星々の世界です。

咩鷺は答えた——いいえ、これは〈夜〉です。

＊

レセプションホールの沈黙は、一分も続かなかった。

床に突っ伏していたトロムボノクの肩と背中が、小さく震え出した。やがてその震えは痙攣となり、それが極大に達したところで、トロムボノクはごろりと寝返りを打った。声を殺して震えているのは——笑いをこらえていたのだった。ついにこらえ切れなくなり、トロムボノクは大笑いをはじめた。存在しない両手でゆかをばんばん叩き、涙を流し、ひいひいと腹筋を痙攣させた。

たっぷりと笑って身体を起こすと、ヌウラ・ヌウラを肩に担いで歩き出す。大聖堂へ向かうために。

「トロムボノク……あんた、何がそんなにおかしいのさ」

「これが笑わずにいられるか。奴らは俺のことがそうとう恐かったと見える。俺を動けないようにし、お宝を手当たり次第にかき集めて、あとも見ずに逃げ出しやがった」

「ふん、いい気なもんだ」ヌウラ・ヌウラは憎まれ口を叩く。「クレオパトラに手も足も出なかったくせに。美縟の最大のお宝をむざむざ奪われてしまったくせに」

「そう思ってりゃいいよ。『暗号音楽』とやらが単体で機能すると思っているんならな。あの音楽はどのような情報でも暗号化してみせる。そりゃいいが、じゃあ解読は誰がするんだ？　奴らはそれを探す余裕がなかった。俺が時間稼ぎをしたからな。もうすぐ磐記の地盤は完全に崩壊する。奴らは逃げるしかなかった」

「トロムボノクさあん、ヌウラさあああん！」公会堂の玄関から声がした。「やっぱりここにいたんだ。捜しましたよう。早く早く」

鎌倉《かまくら》ユリコだった。かたわらには、〈行ってしまった人たち〉の高機動飛行バイクが待機している。

「時艦《じかん》社の社用機です。地上はもう歩けないですよ。ここももう危ない。さあ、乗って乗って」

「ありがたい。地獄に仏とはこのことだ」

外へ出たふたりは、凄絶な光景に目をそむける。狭い座席に身体を押し込み、バイクのGに耐えながら地上を眺める。磐記の地上はジグソーパズルの輪郭に似た不規則な線で寸断されていて、その一片一片が、つぎつぎと暗い地下に呑み込まれていくのだった。

「トロムボノク、だれにも内緒にしとくから教えとくれ。解読の方法は？」

巨大樹の鐘は、虫歯のように次々抜け落ちて地表を打ちのめしている。ついさっきまでその鐘を鳴らしていたオリガミの精霊は、白い鳩のように空へ逃れて羽撃《はばた》いていた。

「さあね、俺は知らないが――おや、これはいいものを見つけたぞ」

バイクのシートに、どこから紛れ込んだのか、耳飾りほどのちいさな鐘が転がっていた。

巨大樹から切り離された鐘の総重量は途方もないものだったが、その影響はふたつの形であらわれた。

＊

ひとつは、いうまでもなく鐘の直接的な打撃による、磐記地表の徹底的な破壊である。

残るひとつは、巨大な重量を切り離したことによる巨大樹の動揺だ。

すべての鐘が同時に切り離されたわけではない。五つの幹と連理の枝からなる巨大樹は激しく揺れ、地下にひろがるその根が、空洞の多い磐記の地下を滅茶苦茶に破壊した。

これまでの陥没でできていた数多くの穴が繋がりあい、地盤は総崩れとなった。

空に広がっていた亀裂を、地面がそっくり映しとったかのようだ。磐記の地表は何千もに分かたれそれぞれが大きく傾斜した。地上にしがみついていた梦卑たちは、豆を乗せた皿を傾けたように、真っ黒な地下になだれ落ちていく。

巨大樹も連理を持ちこたえられない。五つの幹はばらばらに離され、まず華那利《カナリ》地区の幹が、次に芹璃《セリリ》と紅祈《アカネ》のが次々と地中に沈み、さいごまで持ちこたえた昏灰《グラファイ》と沈宮《ジンク》の二本も結局は沈没していった。

首都磐記はそれ自身の中へ崩壊して消えた。

ただひとつ、大聖堂だけを残して。

58

惑星美縟から一切の音楽が消えてしまったいま、至須天《しすてん》大聖堂にも一片の假劇も存在しえないはずだ。

しかし、大聖堂の床にはまだ旋妓婀が立っている。

そこにはもうなきべその気配はないが、かといって単なるシェリュバンとも違い、かろうじて旋妓婀の威厳を保っている。

ワンダ、三博士、フース、ザカリ、そうして鎌倉ユリコとヌウラ・ヌウラは、「假劇」の最後のひとしずくをこの場にもたらした人物を見守っている。トロムボノクが爪の先ほどの鐘を、おもちゃのカンテラのように旋妓婀に差し掛けてやっているのだ。クレオパトラの異能に（局地的にではあっても）抵抗できるのは、この男だけだろう。

そうして、その小さな鐘は、もうひとりの登場人物にも向けられていた。

孤空だ。

それはもう咩鷺ではない。天蓋布が落ちた時点で、咩鷺の思念は完全に消え去っていた。旋妓婀の目の前にあるのは、かつて天蓋布であった組織と、咩鷺の肉体を担っていた梦卑の組織がどろどろに溶け合ったもの。そして腐敗臭を漂わせつつあるその組織の山の上に静かに置かれている、孤空の假面なのだった。

咩鷺の身体と天蓋布とは、孤空の侵襲性を仲立ちにして融けあったものと見えた。梦卑の白い肉体、大聖堂内部を覆っていた膜状組織の名残り、そして天蓋布の素材が混ざりあい、ぶくぶくと泡立っていた。かつて巨大な㕹鑑を支えていたものの、最小構成がそこに生きのびていた。

旋妓婀は声を掛ける。

「咩鷺さん――じゃだめ？　孤空さん、ってやっぱり変じゃないです？」

假面は微塵も反応を示さない。旋妓婀は肩を落とした。

「ほかの假面みたいに失効してるのかな」

「いや、それはない」トロムボノクは否定した。「死んだふりをしてこちらを窺っている。ぶくぶく泡立ってるのは何かの化学反応だ。そこから假面の活動を維持するエネルギーを汲み上げているんだろう」

トロムボノクがこの場にたどり着き、現況を検分したあと即座にこう言った——こいつはまだ成仏していないぜ、と。

「我慢比べ……ですか」鎌倉ユリコが固唾を呑んだ。「さっき、成仏していないと聞いて、わたしすごく腑に落ちました。わたし、鋳衣《いい》の告白を記録しましたけど、最後のほううまく書きとめられなかったんです。あの先の言葉を、この假面は知ってますかね」

鎌倉ユリコに返事をする代わり、トロムボノクは假面に訊問した。

「じゃあ訊き方を変えよう——美縟にはなぜ、あんなにも梦卑がたくさんいた？」

孤空の假面がたしかにぴくりと動いた。

「俺は考えていたんだ。

梦卑は綺殻《キカク》に住み着いていた。綺殻は小さい。そこで得られる食料でまかなうのだから、人類到達時の頭数はかぎられていただろう。しかし、いま、磐記の数百万の人口もこれに匹敵する亞童も、すべては梦卑から供給されている。しかも、徐々に殖《ふ》えたのではない。美玉が美縟に切り替わった時点で、個体数が飛躍的に増えていなければならない」

うう、とも、ああ、ともつかぬ呻《うめ》きを、孤空はながながと上げた。

シェリュバンははっと顔を上げた。男とも女ともつかない、かといって中性的でもない、その呻きには聞き覚えがある。くさびのなきべその声に混線してきた「副音声」だ。

鎌倉ユリコは愕然とした。この呻きには聞き覚えがある。美縟の〈告白〉の声の主だ。そしてふたりは、なおもいぶかしんでいる。もっとべつの場所、べつの時間で、この声を聞いた。

「そこで俺は気づいたよ。亞童の出汁《だし》で煮た雑炊、刺し身、皮を揚げた菓子。美縟びとも亞童も、もとをただせば梦卑だ。おかしいだろう。なぜそこまで同族を食べることに執着する？」

孤空のあえぎはしだいに大きくなり、しまいにはなきごえとなる。

「その理由を思い出せ。美縟には梦卑と亞童が多すぎる。どうやって頭数を増やした。それにはたっぷり食い物が必要だったろう？」

トロムボノクは鎌倉ユリコに命令を飛ばした。

「紙と鉛筆を用意しろ。これからこいつが言うことを、一言一句書きもらすな」

「え、えーとと」

「孤空の役割は、何だった？」

「あっ」

「詩人だ。なぜ詩人が假面の最高位か。そしてなぜ美縟は、詩人の假面を最後の一枚としてここに残したのか」

「語らせるため、ですか」

鎌倉ユリコは総毛立った。一番大切なことは、まだ語られていない。美縟の〈夜〉の奥底にある秘め事は。

「セルジゥはそこまで。あとはぼくが訊きます」

シェリュバンがトロムボノクの前に出た。もしかしてなきべそが出てきてくれないか、と期待はしても、やはり気配はない。

でも、だからといってそこになきべそがいない証拠にはならない、そう思い直してシェリュバンは――

「咩鷺さん――」

そこには咩鷺がいないことを承知の上でシェリュバンは語った。

「いっしょにワンダさんのお屋敷に行った日のこと、覚えてますか。ぼくが夜中に目が覚めて廊下に出たら、咩鷺さん、本を読んでいましたね」

シェリュバンは老婆のような咩鷺の顔を回想する。なぜそんな夜更けに目が覚めたのだったか。

「ぼくに――あるいはぼくたちに、夢を見せましたね？　顔の裏側の肉をむさぼる夢を。口の裏側から口づけする夢を。

共食いの夢を」
どろどろに溶け合った天蓋布と諗鑑組織のあちこちで、ぷつぷつと、あるいはぷくりぷくりと泡《あぶく》が立ちはじめた。
ぷつぷつという分節された無数の音をあつめて、孤空の肉質の嘴が声を発する。
く、
くった。くった。
たとえ音楽の死に絶えたところでも、言葉は発生しうる。
孤空は詩人の假面だ。天蓋布や諗鑑の残骸から、遺された言葉、語られなかった言葉、無念のことばを汲み上げ、語ることができる。
わしらは食ってしまったのだ――、
食ってしまったのだ、
はらもへっていないのに、食え、食って殖えろというものがいた合唱隊《コロス》の〈告白〉のような、継時的で叙事的な語りではなかった。断片的で、内面的で、個人的で、前後関係さえあいまいな言葉が切り果てもなく立ち上がる。


つれあいのむくろや、いきてるこどもを、さあ食えとほうってよこし、しまいにはじぶんを食えといってきた。

仲間もひとりのこらず食ってくれと、おのれが食われながらそう言った。

墓がないのはあたりまえ。埋める死体が有りはせぬ
やつらの身体は骨までも、余さずわしらが平らげた

天蓋布のあぶくから、古典地球の礼拝堂の天井画さながらに、さまざまな造形が浮かび上がってきた。声が語るとおりの情景だった。

シェリュバンは、そして鎌倉ユリコは、ようやく声の主を思い出せた。至須天の天井に映し出された映像の、解説音声の声だった。

トロムボノクは、ワンダは、フースは、三博士は、美縟の最後のナレーションに聞き入

った。

美玉の歴史的事実であり、そののち梦卑たちの想像力に内面化され、封印された。定礎された。

人は自らを梦卑の餌としたのだ。〈美縟〉を成立させるには、人間を想像してくれる大量の梦卑が必要だった。美玉の人びとは人間の死体をたっぷりと食わせてやることで梦卑を殖やしたのだ。

〈告白〉が語った巨大な壁画のような構図にくらべれば、いかにもちっぽけな、しかし恥辱にまみれた事実。

天蓋布と惢鑑の体組織の化学反応は終わりを迎えつつある。奇妙なことに、そこには安堵の気配があった。ひとつの国の生きものと文化のすべてを、化学反応から得られるエネルギーの最後のひとあぶくまで使い尽くして、死者はようやく語るべきことを語り終えたのだった。

「ワンダさん」

「なんだい」

「ワンダさん、夜を壊したがってましたよね。このこと、勘付いていました？」

「どうだったかねえ」

「助けてあげたかったんですか、みんなを。救ってあげたかったんですか——咩鷺さんを」

ワンダは返事をしなかった。首をコキコキいわすと、悪臭漂う残遺物のぬかるみの中へずかずかと踏み込んでいく。

廃物の中からつまみ上げたのは孤空の假面だった。

ようやく、それは失効していた。

ワンダはそれを両手で摑み中央に親指をめりこませると、まっぷたつにした。

一匹の蟹を割るように。

エピローグⅡ（鎌倉《かまくら》ユリコ）

大假劇《かげき》の顚末は、暗号音楽や〈ウーデルス生まれ〉の存在、三つ首の関与などきわめて機微な情報を別にすれば、全面的に、詳細に、正確に報道されたといってよい。観光客のほとんどが無傷で救出され、ほぼ全員が〈告白〉の内容や巨大樹、首都の崩壊を目撃している以上、事実を隠蔽することはできないのだ。

鎌倉ユリコは〈時艦《じかん》〉への帰投の途中から膨大な文章を書きつづけた。原稿ごとに発表媒体を吟味し、署名と文体を使い分けた。情報は、巧妙にコントロールされつつも、高まる世間の関心をさまざまな方向から満足させるものとなった。

膨大な報道の中では比較的目立たなかったが、鎌倉ユリコは時艦新聞の文化部記者として、假劇番外〈大定礎縁起〉の「劇評」を発表している。それは鎌倉ユリコが自身の署名を残した唯一の記事である。非常な長文であるが、その結尾をここに掲げておきたい。

大假劇の奇抜な演出プランがこの惨事を引き起こした――そう批判することは可能だ。「あしたもフリギア！」のモチーフや登場人物を導入したのは、演出家が、サーガや假劇の抱える欺瞞《ぎまん》に気がついており、これを暴露し告発する意図を持ってなされたといえる。

この欺瞞を剝ぎ取るためには強烈なインパクトが必要だ。しかも出演者の側に必要だ。演出家はこのように考えたに違いない。究極の牛頭《ごず》である☐鑑《ぼうらん》を「まじょの大時計」に見立て、まじょに強い敵意をいだく仙女と五聯《ごれん》とを融合させたチームに激突させた。それが結果として、假面《かめん》の連合に保存されていた意外な記憶の全面的な溢出《いっしゅつ》を招いたのである。

この不測の事態によって、全轍《わだち》世界をながめ渡しても類例のない文化がひとつ滅んだ。芸術と芸術家の対決が引き起こしうる最悪の（もしくは最善の）事例として銘記しておくべきだろう。

しかし読者諸兄姉よ、私はこの出来事をもう一つの側面から眺めてみたい。思い返そう。首都磐記《ばんき》は開府の時点から、美玉鐘《びぎょくしょう》の戴冠を織り込んでいた。五百年祭が迫ると美縟《びじょく》各地の地下で、鐘体をはじめとする部品の生成が相次いで始まり、班団《はんだん》たちはこの事業を円滑に進行させるため国外の資本を導入した。

美玉鐘の再建が美縟びとの悲願だったことは疑いの余地はない。

しかしなぜそれが悲願だったのだろう。假劇のことだけを考えるなら、美玉鐘は再建しなくてもよかった。五百年にわたって続いた文化はそれ自体の慣性であと五百年は存続できただろう。新鮮さを失い確実に滅びただろうが、ずっとゆるやかで苦痛も少なかったにちがいない。わざわざ破局を引き起こす必要などなかったのではないかとだれもが考えるだろう。

では、こう考えてみたらどうだろう。

美縟びとは、あるいは彼らを想像した梦卑《むひ》は、ぜったいに五百年後に美玉鐘を再建しなければならなかったのだ、と。

都市の構造と意匠にそのことを彫り込み、忘れないようにしなければならなかったのだ、と。

自分たちに「これが悲願だ」と思い込ませ、時機が到来すれば鐘が自動的に直るよう仕掛けておかねばならなかったのだ、と。

それほどまでして五百年前に企《たくら》まれたこととはなにか。

大定礎縁起は、最後の最後になって、美縟の精神世界の根底に食人のトラウマが横たわっていることを明らかにした。また、それまでの過程で、假劇のエピソードのひとつひとつに戦争の悲惨が記憶されていることを明らかにした。

つまりはそれこそがかれらの「悲願」だったのではないか。忘れていた記憶を取り戻すこと?——いや、それだけでは十分ではない。

かれらは知らせたかったのだ。いや、知らせる責任を負っていたのだ。

美玉の愚行、食人の罪、そして美玉鐘の音とともに生きながら人格を焼かれてゆく苦痛。

それらを全世界に知らせなければならないと、五百年前に覚悟したのだ。

美縟のサーガは、假面と假劇はそのために必要だった。フェアフーフェンの資金力を受け入れ、全轍から観光客を集めたのもそのためだった。

かれらが最後まで温存した假面が詩人のそれであったのは、こうした理由からと思われる。最後に語られた言葉が、はたして「詩」とよべる高みに達しているかはこれから時が判定していくだろう。

しかしながら、一部始終をながめわたしたとき、大假劇の演出プランは、やはりこの上ない芸術的成功だったというほかない。その場合、真の演出家はワンダ・フェアフーフェンではなく、この悲劇を最大の効果を持って世界に伝えようとした、綺殻《キカク》と綾河《リンカ》の人びとであったのだと言えるだろう。

鎌倉ユリコにとって、この文章は会心の出来というわけではなかった。正しければ正しいほど、この記事そのものがまんまと五百年前の「演出プラン」に加担することになるからだ。

そんなわけで本人がいちばん気に入っている文章は、なきべそについて書いたもので、これは別の名義で書かれた。

その中で鎌倉ユリコは「フリギア！」の熱心なファン（大人も子どもも）に向かって、こう書きはじめている。

あなたたちの中で、なきべそは、くさびになって大時計の中で生きていることでしょう。

これはとてもたいせつなイメージであり、シンボルです。このシンボルがあなたたちの心中できっと大切な役割を果たしていることでしょう。また、その役割はひとりひとりみな違うでしょう。それがどんなものかは、あなたの心の中にいるなきべそにきいてみてくださいね。

　ここでこれから書いておきたいのは、くさびであることを強いられたなきべそがどうやって別の物語に登場できたのか、そこで出会ったかがみのまじょとどう対決したか、そして「最終回」の先を生きられたか、です。


そうしてこの文章の中で、鎌倉ユリコは、なきべそが降り立った沙漠とそこから見える銀河について、夢のように美しい文章を書いた。

そしてどんなときも最終回の先をあきらめなかった、なきべそのいさましい姿を書いた。

多くの子どもはその文を読んではじめて気づいた。

轍世界には、この銀河には、まだ「外」があることを。

この世界は外から見ることができるのだということを。

エピローグI（マヤ）

合唱隊の告白の直後に殺到した輸赤十字と盗賊団は、どちらもフース・フェアフーフェンが差配したものだった。考えてみれば当たり前のことなのだ。時艦新聞社の速報がどんなに早くても、あれほどまでに手回しよく到着できるわけはない。フースは大假劇のいずれかの時点で破局が到来することを予期し、実力行使のできる集団を近傍ア空間に待機させていたのだ。前者と後者はそれぞれ互いの存在を知らなかったが。

フースは社会慈善家として高名であり、輸赤十字のスポンサーとして大きな影響力を持っていた。無人部隊の訓練名目で事前の出動を乞うにあたって「父から得た極秘情報」と言い添えたのが大きく効いたのはいうまでもない。融合チェンバーが発動するや、司令部は大量の行方不明者発生を認めてただちに大量の増援を決定したのだ。

盗賊については、社会慈善事業の資金調達と深く関わっていたというにとどめておこう。

かくしてこれだけの事態にもかかわらず観光客の救出は順調に進んだ。しかしむろん全員が無傷であったわけではない……。


ぎゅうぎゅう詰めの客室に入り切れなかったマヤは、乗船口そばの床に座り込んで、じっと左腕を見ている。肘から先が包帯でぐるぐる巻きにされているが、腕の長さが足りないことは一目瞭然だ。手首から先が切断されているのだ。傷口にはステム・フレッシュ由来の医療素材がたっぷりと塗布されている。テント村の治療室で処理を受けるあいだ、マヤは自分の傷口を目をそむけずに見た。いずれそこから手を生やすことはできる。それほどお金もかからない——きのうまではそうだったけどね、と輸赤十字の医療知性はやさしく語りかけた。しばらくはステム・フレッシュが暴騰するだろう。安定供給されるようになるまで、しばらく待とうね。一年か、二年か。

いまマヤが座り込んでいる床のとなりには、頭から足の先まで包帯で巻き上げられた人物が横たわっている。輸液も呼吸補助もされず——包帯素材である程度は代替可能なのだ——寝かせっきりになっている。客室にも、廊下や通路にも、そうした重傷者はいくらもいた。時おり看護者が回ってきて、包帯の端をほぐしバイタルを確認しては去っていく。

「私の連れがね、まだ見つからない」

性別もわからないその人物はおそらく意識もないだろう。しかし、軌道往還船が離昇するまでの長い長い——三日以上もの待機中ずっと近くにいたのだから、こうやって独り言を話しかけるのはもう自然なことになっていた。

「テント村に着いたときに姿を見かけたから無事なのはわかってるんだけど、ちょっと油断して、離ればなれになっちゃった」

包帯の人物は身動き一つしない。

そうしていると、船内に離昇時刻を告げる音声が流れた。わずか十五分後だという。意外な早さに船内は騒然となった。歓声、口笛、安堵のため息。そしてマヤの低いすすり泣き。

「御免ね、いまのは嘘。ほんとは彼、けっこう大きなけがをしてたんだ。あなたほどじゃないけど」

人物はやはり微動だにしない。マヤとのあいだにはその人物のものらしい荷物が置いてある。小さな合切袋《がっさいぶくろ》だ。

通りかかった男が足を止めた。マヤが見あげると男と目が合った。顔が皺だらけで、妙に歯の白い男だった。男は包帯の人物にかがみこみ顔のあたりを覗き込む。

「なに？」

マヤの声は警戒でとげとげしかった。男はマヤにうっすらほほ笑みかけ、「おじゃましたね」と小声で言うと去っていった。別の男が、足にけがでもしているのか、身体を斜めにしながら皺の男に付き従っていた。

「なんだっていうんだろう」

時間よりもわずかに早く船は動きはじめた。

「ああ、もう出発なんだ」

マヤはバッグから大ぶりの硬貨をとりだす。まだ、ぴかぴかと金色に光っている。ヌウラ・ヌウラがお駄賃でくれた硬貨だった。

「結局使わなかったなあ。お祭りのお小遣いだったのにね」

すると包帯の人物がちいさく、呻《うめ》きを上げた。身体が荷物に当たり、白い紙片がすべり出てきた。

「……」

人物は不安げなうなり声をあげる。

「だいじょうぶだいじょうぶ、私が見張っててあげるから」

マヤは紙片——オリガミを荷物の中に戻してやった。そうして無事な方の手で顔をなでてやった。包帯の下には硬い――素焼きの面のような――手ざわりが感じとれた。

座ってばかりだと身体が痛くなる。

マヤは立ち上がって大きく伸びをし、ついでに近くの窓に寄って、下界を――いままでいた惑星をながめた。

〈美縟〉のただひとつの大陸、綾河はマヤが来たときと何ひとつ変わらないように見える。大きく一方の極から他方へと弓なりになった陸地が惑星を縦断する。昼の三日月と青空とを一個の宝玉に封じたかのようだ。

しかしいまやそこに、音楽も、詩もない。

深い傷を負った二人を乗せて、往還船は軌道港へ接岸するべく慣性制御の精度を上げていった。

ノート

〈SFマガジン〉誌に二〇一〇年二月号から二〇一一年一〇月号まで連載した長篇小説『零號琴』を、一部改稿し、書籍としてお届けする。連載終了から出版まで七年を要したことになる。この間、とくに怠けもせず改稿作業に没頭してきたし、内容も連載時とそんなに変わっていないので、なぜこんなに遅れたのか不思議でならない。

二〇〇九年の三月、〈廃園の天使〉シリーズの続刊をいったんお預けにして中篇小説「自生の夢」の構想に呻吟していたさなか、二〇一〇年二月号、つまり同誌の創刊五十年記念号への寄稿を打診された。『零號琴』の舞台となる世界については『グラン・ヴァカンス』出版前から構想があり、主人公（シェリュバンくんです）のイラストまで描いていたくらいだったので、シリーズのパイロット版が書けたら楽しいかもと考えてしまったのが運の尽きであった。当初二回分載の構想だったのが、すぐにそれでは収まらなくなり短期連載（「七回くらいですかね？」と言った記憶がある）を提案したらあっさりと受け入れられてしまい、以後は泥沼となった。

基本、お気楽な読み物であり、ここで長距離走の感覚をつかんで〈廃園の天使〉続刊への「助走」にしようと目論んだのだが、完結までに十九回を要し、無理やり切り上げたものの、そのままではとても出版できる代物ではなかった。

この小説は作者の目からいろいろなものを隠そうとしており、それを白状させるには、手を替え品を替えてじっくりとあぶりだす日々が必要だったのだといまは思っている。

お断りしておくが、本書に「新しい」ものは、たぶんない。

これは、一九六〇年代から七〇年代にかけて英米のＳＦ作家が楽しませてくれたような、エキゾチックな異星の世界におけるドタバタをえがく娯楽読み物である。宇宙を股にかけて活躍する専門職とその助手が、とある世界で仕事を始めたところ意外な状況に直面する、という手垢のついたフォーミュラであって、作者は科学の前線が開いてくれている景色を見ようとしていないし、われわれをいままさに苦しめ、あるいは励ましている現代的な諸課題へもコミットしていない。

『グラン・ヴァカンス』刊行時のセールストークに倣って言うなら、本書は清新でも残酷でもなく、それどころか美しくさえないかもしれない。そういうことは心掛けなかったからだし、無様であることを甘受することも、ときには大切なのだ。

その上であえて言い添えておけば、作者はこの八年のあいだ作業に倦むことはなかったし、この小説は、掛けた時間に見合ったものを返してくれたと感じている。いまは、読者のあなたにとってもそうであることを祈るばかりだ。

これでようやく〈廃園の天使〉の続刊に取り掛かれる。長篇第二巻の『空の園丁』、最終巻である『森は囁く』（すべて仮題）、そして中短篇集がおそらく一冊。『グラン・ヴァカンス』の執筆をはじめてから四半世紀が過ぎた。残念だが私の未来にそれと同じだけの時間は残されていない。

とはいえ、どうにか工面して、本書に登場するトロムボノクやシェリュバン、パウルやワンダ、その他あれやこれやのその後についても書けたらいいなあと思っているのです。楽しそうなので。

二〇一八年十月　　　　　　　　　　作者識

解説――銀河を外から見るために

朝日新聞記者
山崎　聡

本書『零號琴《れいごうきん》』は、飛浩隆による一六年ぶりの第二長篇として二〇一八年一〇月に刊行され、二〇一九年七月にSFファンが投票で選ぶ第五〇回星雲賞の日本長編部門を受賞した小説の文庫化である。寡作で知られ、作品を発表するたびに「事件」として迎えられる現代SF屈指の書き手による待望の最新長篇。一日千秋の思いで待ち続けた作品が、あらゆる意味で破格のスケールを持つ小説だったのだから、ファンにとってこれほど幸せなことはないだろう。今年二〇二一年にデビュー四〇周年を迎える飛の作家としての来歴や「怪物性」については、短篇集『自生の夢』（河出文庫）に作家の伴名練がそれ自体「怪物的」な解説を寄せているので繰り返さない。本稿では『零號琴』がいかに破格の作品なのかを記してみたい。

　さて、どこがどう破格なのか。それは物語を追うことでおのずと明らかになる。広大な沙漠と銀河を描き出すうつくしいアヴァンタイトルから一転、無骨な男トロムボノクと絶世の美少年シェリュバンの凸凹コンビが顔を出す。ア空間を旅する二人は同じ客船に乗り合わせた大富豪に誘われ、惑星〈美褥《びじょく》〉へと向かうことに。首都〈磐記《ばんき》〉には〈美玉鐘《びぎょくしょう》〉と呼ばれる特種楽器が埋蔵されていて、その正体は大小七十八万四千個の鐘を一千一人の奏者が操り、都市全体を丸ごと鳴らす巨大な組み鐘《カリヨン》だった。おりしも首都は開府五百年祭を間近に控え、かつて建国の際に一度だけ鳴ったと伝わる秘曲〈零號琴〉が、ふたたび鳴らされようとしていた——。と、ここまで書いて、まだ物語はほんの冒頭に過ぎない。さらに、惑星に伝説として伝わる〈美褥のサーガ〉、それを〈假劇《かげき》〉として繰り返し上演してきた民族の伝統文化が描かれる。そこへ参加するために住民たちが身につける〈假面《かめん》〉は、かれらの身体や精神と一体になり、〈假劇〉の幻想世界へと没入させる仕組みになっている。はたして、物語は惑星の全住民を巻き込む〈大假劇の夜〉へとなだれ込む。

　この情報量とスケールの大きさを破格といわずして何といおう。あまたの文脈を綯《な》い交ぜ、複雑怪奇なプロットを彫琢《ちょうたく》した文章であやなす作者の手さばきは、江戸時代の歌舞伎作者、四世鶴屋南北もかくやと思わせるほどだ。読み手にはめくるめく読書体験が約束されている。

その目眩《めまい》に身をゆだね、物語に没入するだけでもかまわない。当然のことながら、小説はそのように書かれている。だから、これから先に書かれようとしていることは、ある意味では無粋きわまる冒瀆《ぼうとく》と受け止められるかもしれない。

だが、ここで私たちは思い出さなければならない。飛は磨き抜いた文章に詩情を宿す幻視の作家であると同時に、たぐいまれなる批評家でもあるということを。そのことに思いを馳せたとき、本作は「メタ戦後日本SF史小説」とも呼べるような、畏るべきもうひとつの貌《かお》をあらわす。

読み解きのカギとなるのは、二〇一九年七月二七、二八日に埼玉は大宮ソニックシティで開かれた第五八回日本SF大会、その初日に催されたトークイベントだ。飛自身がツイッターで「飛の小説についてなにか文章を書くとしたら、この企画で話された内容を踏まえないわけにはいかないような、そんな話をします」と予告し、聞き手に作家のオキシタケヒコを迎えた席上で、飛は『零號琴』に託した思いの丈を語った。会場で取材をし、記事を書いた人間として、ここに改めて記したい。それが一介の文芸記者である私が本稿を引き受けることになった主たる理由でもあるからだ。とはいえ、イベントの全容を紙上で再現していては規定の枚数を超えてしまう。以下は私なりの要約であることをお断りしておく。

※作品内の重要な内容に言及します。未読のかたはご注意ください。

すべては〈SFマガジン〉の創刊号が一九六〇年二月号だったという事実に始まる。戦後の焼け跡から日本が身を起こして一五年後。この年は、飛の生まれ年でもある。
そこから半世紀が経った二〇一〇年。飛が自身初めての長篇連載小説として「零號琴」の第一回を発表することになるのは、同誌の創刊五〇周年記念号にあたる二〇一〇年二月号だった。この時点で飛の中には、ある「呪い」が胚胎《はいたい》していた。それが物語の裏側から小説を食い破っていくことになる。作品を文字どおり「破格」へと至らしめた呪いとは、何だったのか。

大假劇の台本を書いたワンダ・フェアフーフェンはこう語っている。〈これは地下から——言葉どおりの地下ではなく、皆さんの中にある『地下』から何かを取り出すお話です〉と。では、この小説そのものの「地下」には何が埋まっているのか。それはのちに、飛自身によって書かれることとなった。小説ではなく、庵野秀明が脚本・編集・総監督を務めた映画「シン・ゴジラ」（二〇一六年公開）の批評文というかたちをとって。小説の初期作品と批評を集成した『ポリフォニック・イリュージョン』（河出書房新社）から引用する。

ポスト太平洋戦争における日本のSF的想像力の底には、二発の原子爆弾が埋め込まれている。言い替えれば、戦後日本のSFは、原子爆弾の苦痛に身もだえすることを力に変えて爆発的成長を遂げてきた。すくなくともある時点までは。そしてその谺《こだま》はまだ鳴っている。／核技術は、無限のエネルギーをもたらす「福音」であると同時に、人類の絶滅を予言する約束でもある。この二面性を直交する二つの座標軸と見立てるなら、軸の一方は水平に引かれたベッドとなり、そこで身を起こすのはなめらかでエロティックな肌とつぶらな目と無尽蔵の馬力を持つ少年型ロボットとなる。鉄腕アトムは父の呪《のろ》いをしりぞけ、電子の足音を鳴らし、都市の未来を飛翔した。／残る一方はケロイドに覆われた太古の野獣として直立し、戦死者の霊を帯び土俗的音楽を裾引きながら、放射火焔《かえん》を放って首都を大空襲の地獄に連れ戻した。

（「『シン・ゴジラ』断想」）

飛は「（創作上の）強迫観念に過ぎない」といいながら、作中の固有名詞である〈亞《あ》童《どう》〉はアトム、〈牛頭《ごず》〉はゴジラから名付けたと明言した。あとはご想像のとおりだ。ほかのあらゆる固有名詞にも、戦後日本のＳＦや特撮、サブカルチャーを想起させる名前が付けられている。だが、それらをここでいちいち挙げる必要はない。あなたが想起しさえすれば、たちまちそれが正解になる。小説はそのように書かれている。あえてひとつだけ付け加えるなら、惑星の住民と一体化し、事実上の不死を与える〈梦卑《むひ》〉、亞童や牛頭はもちろん、作中のあらゆる存在の根底となる生物の体組織から取られる〈万化組織《ステム・フレッシュ》〉の頭文字はＳＦだ。假面作家の峨鵬丸《がほうまる》はシェリュバンに言っていた。
〈な、覚えとけ。この国はそういう想像力のうえに建っているんだ〉。

つまり、こういうことだろう。戦後日本におけるＳＦ的想像力のルーツをたどっていくと、第二次大戦の果てにアメリカ軍によって広島、長崎へと落とされた原子爆弾による大量死と、そのトラウマに行きつく。それを端的にあらわす代表的な作品が、まさに原子（アトム）の名を持つ少年型ロボットが登場する手塚治虫のマンガ「鉄腕アトム」と、水爆実験によって生まれた怪物が東京を火の海にする日本初の特撮怪獣映画「ゴジラ」だ。この二作だけを取り上げても、アトムは日本で初めてのテレビ用連続アニメとなってその後の国産アニメに多大な影響を与え、ゴジラはいまにいたるまでシリーズが連綿と続いている。ほかにも小説、マンガ、アニメを問わず、〈そういう想像力のうえに建っている〉作品は枚挙にいとまがない。だが、そうした根を持つはずのサブカルチャーは、のちにポップカルチャーと名前を変えて、「クールジャパン」の名の下に世界へと輸出されるようになる。ネガティブな意味合いのあった「オタク」という言葉も、ポジティブなイメージで使われるようになった。本来はトラウマにもっとも自覚的だったはずのSFファンも世代交代が進むうち、いつしか過去を忘れたかのように振る舞っている。飛はそこに「呪い」をかけたのだ。

小説の内容に戻ろう。惑星〈美褥〉で過去に一度だけ鳴った〈零號琴〉とは、原爆の隠喩にほかならない。では、物語の後半におかれた「無番」で暴かれる惑星の歴史は何を意味するのか。二つの大陸のあいだで熾烈をきわめた戦争と、その結果として生み出された生物兵器〈梦疫《むえき》〉の感染拡大により住む場所を失った人類が取った最後の手段。それは、自分たちが人間であることをあきらめ、想像力によっていかようにもかたちを変える生物

〈梦卑〉のちからで「想像上の人間」として生きることだった。かれらは自分たちが創った神話をもとに、英雄と怪物の物語を再生産し続けることによってみずからを「人間」として想像し続ける。さらに、長い時間の経過とともに自分たちが〈梦卑〉であったことすらも忘れてしまう。この惑星に生きる人々こそが、私たちSFファンの戯画として描かれているのだ。

飛はSF大会の席上で「我々は〈零號琴〉の呪縛をほどこされた〈梦卑〉にすぎないのではないか。自分は人間のつもりでいるんだけれど、実はそうではないんじゃないか」と語った。この「自虐的な呪文」（飛自身の言葉）をかけることが、本書執筆の動機と結びついている。小説のラストでは、再建された〈零號琴〉の演奏と、それにともない「地下」からよみがえった〈巨大樹〉の音によって、惑星の人々は自分たちが〈梦卑〉であったことを思い出す。「想像上の人間」であったことを忘れた〈梦卑〉たちは、「人間」としての姿かたちを失って〈亡霊のよう〉になってしまう。

こうしてかれらの、私たちの正体を明らかにして目の前に突きつけること。消えかけていた原子爆弾の残響をあえて増幅させ、再生産され続ける甘やかな夢にひたっていた読者や作者の目を覚ますこと。それこそが〈SFマガジン〉の創刊五〇周年、すなわち日本の戦後SF史が半世紀の節目を迎えるにあたり、飛がたくらんだことだった。これまでも批評性の高い作品を発表してきた飛の真骨頂にして、究極の作品といえるだろう。

美術界に目を転じると、第二次大戦の終結から六〇年となった二〇〇五年に、本書と近接する問題意識から現代美術家の村上隆がキュレーションを手がけた展覧会「リトルボーイ：爆発する日本のサブカルチャー・アート」がニューヨークで開催されている。広島に落とされた原爆の名を冠したこの展覧会で、村上は日本の現代美術や「おたく」的サブカルチャーに、いかに原爆のトラウマが潜んでいるかを暴いてみせた。「リトルボーイ展」のカタログは日本でも出版されているが、『零號琴』の単行本が刊行された際に私が島根県松江市でおこなったインタビュー時のようすでは、飛は本展の存在を知らなかったようだ。岡本太郎の「芸術は爆発だ！」という言葉を出発点に、「ゴジラ」や「AKIRA」、「新世紀エヴァンゲリオン」といった爆発的、黙示録的なイメージを並べる本展の射程は広く、あくまでも文脈を共有する別々の試みと位置づけるべきだ。だが、本書を読んで「目が覚めた」読者は、カタログを手に取ってみて損はないだろう。

いずれにせよ、作品内に「目覚まし時計」を仕掛けるたくらみは連載当初から、いや、それ以前から飛の中で芽吹いていた（飛自身はその起点を「二〇〇七年に新潮社から刊行された最相葉月さんのノンフィクション『星新一　一〇〇一話をつくった人』を読んだ日」としている）。だからこそ、本作の連載が始まったのち、二〇一一年三月一一日に発生した東日本大震災と福島第一原子力発電所の事故、さらには星と同じく戦後SF第一世代の作家である小松左京が死去したことを受けて、連載版は頓挫を余儀なくされてしまった。原子力エネルギーが生んだ新たな悲劇に、ポスト三・一一へと向けた物語の仕切り直しを迫られたからだ。連載終了から単行本が刊行されるまでの七年、飛の改稿は小説全体に及んだ。

その際に課題となったのは、連載版で物語の〈くさび〉となり、自己犠牲で世界を救済した〈なきべそのフリギア〉を「最終回」から救い出すこと。さらに、假面を被っているかぎりは「外」から見ることができない假劇を、どうにかして外から見ること。後者を解決するため、作中に新たに呼び込まれたのが、銀河を股にかける〈時《じ》艦《かん》新聞〉の文化部記者、鎌倉《かまくら》ユリコだった。彼女は片眼鏡型の特別な假面を着けて、片目で假劇を、もう一方の目で現実を見る。そして鉛筆を動かす。記者の仕事は書くことだ。世界の「外」に向かって。

鎌倉ユリコは、なきべそが降り立った沙漠とそこから見える銀河について、夢のように美しい文章を書いた。／そしてどんなときも最終回の先をあきらめなかった、なきべそのいさましい姿を書いた。／多くの子どもはその文を読んではじめて気づいた。／轍世界には、この銀河には、まだ「外」があることを。／この世界は外から見ることができるのだということを。

さあ、ここでいま一度、冒頭のアヴァンタイトルに戻られよ。夜空の沙漠を歩く、ひとりの少女の許へと。

むろん少女は自分の銀河を外から見たことはない。しかしそこに自分の故郷があるのだとわかる。

そう、飛もまた、自らの故郷が戦後SF史という銀河の中にあることを意識しないわけにはいかなかった。だからこそ、自らを育《はぐく》んだ故郷の自明性を疑うことで軋み、揺らぎ、引き裂かれながら本書を結末まで導くことになったのだ。だが、読めばおわかりになるように、作品の底に渦巻く〈黒と金〉の奔流、そのなかで揺らぐことなく屹立《きつりつ》するのは、戦後日本のSFやサブカルチャーへの飛自身の愛情だ。本書を読み終わり、この深すぎる愛に胸を打たれないSF読者は、まずいないだろう。自身も内包されたその長い歴史と時間の中で呪われながら、飛は何とか「その先」へと向かう力を得ようとした。

いまふたたびアヴァンタイトルから引く。少女が銀河と沙漠の地平線にゆれる蜃気楼の中に、自分を必要としている人がいることを理解する場面だ。

わたしは呼ばれている。わたしが必要なのだ。他のどんな物語でもない、このわたしが。

もうおわかりだろう。〈わたし〉とは少女、すなわち〈なきべそ〉であり、ワンダの假劇を見て文章を書いた鎌倉ユリコであり、作者としての飛自身でもある。〈「最終回」から解放され、あらたな「第一話」に飛び込んでいく〉少女の姿は、本書『零號琴』を連載版の頓挫から救い出し、作品として完結させた作者とぴったり重なるはずだ。

さらに、もう一歩「外」に出れば――これは戦後SF史の過去と未来へと向けた、現実の作家、飛浩隆の決意表明とも読めないだろうか。私はここに作り手と受け手との、長きにわたるＳＦの歴史とその担い手との、一筋縄ではいかない共鳴を聞き取ってしまう。書かれ読まれてきたものを超えていくのもまた、書かれ読まれるものでしかないのだから。

だから私は何度でも呼ぶ。必要とする。他のどんな物語でもない、飛浩隆の、その名を。

本書は、二〇一八年十月に早川書房より単行本として
刊行された作品を二分冊で文庫化したものです。

グラン・ヴァカンス

廃園の天使 I

飛 浩隆

仮想リゾート〈数値海岸〉の一区画〈夏の区界〉では、人間の訪問が途絶えてから千年、取り残されたＡＩたちが永遠に続く夏を過ごしていた。だが、それは突如、終焉のときを迎える。謎の存在〈蜘蛛〉の大群がすべてを無化しはじめたのだ——仮想と現実の相克を描く〈廃園の天使〉シリーズ第一作。解説／仲俣暁生

ラギッド・ガール
廃園の天使 II

飛 浩隆

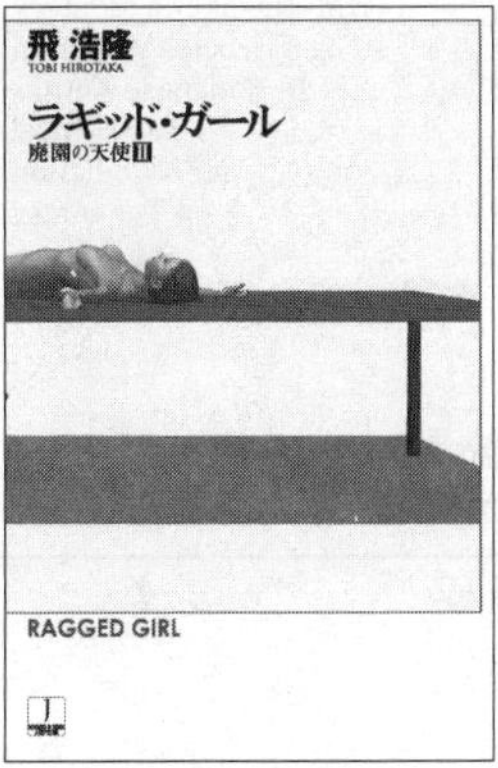

人間の情報的似姿を官能素空間に送りこむという画期的な技術によって開設された仮想リゾート〈数値海岸〉。その技術的／精神的基盤には、直観像的全身感覚をもつ一人の醜い女の存在があった――〈数値海岸〉の開発秘話たる表題作他『グラン・ヴァカンス』の数多の謎を明らかにする全五篇を収録。解説／巽孝之

ハヤカワ文庫

著者略歴　1960年島根県生，島根大学卒，作家　著書『象られた力』『グラン・ヴァカンス　廃園の天使Ⅰ』『ラギッド・ガール　廃園の天使Ⅱ』（以上早川書房刊）『自生の夢』『ポリフォニック・イリュージョン』

HM=Hayakawa Mystery
SF=Science Fiction
JA=Japanese Author
NV=Novel
NF=Nonfiction
FT=Fantasy

零號琴《れいごうきん》

〔下〕

〈JA1497〉

二〇二一年八月二十日　印刷
二〇二一年八月二十五日　発行

（定価はカバーに表示してあります）

著者　飛《とび》浩《ひろ》隆《たか》
発行者　早川浩
印刷者　西村文孝
発行所　株式会社　早川書房

郵便番号　一〇一 - 〇〇四六
東京都千代田区神田多町二ノ二
電話　〇三 - 三二五二 - 三一一一
振替　〇〇一六〇 - 三 - 四七七九九
https://www.hayakawa-online.co.jp

乱丁・落丁本は小社制作部宛お送り下さい。
送料小社負担にてお取りかえいたします。

印刷・精文堂印刷株式会社　製本・株式会社川島製本所

ISBN978-4-15-031497-2 C0193

本書は活字が大きく読みやすい〈トールサイズ〉です。